KiWi

Paperback

KiWi

789

Das Buch:
Diäten machen einsam und unglücklich, und um sich die Zeit der Entbehrungen angenehmer zu gestalten, sucht die junge Ich-Erzählerin ein Studio auf, in dem die Kosmetikerin Daniela ihr ein Wohlfühlprogramm mit Massage verpasst und Durchhalteparolen formuliert. Dabei kennt auch Daniela die negativen Seiten des Essens. Die beiden Frauen, die unterschiedlicher nicht sein könnten, aus unterschiedlichen Ländern stammen und dennoch ein ähnliches Schicksal teilen, kommen sich näher und nehmen den Leser mit in die Welt des Essens – als Flucht und als Krankheit, als Lust und als Zwang, als Rebellion und als Anpassung.
Die Grundstimmung schwankt zwischen ironisch und nachdenklich in diesem Roman, der stilistisch und thematisch auf hohem Niveau das Bedrohliche, aber auch das Lustvolle am Essen beleuchtet. Ein anregendes und nachdenklich stimmendes Buch über ein Thema, das kaum eine Leserin unberührt lässt.

Die Autorin:
Helena Janeczek wurde 1964 in München geboren und lebt seit 1983 in Italien. 1989 veröffentlichte sie den Gedichtband »Ins Freie« (Frankfurt), 1999 erschien bei Kiepenheuer & Witsch in deutscher Übersetzung ihr autobiographischer Roman »Lektionen des Verborgenen«.

Die Übersetzerin:
Elisa Kellner, geboren 1970 in Köln, studierte Literaturübersetzen an der Heinrich-Heine-Universität in Düsseldorf, übersetzt aus dem Italienischen.

Helena Janeczek

Essen

Roman

Aus dem Italienischen
von Elisa Kellner

Kiepenheuer & Witsch

1. Auflage 2003

Titel der Originalausgabe: *Cibo*

Aus dem Italienischen von Elisa Kellner

Umschlaggestaltung: Barbara Thoben, Köln
Umschlagmotiv: Claes Oldenburg
Six Ice Cream Bars, Mounted, 1962
Plaster and wood, painted with enamel
Private Collection

Gesetzt aus der Stempel Garamond (Berthold)
bei Kalle Giese, Overath
Druck und Bindearbeiten: Clausen & Bosse, Leck
ISBN 3-462-03332-8

Für Piero

Daniela ist Kosmetikerin, sie ist so alt wie ich, kommt aus Treviso oder von irgendwo dort aus der Nähe, wohnt mit einer Freundin zusammen und hat noch nie Pasta mit Pesto gegessen.

Pesto wird in Supermärkten verkauft, fertig zubereitet in Gläsern, oder auch frisch in Feinkostläden, außerdem in Metzgereien, Rotisserien, Pastageschäften. In Restaurants, Pizzerien und Trattorien, Bars mit warmer Küche und in Mensen gibt es immer öfter Pasta mit Pesto, wahrscheinlich, weil es nicht selbst gemacht werden muss. Pesto wird schon fertig in Eimern geliefert, so riesig wie Farbeimer. Außerdem gibt es Pesto auch in Frankreich und Deutschland in den Supermärkten, in allen Filialen von *Marks & Spencer's* in Großbritannien und auf dem Kontinent, zusammen mit weißen oder grünen Tagliatelle, oder mit beidem, das wird im Ausland gerne gegessen, glaube ich.

Als ich aber meinen Cousin aus Amerika fragte, *pesto-sauce, do you know pesto?*, hat er gesagt, *oh, sure, but which one do you mean, the traditional or the one without garlic?*

Ich weiß nicht, wie wir ausgerechnet auf Pesto kamen, in einem böhmischen Restaurant in München, damit beschäftigt, eine riesige, viergeteilte Ente mit Knödeln und Rotkohl zu verspeisen. Der Cousin fuhr jedenfalls fort, unermüdlich alle Pestoarten aufzuzählen, die er zubereiten kann, mit getrockneten Tomaten und Chilischoten, mit Rucola, die in Amerika »arrugola« heißt und dem Sushi wohl schon den

Rang abgelaufen hat, eins, das eigentlich eher eine Soße aus Nüssen ist, eins mit allen möglichen feinen Gewürzen, und unzählige andere Arten, alle aus der Neuen Kalifornischen Küche.

Daniela mag wohl kein Knoblauch.

Magst du Risotto alla Trevigiana? Mag sie, das gibt es immer bei ihren Eltern, und sie kann es sogar selbst zubereiten. Das dachte ich mir. Aber eigentlich, sagt Daniela, mag ich lieber Pasta, und Pizza natürlich. Ach ja, Pizza. Während sie meine Beine von den Knöcheln bis zu den Fettdepots bearbeitet, sage ich, es ist ganz leicht, Pizza selbst zu machen.

Können Sie das?

Es ist wirklich einfach.

Draußen ist es drückend heiß, dabei haben wir gerade mal Juni. Hitze mag ja für eine Diät recht hilfreich sein, aber diese plötzlichen fünfunddreißig Grad, fast vierzig, sind übertrieben, die Zeitungen sind voll mit Nachrichten über kollabierende Alte. Es gelingt nicht, sich mittags die Dose Thunfisch im eigenen Saft mit den zwei Tomaten zu verkneifen, auch wenn es zu guter Letzt ein abstrakter und purer Genuss ist, von Pasta und Pizza zu reden. Aber irgendetwas musst du essen, sonst hältst du dich nicht auf den Beinen. Da hilft auch nicht das zuckerlose Kaugummi, von deiner Kosmetikerin mit der Feststellung angeboten: Pizza ist immer gut.

Eines Tages habe ich mir vorgenommen, ernsthaft eine Diät zu machen. Das wollte ich schon oft, habe es jedoch am gleichen Tag wieder aufgegeben oder mich höchstens eine Woche mit Hunger, weggelassenen Mahlzeiten, Obst, Gemüse und kleinen Sünden über Wasser gehalten. Oder gleich zwei Wochen mit kleinen Sünden, die sich mit den Tagen häuften, an denen die Waage stillstand und es beim ersten verlorenen Kilo blieb, das nur etwas über den Wasserhaushalt sagt und deshalb nicht gilt. Man sagt »kleine Sünden«, und nach einer kleinen Sünde muss man sich wieder in »Disziplin üben«; das sagt man, weil die Diät an sich eine Disziplin ist. Ein- oder zweimal habe ich es aber geschafft, ich habe mich hart an circa tausend Kalorien gehalten und mir nichts daraus gemacht, nur Äpfel und mit Essig angemachten Salat zu essen. »Hart bleiben«, sagt man auch.

Deswegen hasse ich Diäten, ich hasse sie nicht, weil ich gerne esse oder weil ich geistig und körperlich darunter leiden würde, wenig schmackhafte Nahrung in kleinen Mengen zu mir zu nehmen, oder mir Gerichte auszudenken, die auch für andere Leute akzeptabel sind, obschon nur mit dem Nötigsten zubereitet. Ich verzichte sogar gerne auf einen deftigen Geschmack und vor allen Dingen darauf, dem Hunger nachzugeben. Du weißt nicht, warum, aber nach wenigen Tagen der Entbehrung hast du kein Hungergefühl mehr, und ohne Hungergefühl wird ein fader Geschmack zu einem neuen Geschmack, mysteriöserweise zu einem sehr intensiven. Außerdem mache ich mir gerne die Mühe, eine Isolation zu vermeiden, und zwar mit Fisch in Alufolie, Zitrone und Gewürzen, Carpaccio mit filettierten Tomaten und Basilikum, Hühnercurry, abgeschmeckt mit magerem Joghurt, dann kann ich auch Pasta zubereiten, fast ohne Abschmecken, kann mit fast gleichgültiger Arroganz die verbotene Soße salzen. Aber ich sage nicht gerne, nein, danke, ich bin auf Diät, nur um dann zu hören, wie tapfer. Was soll, bitte, daran tapfer sein?

Am Tag, als ich mir vornahm, ernsthaft eine Diät zu machen, wusste ich, dass das noch nicht alles war, die Diät alleine würde nicht reichen, sondern: Gymnastik und Massagen waren nötig. Alle Experten sagen, dass man sportlich aktiv sein muss und dass der physische und psychische Effekt einer Massage eine beachtliche Rolle spielen kann, sie ist eine angenehme Entspannung, angeblich sogar eine Belohnung, während der Rest nur Verzicht ist, Verzicht, Durchhaltevermögen und Disziplin.

Ich hatte noch nie ein Kosmetikstudio von innen gesehen, eigentlich auch nicht von außen, und ich bin nicht wirklich sicher, ob sie alle so heißen. Erst seitdem ich zu Daniela gehe, habe ich bemerkt, dass an jeder Ecke eines ist. Ich habe sogar den Eindruck, dass sie sich jedes Mal, wenn ich durch das Viertel gehe, vermehrt haben, so wie ich jetzt überall Fitness-Studios sehe. Vorher war mir nur ein einziges aufgefallen, und das lediglich, weil es direkt an der Straße zur Metro liegt, ein ganzes Haus einnimmt und sich der Name auf einem Banner über die gesamte Front erstreckt, derselbe Name steht auf den Werbeschildern in der Metro. Eines Tages bin ich dort hineingegangen, habe mit der Signorina am Eingang gesprochen, eine sehr drahtige und schlanke Signorina, die mich über alle Kurse informierte, die Preise und Abonnements, über die Geräte, das Solarium, die Sauna, die Bar, den staatlich geprüften Diätassistenten, und lächelnd mit der Bemerkung schloss, Sie werden sehen, bei uns wird gute Arbeit geleistet.

Ich hätte gerne gesagt, Verzeihung, aber es geht mir gar nicht um Arbeit, nur um ein bisschen Gymnastik. Das habe ich nicht getan, denn als ich meine Frage stellte, hat mir die Signorina das Fitness-Programm gegeben, in dem kein einziger Kurs den Namen »Gymnastik« trug oder dieses Wort wenigstens enthalten hätte, und nahezu keine der Bezeichnungen hatte ich jemals gehört, alles englische Wörter, zwei- oder einsilbig, mit einem Bindestrich dazwischen. Die Signorina hat mich abwertend angeschaut, als ich »Gymnastik« sagte. Ob sie wohl ahnte, dass jemand, der ein solches Wort benutzt, ohnehin niemals Kunde wird?

Ich werde mich also niemals in irgendeinem Fitness-Studio anmelden. Das wusste ich schon vorher, und zum American Sportsclub bin ich wohl nur gegangen, um mir dies zu bestätigen. Nicht einmal im Traum würde ich Aerobic machen, die einzige Aktivität auf dem Plan, die mir etwas sagte. Die anderen, die englischen, werden mehr oder weniger dasselbe sein, vielleicht mit noch mehr Drill. Außerdem weiß ich, dass in den Fitness-Studios Geräte stehen, an denen man Übungen machen kann, und diese Geräte machen mir Angst.

In Wahrheit gehe ich aber in kein Fitness-Studio, weil ich mich schäme: für meinen Körper, sein Gewicht, ein nicht loszuwerdendes Gewicht, immer spürbar, sobald er sich bewegt, unbeholfen und langsam. Vielleicht könnte ich mein Gewicht und dessen Langsamkeit vergessen, aber nicht inmitten anderer Frauen in eng anliegender Sportbekleidung, nicht vor einer verspiegelten Wand und einem Trainer, der ruft, ja, gut so, oder, heute sind wir aber nicht in Form. Noch nicht einmal vor schlafferen Bäuchen und unförmigeren Hintern, die vielleicht aus Gymnastikhosen quellen oder sich unter Jogginganzügen verstecken. Ich stelle mir Gespräche in den Umkleiden über Diäten und Cellulitis vor, schiefe Blicke auf die knackigeren Mädchen, mit mitleidiger Gleichgültigkeit erwidert, und auch für sie schäme ich mich, für sie alle, aber am meisten doch für mich selber, weil ich glaube, noch steifer und unbeholfener zu sein als die fünfzigjährigen Signoras.

Ich stelle mir vor, dass alle das Gleiche zur selben Zeit tun, eins, zwei, los, nur ich verpasse einsam den Einsatz, was genauso schwer wiegt wie das Bein, das ich nicht mit dem nötigen Schwung hochbekomme. Mit einer lächerlichen Verspätung würde ich weitermachen, mit zusammengebissenen Zähnen, denn nun aufzuhören hieße, nicht in Ruhe darauf warten zu können, dass sich der Muskelschmerz lockert. Ich würde mich auf der Matte zusammenrollen, die Arme um die Knie geschlungen, und so liegen bleiben. Vielleicht würde ich heimlich weinen, versteckt vor den anderen, wegen des so schmerzenden Körperteils, versteckt vor mir selber, denn der eigentliche Schmerz ist ein anderer. Und ich würde mich furchtbar schämen.

So war es, wenn wir in der Schule Sport hatten und ich immer die Schlechteste war. Noch bevor ich mich an den Ringen hochziehen konnte, fiel ich auch schon herunter. Beim Volleyball traf ich den Ball nicht, er flog hinter meinen Kopf, und ich verstauchte mir einen Finger. Ich nahm Anlauf auf den Barren und hielt ruckartig an, wenn ich hätte springen müssen. Beim dritten Versuch sprang ich und schlug mit den Beinen gegen das Gerät. Die Übung war für mich dann vorbei. Die Schulkameradinnen aber liefen los, sprangen, fassten den ersten Holm, nahmen im Flug den zweiten, machten einen Aufschwung und landeten mit einem finalen Sprung wohlbehalten auf der Matte. Einige waren ziemlich durchschnittlich, andere gut, noch andere wollten immer die Besten sein, aber sie alle erfüllten, was man von ihnen verlangte, sie taten das, was man tun musste, ihr Körper tat es. Meiner gehorchte nicht, er bekam nur blaue Flecken. Auch der Körper von Herta Schmidt gehorchte, als sie zu viel Schwung für einen Überschlag holte, aus den Ringen flog und unten auf der Matte liegen blieb. Die Lehrerin, Frau Pacher, kümmerte sich nicht sofort darum, wir also auch nicht. Als aber etwa eine Minute verstrich und das Mädchen, das nun an der Reihe war, immer noch darauf wartete, loslaufen zu können, Herta aber noch nicht wieder aufgestanden war, sich nicht einmal bewegt hatte, ging die Pacher hin und fragte: »Was ist los, Herta?«

Ihre Nase war gebrochen, sie blutete. Sie war schon vorher hässlich gewesen, mager und etwas dümmlich, hatte Mühe, dem Unterricht zu folgen, sprach wenig, und ihre dunklen Augen hatten einen lahmen Blick. Als sie aber aus dem Krankenhaus entlassen wurde, entstellt von diesem unförmigen Keil in ihrem schmalen, ausgezehrten Gesicht, dieser Boxer-Nase, bekam sie in der Klasse den Mund gar nicht mehr auf. Herta Schmidt war nun wirklich auf den Kopf gefallen. Niemand hat jemals etwas darüber gesagt. Hier und dort konnte man von Lehrern ein geflüstertes »aus einfachen Verhältnissen« oder »sozial schwache Familie« hören. Selten wurde sie aufgerufen, gerade genug, um ihr die Möglichkeit einer Antwort und eine Note zu geben. Sie wurde in allen Fächern versetzt, auch in Sport.

In einem anderen Land wäre es mir vielleicht gelungen, einen der letzten Plätze einzunehmen, mich nicht schon im Ansatz zu disqualifizieren. Im Sommer machten wir den Tausend-Meter-Lauf im Englischen Garten, und ich fiel zurück, immer weiter zurück. Es gab niemanden mehr zwischen mir und den anderen. Manchmal, wenn ich sie nicht mehr sah, verfiel ich einfach ins Gehen. Kam ich an der

Turnhalle an, waren sie schon bei einer anderen Übung. Ich musste dabei an die Tiere denken, die mit ihrem Rudel nicht Schritt halten können und deshalb eine leichte Beute sind. Ich bin nicht sicher, ob diese Geschöpfe wissen, dass jeder Schritt, der sie weiter von den anderen trennt, sie dem Tod näher bringt. Ich aber fühlte mich vorher schon tot, und das hinter der Kurve verschwindende Rudel ließ mich endlich zu Atem kommen und wieder ein eigener Mensch sein.

Es war mein Glück, auf Daniela zu treffen.

Es war ein Glück, dass ich nichts gegen meinen sprießenden Spliss unternommen hatte, und die lange Dauer von Waschen-Schneiden-Fönen dann nutzen konnte, mir gut zuzureden, den Friseur doch zu fragen, der musste es doch wissen, sonst fiel mir nämlich niemand ein, und schließlich habe ich ihn tatsächlich gefragt, wissen Sie vielleicht, wo man sich massieren lassen kann? Hier, hat er gesagt, wenn Sie möchten, können Sie sofort mit dem Mädchen sprechen.

Daniela ist älter als die anderen Friseurinnen, normaler. Sie wurde dort wohl nur wegen ihres auffallenden, roten Pagenschnittes eingestellt, blass geschminkt und schwarz gekleidet, wie sie ist. Und doch ist dieses Signalrot ja auch nur irgendein Rot, wie Mahagoni, Kupfer, Henna, Hell-, Dunkel- oder Naturrot, aber man sieht es eben seltener. Die Köpfe ihrer Kolleginnen hingegen sind eher bunt oder aber bis auf eine Strähne oder einen Zopf kahl, oder sie haben Dreadlocks. Außerdem auffällige Tätowierungen, Nasenringe, Steinchen im Gesicht, falsche Diamanten auf der Stirn, wie falsche indische Götter. Sie tragen Schuhe, die wie kleine Trampoline aussehen, was für die Arbeit an den Köpfen der Kunden noch praktisch sein mag. Kommt eine Kundin nicht allzu oft, erkennt sie ihre Friseurin kaum wieder, sie trägt eine andere Haarfarbe oder ist kahl, hat eine neue Tätowierung am Hals, am Arm, auf dem Handrücken, irgendwo neue Löcher, Steinchen, Brillanten. Denn dies hier ist kein normaler Friseursalon, nein, es ist der Salon eines Trendfriseurs. Diese Hosen aus glänzend-schwarzem Plastik, diese schrillen Hemden mit V-Ausschnitt kauft man nicht etwa, weil man so etwas tragen möchte, erklärt Daniela, sondern es handelt sich um Arbeitskleidung: zwei Hemden und eine Hose, die am freien Tag, dem Montag, zu waschen und zu bügeln sind.

Ich weiß nicht, ob auch die Nasenringe, die Schlangen, Ornamente und Drachen auf der Haut Teil der Arbeitskleidung sind. Eine sehr junge Friseurin, wahrscheinlich noch in der Lehre, trägt jedes Mal, wenn ich komme, mehr Blech und bunte Malereien am Körper; ich habe keine Ahnung, was sie mit dem ganzen Zeug macht, wenn sie eines Tages woanders arbeitet, bei einem Damenfriseur anstatt bei dem Trendfriseur. Ich weiß nicht, ob sie immer dort wird bleiben müssen, festgekettet an ihren Ringen. Sie zu fragen, wage ich nicht, es würde mich erschrecken, das ganze Blech in ihrem Gesicht in Bewegung zu sehen, wenn sie mir antwortet. Deshalb habe ich mich kürzlich an die andere Daniela gewandt, Daniela Friseurin, ich habe gefragt, ob es wehtat, den Ring zwischen die Nasenlöcher stechen zu lassen. Fröhlich lachend zog sie den Ring ab und sagte, sieht wie echt aus, nicht wahr! Stimmt, sagte ich, sieht echt aus. War er aber nicht, deshalb steckte sie ihn einfach so ohne Spiegel wieder an und erzählte, dass Gesichtspiercing für sie absolut nicht in Frage käme, ich möchte nicht alt werden und überall Löcher haben. Erleichtert stimmte ich zu.

Sieht man sie ein-, zweimal die Woche, so wie ich, seitdem ich zu Daniela gehe, merkt man, wie höflich sie alle sind. Sie grüßen einen in der Bar, überladen einen nicht mit Klatsch, wenn man sich in ihre Hände begibt: ein Dutzend junger Friseure, die mit Hingabe schneiden, rasieren, Haare färben und wieder entfärben, von neun Uhr morgens bis sieben Uhr abends in diesem schrillen Loft, der keiner ist, versteckt im Hof eines alten Hauses in diesem vermeintlich gutbürgerlichen Viertel.

Viele Jugendliche kommen mit dem Geld ihrer Mütter hierher, die gezetert haben, lass dir die Haare schneiden. Dieses eine Mal ziehen sie glücklich los, rühren sich nicht, wenn Rasierer ihnen ein gutes Stück von dem, was auf ihren Schädeln wächst, wegmähen und nur ein Zentimeter Stoppeln ganz obenauf übrig bleibt. Zwischen all den Friseuren in der Umgebung habe mich für diesen hier entschieden, um langhaarige Jugendliche halb kahl werden zu sehen, damit ich Platinblond, Lila, Grün, Orange und alle anderen künstlichen Farben betrachten kann, als ganzer Schopf oder als Strähnchen. Es ist eher wie beim Karneval als beim Friseur. Erst vor kurzem fiel mir auf, wie mager Daniela Friseurin ist, sehr groß, sehr dunkel, halb indisch, halb Krähe auf meterhohen Plateauschuhen. Ich sage zu Daniela Kosmetikerin, dass ihre Kollegin recht hübsch wäre ohne das ganze Schwarz, das ihr etwas Hartes gibt, und mit ein paar Kilo mehr. Aber sie isst doch nichts, sagt Daniela, die das auch findet. Immer nur Salat, wenn sie nicht unter die Sonnenbank gehen würde, sähe sie aus wie der lebendige Tod.

Es fällt auf, dass einige Friseure trotz ihrer trendigen Löcher wechseln, so wie der mit den sanften Augen und der nicht gepiercten, dafür mit Akne übersäten Haut. Dieser freundliche Junge, der mich immer so höflich Signora nannte, auch als er mich Daniela vorstellte. Sie halten es einfach nicht mehr aus, denn sobald sie zwei Worte miteinander reden, kommt einer der Besitzer angelaufen: Kehr hier durch, mach dort sauber, auch wenn keine Kundschaft da ist. Schlecht bezahlt werden sie auch noch. Angeblich, weil sie jung sind, die Kundschaft jung, nicht so anspruchsvoll, die Kosten sind niedrig zu halten. Sie sind zu jung, um sich aufzulehnen, behauptet Daniela. Bei dem Friseur, zu dem ich vorher ging, ein Damenfriseur, war es genauso. Der Schluss liegt nahe, dass mein Trendfriseur eigentlich ein ganz normaler Friseur sein muss.

Das wusste ich aber nicht, als Daniela mich die Metalltreppe hinaufführte, um mir die zwei zuvor nie bemerkten Räume zu zeigen, dieses hinter Tüchern verborgene Reich im Obergeschoss, wo sie diverse Problemzonen behandelt. Da sie in so einem Laden arbeitet, hoffte ich, sie sei irgendwie anders. Auf welche Art anders, weiß ich auch nicht, schließlich kannte ich vorher weder eine Masseurin noch eine Kosmetikerin.

Für mich waren sie alle gleich, Kosmetikerinnen, Friseurinnen, noch schlimmer Verkäuferinnen in der Parfümerie. Ich hatte das Gefühl, es sei besser, sie zu meiden, was ich immer getan habe. Sie sehen sofort, dass du dich nicht pflegst, nicht genug pflegst, und das lassen sie dich spüren. Sie sehen dich an, mustern dich abschätzend aus kalten Augen. Das ist ihr Job, und du weißt es. Obwohl du genau weißt, dass es nichts ändert, wenn du die zahlreichen teuren Produkte kaufst, die sie dir andrehen wollen, sie laut ihren Anleitungen auf deine matte Haut aufträgst, auf dein mehr oder weniger schlaffes Gewebe, wäre es dennoch viel leichter nachzugeben, nur um dich ihren Blicken zu entziehen. Denn diese beruflich-routinierten, femininen Blicke sind genauso beschämend wie die vulgäre Bemerkung eines Mannes. Sie geben dir das gleiche Gefühl, wie wenn du die

Straße entlanggehst und über den eben gelesenen Leitartikel, die üblichen familiären Probleme oder sonst etwas nachdenkst und es von irgendwoher tönt, was für Titten! Du kannst keinen klaren Gedanken mehr fassen und nur beschämt in deine Titten versinken. Denn dieser Blick reduziert dich auf einen Körper, und du weißt nicht, was du sagen, wie du reagieren oder dich wehren könntest: Denn als reiner Körper bist du dumm, dumm und unwissend.

Deshalb hat es mich einigen Mut gekostet, Daniela zu sagen, dass ich abnehmen wolle. Ich habe behauptet, gehört zu haben, dass dabei Massagen helfen, habe sogar gefragt, stimmt das? Und sie hat nicht direkt geantwortet, Sie werden sehen, dass meine Massagen Ihr Problem beseitigen, aber als ich mich auszog und nur in Unterhose dalag, sah sie mich prüfend an, fasste Oberschenkel, Waden und Füße an, und fragte als Erstes, leiden Sie unter Bulimie?

Ich habe sie angeschaut, ihr Gesicht angeschaut, diese runde, weiße Maske, eingerahmt von diesem künstlichen Rot, und habe mich gefragt, von wo darunter diese Frage kam. Die hatte ich nicht erwartet, nicht von einer Kosmetikerin. Ich dachte, sie würde sich darauf beschränken, Form und Konsistenz meines Gewebes zu bewerten, die Cellulitis an den Schenkeln, vielleicht auch die Achsel- und Beinbehaarung, eindeutige Zeichen meiner Ungepflegtheit, meinen alten Büstenhalter und den verwaschenen Baumwollslip, also meinen Körper rein als solchen. Schließlich habe ich gesagt, ja, vielleicht ein bisschen. Dann habe ich gefragt, ob es ein Kriterium ist, wenn man das ein oder andere Mal ein ganzes Baguette in sich hineinstopft.

Entschuldigen Sie, hat die Kosmetikerin gesagt, entschuldigen Sie die indiskrete Frage. Dann erzählte sie, dass viele kommen, auch junge Mädchen, sie kommen allein oder werden von ihren Müttern gebracht, sie kommen über einen gewissen Zeitraum und dann plötzlich nicht mehr, ohne dass sich etwas verändert hätte. Vielleicht kommen sie ein letztes Mal zurück, um sich zu beschweren, was manchmal in eine Szene ausartet. Sie selber oder ihre Mütter zetern, dass man so viel Geld ausgegeben habe und immer noch keine Erfolge sehe. Erfolge, die versprochen waren und bezahlt wurden und nun zu geringfügig ausgefallen oder auch einfach nicht da sind.

Ohne eine ernsthafte Diät, sagte sie abschließend, nützt alles nichts. Ernst stimmte ich zu und sagte, dass ich schon dabei wäre: keinen Alkohol, keine Süßigkeiten, wenig Fett, Kohlenhydrate auf ein Minimum reduziert. Ich rechnete mit einer Bestätigung, einem Lob für meine Willenskraft, die Kosmetikerin aber schaute mich unentschlossen an und fragte, ob es denn gut gehe. Ein weiteres Mal bejahte ich, doch muss ich die Frage falsch verstanden haben, denn sie wiederholte, geht es gut, quälen Sie sich nicht damit?

Nach einer Woche hat man keinen Hunger mehr, antwortete ich zögernd, ist doch so, oder?

Mit einem vagen, schiefen Lächeln hat sie genickt und erklärt, man solle versuchen, den Schaden gering zu halten, wenn man doch einmal sündigt. Und fühlen Sie sich nicht schuldig, sonst passiert es immer wieder.

Zum Schluss kam die gefürchtete Frage: Ob ich denn ein Fitness-Studio besuchte. Ich wollte lieber zu Hause Gymnastik machen, habe ich geantwortet, und dabei viele Entschuldigungen hervorgebracht, viele Gründe, alle ebenso glaubwürdig wie ausgedacht. Vielleicht hätten wir beide an diesem Punkt stutzig werden, zu unseren Vorurteilen zurückkehren sollen. Vielleicht war es das, was ich wollte: zu einer Kosmetikerin gehen, die so ist, spricht und denkt, wie sie nach meinen Vorstellungen sein, sprechen und denken sollte, die darauf bestand, dass ich ihre Vorstellungen teilte. Ich weiß nicht, ob Daniela mich schon zu den verlorenen Fällen zählte. Denn sie antwortete, dass es gleich sei, wie und wo, aber wichtig, überhaupt einige Übungen zu machen. Vielleicht stimmt es ja nicht, aber mir schien, als wolle sie sagen: Machen Sie, was Sie wollen, Ihre Ausreden interessieren mich nicht. Prüfend fragte sie weiter, wie oft in der Woche, wie lange? Jeden Tag, etwa eine halbe Stunde.

Erst dann erklärte sie, dass Diät, Gymnastik und Massagen zusammen funktionieren: Sie stimulieren den Kreislauf, das strafft das Gewebe. Sie erleichtern die Fettverbrennung, entwickeln die Muskeln, so wird das Gewebe gestrafft und die wenigen Kalorien verbrannt. Sie erklärte mir die verschiedenen Massagearten und die, die sie bei mir anwenden würde, jeweils eine volle Stunde für fünfzigtausend Lire, ein üblicher Preis, wie sie sagte. Zum Schluss bot sie an, sich von dem Trainer ihres Fitness-Studios die für mich angemessenen Übungen zeigen zu lassen, ich frage, ob er ihr einen individuellen Trainingsplan erstellt, das nächste Mal wollte sie es mir dann erklären. Außerdem trug sie mir auf, mich noch an diesem Tag auf der unbestechlichen Digitalwaage in der Apotheke zu wiegen. Ab jetzt einmal in der Woche, immer vor der Massage und mit den gleichen Kleidern. Den Kassenbon bringen Sie dann mit, so haben Sie eine zusätzliche Kontrolle und Motivation, schloss sie, aber machen Sie sich keine Gedanken, wenn es nicht ganz glatt läuft, ich verstehe Ihre Probleme, das können Sie mir glauben. Ich glaubte ihr, deshalb gehe ich immer noch hin.

Solange ich denken kann, kämpfe ich mit den Pfunden. Ich weiß nicht mehr, wann ich das erste Mal eine Diät machte, ob es meine eigene Idee oder die eines anderen war, meine Nahrungsaufnahme einzuschränken. Ich weiß weder, wie alt ich war, noch, wie viel ich damals wog. Zu viel, das sieht man auf alten Fotos: Mit dreizehn hatte ich schon einen Bauch und richtige Brüste. Einige Lebensmittel waren seit jeher verboten: Coca-Cola, Chips und besonders Nutella, das gab es nur einmal im Jahr als Geburtstagsgeschenk. Ich mag diese Dinge immer noch, vor allem Chips. Komplett strich man sie also nicht von meinem Speiseplan. Ich habe auch nicht auf Pasta, Pizza oder Eishörnchen verzichtet, Letztere gab es in München ohnehin nicht. Aber anstelle von zwei Scheiben Schwarzbrot mit Butter frühstückte ich eine Scheibe Knäckebrot mit einem Löffel Hüttenkäse. Oder schon Müsli mit Joghurt? Oder einen Apfel? Den aß ich immer in der Schulpause. Oder Magerjoghurt, Karotten. Karotten aß ich wahrscheinlich nachmittags als Magenfüller. Das wird bei einer Diät ja empfohlen.

Wo war mein Vater, der mir jahrelang mein gebuttertes Schwarzbrot zum Frühstück machte, als ich nur noch Müsli und Äpfel aß? Früher saßen wir zwei in der Küche, er im Schlafanzug und der Wolljacke mit den Flicken an den Ellbogen, die ihm als Morgenmantel diente. Auch ich machte mir nichts aus einem Morgenmantel und erschien meistens schon fertig angezogen, aber ohne Schuhe. Dann schickte er mich, Hausschuhe anziehen. Das erste Mal moserte ich, hier liegt doch Teppich, es ist zu warm, ich will sie nicht anziehen.

Dann zieh halt an, was du magst, von mir aus Stiefel.

Nur bei einem Trauerfall, einer Schiwe, trägt man im Haus keine Schuhe. Sonst bringt es Unglück. Das erklärte er mir aber erst viel später: Glücklicherweise bemerkte mein Vater erst nach Jahren etwas von meinen Unglück bringenden Füßen. Von der Küchentür bis zu meinem Platz waren es nur einige Schritte, und dann konnten meine Füße unbemerkt unter dem Tisch verschwinden. Mit einer elektrischen Schneidemaschine – so etwas gibt es in Italien nicht – schnitt er vier Scheiben Roggenbrot ab und steckte sie in den Toaster. Meistens verbrannten sie an den Ecken. Er kratzte den Ruß ab und gab mir zwei Scheiben: Wir schmierten uns Butter darauf und streuten dann Salz darüber. So hatte sich mein Vater in seiner Kindheit und Jugend in Polen ernährt, mit ähnlichem Brot, Butter, Salz und Knoblauch. Wie sie das Brot damals rösteten, weiß ich nicht, vielleicht auf einem Grill oder einem Ofen. Dazu gab es starken Tee aus einem Samovar, der mit zwei Dritteln Wasser verdünnt werden musste: So stelle ich mir das heute vor.

Wir hatten auch einen Samovar, sogar zwei, antik und aus glänzendem Messing, schon etwas verbeulte Dekorationsstücke. Deshalb standen sie auch auf einer Kommode im Wohnzimmer und nicht in der Küche. Ein Wasserkessel nahm nun den Platz des Samovars ein, den Tee aber machten wir immer noch auf polnische Art. Wenige Schlucke einer dunkelbraunen »Essenz« wurden nicht in Tassen, sondern in Gläser gefüllt, so konnte man sehen, wie viel Wasser man noch zusätzlich brauchte. Bernsteinfarben musste er sein, und das Wasser kochend. Deshalb konnte man ihn nur in vorsichtigen, kleinen Schlucken trinken, und wenn man nicht höllisch aufpasste, verbrannte man sich den Mund, oder die Flüssigkeit kam an die Zähnhälse, und dieser Schmerz ging einem durch Mark und Bein. Die Hände verbrannte man sich nicht, denn die Teegläser hatten alle einen Henkel. Die für unseren täglichen Gebrauch waren ganz aus Glas, die Gläser aus dem guten Service hauchdünn und in Silber gefasst.

Auch wenn es schon längst zum Frühstück italienischen Caffelatte gab, bedauerte mein Vater doch sehr, keinen Knoblauch auf sein getoastetes Brot reiben zu können. Manchmal taten wir es aber doch. Einer von uns beiden stand wortlos auf, holte das Knoblauchpulver, gab etwas davon auf sein Brot und reichte den Streuer weiter. Das Pulver war nicht so gut wie frischer Knoblauch, roch dafür aber weniger intensiv. Mein Vater und ich sprachen morgens wenig. Anfangs waren wir beide noch zu schlaftrunken, und dann waren unsere Münder voll, sodass eine verschworene Stille herrschte. Auffliegen konnten wir aber trotzdem. Es reichte, wenn meine Mutter mich fragte, was hast du heute für Fächer in der Schule? Schon beim dritten oder vierten Wort roch sie den Knoblauch. Manchmal musste ich mir dann noch einmal die Zähne putzen, manchmal auch nicht.

Außerdem wussten wir, dass es sich nicht gehörte, schon morgens Schulkameraden und Lehrern oder Kunden und Verkäufern mit stinkendem Atem zu begegnen. So griffen wir immer seltener zum Knoblauchpulver, oder einer von uns schloss nur wieder den Deckel des Streuers, wenn der andere ihn herüberreichte. Das war noch schlimmer. Es muss etwas völlig anderes gewesen sein damals in Polen, als mein Vater zu jeder Tageszeit rohen Knoblauch aß, zwischendurch, zum Abendessen und auch zum Frühstück. Die Juden waren berühmt für ihren Knoblauchkonsum. »Knoblauchfresser«, »jüdischer Knoblauchfresser«, »nach Knoblauch stinkender Jude« waren alltägliche Beleidigungen, ich schätze, noch die gelindesten. Die Polen aßen anscheinend keinen Knoblauch, nur rohe oder gedünstete Zwiebeln. Das ist wohl der Lauf der Dinge: Schon damals, als ich noch mit meinem Vater frühstückte, gab es in Deutschland die »Knoblauchtürken«, und ich habe gehört, dass auch den Süditalienern bei ihrer Ankunft im Norden ein starker Knoblauchgestank nachgesagt wird. Ich wüsste nur zu gerne, wie so etwas in den großen Einwanderungsmetropolen auffallen kann. Es dürfte schwierig sein, einen intensiveren Geruch auszudünsten als nach dem Genuss der Turiner Spezialität »bagna cauda«, eine Art Gemüsefondue. Obgleich ich kein italienisches Rezept kenne, das es mit dem Turiner bagna cauda in punkto Knoblauch aufnehmen kann, beziehen sich die klassischen Vorurteile gegen die Piemonteser nicht etwa auf deren Knoblauchgeruch. Demnach stinkt also nur ein Fremder nach Knoblauch, in anderen Fällen ist es lediglich ein schlechter oder aber typischer Geruch. Eine Gemeinsamkeit sogar, denn wenn alle Knoblauch essen, so wie etwa die Piemonteser am Sonntag, dann riecht ihn keiner mehr. Ein Fremder kann also so viel Knoblauch essen, wie er will – er stinkt sowieso danach.

Früher in Polen war mein Vater ein jüdischer Knoblauchfresser. Später dann, als sich niemand mehr erlauben konnte, ihn zu beleidigen, konnte er sich nicht mehr erlauben zu stinken.

Ich weiß nicht, wo mein Vater und die restliche Familie waren, ich sehe mich später immer nur allein in der Küche mein kalorienarmes Frühstück knabbern. Gut erinnere ich mich allerdings an die alte Waage in der damaligen Wohnung. Eine antike gusseiserne Waage von Krups mit einem dunkelgrünen Filz darauf. Schon damals manipulierte ich sie. Ich schloss die Tür ab und hantierte so leise wie möglich an dem Monstrum herum, um den Zeiger ein wenig nach links zu verschieben. Dann zogen wir um. Im Badezimmer der neuen Wohnung gab es auch eine neue Waage. Ein modernes, handliches und präzises Fabrikat, allerdings noch leichter zu manipulieren. Dank der Waage kann ich den Umzug zeitlich einordnen, ich war damals noch keine vierzehn.

Ich weiß nicht mehr, was wir mittags aßen, und kann mich nur unvollständig daran erinnern, was es bei uns normalerweise gab. Blutiges Roastbeef mit Pommes frites, die mussten in zwei Etappen in einem tiefen, schwarzen Topf frittiert werden, damit sie auch schön knusprig wurden. Das gab es nicht oft, obwohl es mein Lieblingsgericht war. Irgendwann machte es meine Mutter gar nicht mehr. Warum, weiß ich nicht. Außerdem gab es panierte Frikadellen und Koteletts, sehr lecker. Kartoffelsuppe, Tomatensuppe, polnischen Borschtsch, Erbsensuppe mit geröstetem Brot. Minestrone mit Reis oder Pasta. Bouillon mit Suppennudeln oder mit kleinen Pfannkuchenstreifen. Rinder- und Schweinebraten. Manchmal diverse Arten Würstchen, Wiener, Regensburger, Pfälzer, Bock- und Weißwurst, die aßen wir aber eher im Gasthaus. Salzkartoffeln, Bratkartoffeln, Kartoffelpüree, Kartoffelsalat. Reibekuchen, Apfelküchel, Pfannkuchen mit Marmelade oder Quark, eigentlich ein böhmischer Palatschinken. Salat, gedünstetes Gemüse. Fast nie Fisch, höchstens tiefgefrorenes Filet mit Kapern, Tomaten und Zwiebeln, was meine Mutter überzeugt »alla livornese« nannte. Keine jüdischen Spezialitäten, gar keine, wenigstens nicht als solche zu erkennen. Manchmal gab es auch Pasta, ich glaube aber nur mit Bolognesesoße, und besonders schmeckte mir das nicht, nicht so gut wie »Vitello Tonnato«. Das Rezept hatte meine Mutter von ihrer guten italienischen Freundin, die es wiederum von einer anderen Freundin hatte. Diese Frau hatte sich den Partisanen im Piemont angeschlossen, und obgleich sie sich später vom Duce überzeugen ließ, blieb sie doch dieser Küche aus dem Piemont treu. Einmal brachte meine Mutter Artischocken mit: Vier große grüne Blütenköpfe, die sie uns triumphierend zeigte, bevor sie anfing zu kochen. Doch dann schmeckten sie nur holzig und bitter. Trotzdem haben wir alles aus ihnen herausgeholt und jedes Blatt ausgelutscht. Denn in München waren Artischocken sensationell.

Unsere einzige warme und wichtigste Mahlzeit war das Mittagessen. Dazu musste sich die ganze Familie versammeln. Meine Eltern kamen aus ihrem Geschäft, ich aus der Schule, und wir aßen am Wohnzimmertisch mit Tischdecke und Stoffservietten. Auch mein Kindermädchen Cilly aß mit uns. Sie war es auch, die kochte, aber nur nach den Rezepten meiner Mutter. Sie selbst brachte nur wenige Gerichte in unseren Haushalt ein; Nudelauflauf mit Thunfisch, ein typisches Zeitschriftenrezept, einen süßen Auflauf aus Reis und Äpfeln und einen aus altbackenem Brot und Kirschen. Das war wahrscheinlich das einzige Rezept aus ihrer Heimat, es hatte einen komisch volkstümlichen Namen, vielleicht badisch, auf keinen Fall aber bayrisch: Kirschenmichel. Wenn sie ihn auftrug, verhielt sie sich wie immer: Sie aß ihren Teller leer. Ich glaube, sie mochte lieber Herzhaftes, deshalb gab es keinen Grund, uns diese süße Mahlzeit vorzusetzen, höchstens aus der Verlegenheit heraus, die Reste zu verwerten.

Sie hatte kein wirkliches Talent zum Kochen, hielt sich aber treu und behäbig an das erlernte Repertoire. Immer wieder erklärte ihr meine Mutter, dass man Spinat nicht klein hackt und dann so viel Sahne dazukippt, dass nur noch ein grüner Brei übrig bleibt, in dem nachher alles schwimmt, was auf dem Teller ist. Dass Braten schön durch sein muss. Dass er nicht nur dafür da ist, diese von den Deutschen heiß geliebte, dicke, mit Mehl gebundene Soße zu machen. Irgendwann hatte Cilly gelernt. Doch der Pilaw aus Buchweizen, *kasha*, war immer hart oder verbrannt, was meiner Mutter ein Rätsel war. Wahrscheinlich mögen nur Nordslawen und Nutztiere dieses Getreide, Cilly anscheinend nicht. Trotzdem tunkte sie es in die Soße, tat noch ein Stückchen Fleisch vorne auf die Gabel und aß es, wie sie alles andere aß. Kommentarlos.

Einmal jedoch vertraute sie mir etwas an. Wir gingen nachmittags in den Park, und aus heiterem Himmel sagte Cilly, auch sie habe ein Leibgericht, was sie aber seit Jahrzehnten nicht mehr gegessen habe: Labskaus, eine Spezialität aus Bremen, dir wird es aber nicht schmecken, sagte sie kopfschüttelnd.

Das wollte ich nicht glauben, ich musste wissen, was drin war.

Sie sagte, es sei ein dunkler Brei mit Fisch darin, und Fisch mochte ich damals nie essen. Ich aber stellte weitere Fragen.

Da es Cillys Leibgericht war, musste es mir doch auch schmecken. Fast entschuldigend fügte sie hinzu: Da ist keine Forelle drin oder ein Fisch, den du kennst, sondern Aal; niemand isst so etwas hier in Bayern. Ich glaube, es war das erste Mal, dass ich das Wort »Aal« hörte. Ich hatte noch nie einen gesehen, wahrscheinlich noch nicht einmal auf einem Foto, doch der Name gab mir eine feste Vorstellung. Aal: Ich sah förmlich das fette, glitschige, zähe Tier vor mir. Erst kürzlich habe ich noch einmal gehört, dass Labskaus tatsächlich nur für gebürtige Bremer genießbar ist. Eine bräunliche Pampe, in dem lediglich die schwarzen Stücke des Aals und seine weißen Gräten wiederzuerkennen sind.

Cilly aß also alles. Sie aß viel, füllte ihren Teller und leerte ihn. Sie kaute ohne jegliche Gemütsregung in einem gleichmäßigen Rhythmus, als würde ihr jemand den Takt vorgeben. Später habe ich herausgefunden, dass man in Hotels und Restaurants die Herkunft der Leute nicht nur an der Art erkennen kann, wie sie am Tisch sitzen und mit dem Besteck hantieren, sondern auch daran, wie sie das Essen in sich hineinschlingen, wie sie kauen und schlucken. Die Deutschen tun das, wie sie auch sonst alles tun: systematisch, mit stumpfer Genauigkeit. Sie essen mit stoischem Eifer, als gälte es, eine Pflicht zu erfüllen. Ihre Steifheit verrät sie. Eine Steifheit, die fast im Gegensatz zu der der Engländer steht, denn die Engländer versuchen, den Mund so wenig wie möglich zu bewegen, als sei ihnen das Essen peinlich. In diesem Punkt ähneln sie den Franzosen. Zwar essen die Franzosen mit Genuss. Allerdings mit einer kulinarischen Überheblichkeit, der sie mit eleganter Geringschätzung Ausdruck verleihen. Zu so verächtlichen Häppchen würde sich selbst der extravaganteste Italiener nicht herablassen. Und meine Eltern? Meine Eltern aßen einfacher, nachlässiger. Seitdem sie diese kosmopolitische Nonchalance in sich trugen, verriet nichts mehr ihre Herkunft. Irgendetwas Widersprüchliches lag jedoch darin. Sie aßen zu schnell. Zu schnell und fast zu gierig für so edles Tafelsilber und eine so gute Tischdecke. Die wurde dann auch ordentlich bekleckert. Ich weiß auch, warum. Ich aß immer am langsamsten von allen und versuchte irgendwann, meinen Teller genauso schnell leer zu putzen. Vielleicht dachte ich, dass hastiges Essen Teil bestimmter Benimmregeln sei, wie gerade zu sitzen, den Teller nicht abzulecken und die Ellbogen nicht aufzustützen. Diese ungesunde Angewohnheit ist mir geblieben. Ich weiß nicht, ob meine Eltern es einfach eilig hatten, weil sie schnell ins Geschäft zurückwollten, oder ob ihnen das hastige Essen aus einer Zeit geblieben war, wo alles Essbare sofort verschlungen werden musste, weil es nur im Magen sicher verwahrt war.

Zum Mittagessen aßen wir immer das Gleiche: Fleisch mit Gemüse und Kartoffeln, Reis oder Pasta mit Butter. Manchmal gab es vorher eine Suppe. Abends aßen wir immer kalt. Brot, Butter, Käse, gekochten Schinken, Leberwurst oder echte Krakauer Salami, *krakowska kolbasa*, die es im kommunistischen Polen nicht mehr gab. Manchmal auch eingelegte Gurken und anderes Gemüse, eben das, was man in Deutschland »Abendbrot« nennt. Oder gab es abends Suppe? Ich glaube, im Winter manchmal. Zum Aufwärmen tranken wir immer Tee.

Nahezu nichts von alldem hätte ich bei einer Diät essen können. Was also aß ich, außer Äpfel, Joghurt, Hüttenkäse und Knäckebrot, in das ich verzweifelt meine Zähne schlug? Cilly bereitete jedenfalls irgendwann meine warmen Mahlzeiten aus Reformhaus-Konserven, deren Firmen auch Babybrei herstellen. Sie war es, die für unser Essen, also auch für meine Diät, zuständig war. Es gab Königsberger Klopse und Szegediner Schweinegulasch mit Sauerkraut. Dinge, die ich noch nie zuvor gegessen hatte, die, wie alles andere aus der mitteleuropäischen Küche, als Light-Versionen völlig absurd sind. Ich fand sie nicht schlecht, vielleicht, weil ich nicht wusste, wie sie normalerweise schmeckten. Seltsamerweise aber haftete allem ein starker Maggi-Geschmack an. Auf jeden Fall weiß ich noch, dass ein großer Apfel, zwei Scheiben Knäckebrot, zwei Becher Magerjoghurt oder ein halber Becher Hüttenkäse jeweils hundert Kalorien haben. Das lernte ich mit dreizehn, vierzehn, es war die Basis meiner unzähligen Diäten. Ich hatte einen Kalorienkompass, der nicht nur hunderte von Nahrungsmitteln aufführte, sondern auch den Kalorienverbrauch bei verschiedenen Tätigkeiten, beim Schlafen oder Laufen, beim normalen Koitus sowie bei einem »besonders heftigen«. Diese letzte Information habe ich mir nicht ausgedacht, auch wenn ich sie erst sehr viel später entdeckt oder wenigstens verstanden habe. Denn der in grünem Plastik eingeschlagene Kalorienkompass hat mich jahrzehntelang begleitet und ist erst seit kurzem verschwunden.

Ich weiß noch, wie ich einmal Hausaufgaben machte und Cilly mit einer Schale Erdbeeren in mein Zimmer kam: meine ungezuckerte Zwischenmahlzeit. Ich entfernte die grünen Blätter, aß langsam eine nach der anderen. Dabei sah ich aus dem Fenster der alten Wohnung, die Erdbeeren waren süß und dufteten, niemals zuvor hatte ich so gute gegessen. Normalerweise habe ich gar nicht so viel für Erdbeeren übrig. Ich aß die Erdbeeren, beobachtete das

Kreisen der Autos auf dem Altstadtring und war ganz eingelullt von ihrem entfernten, gleichmäßigen Rauschen. Dieser irreale Genuss, meine regelmäßigen, fast schlafwandlerischen Bewegungen und mein Blick nach draußen, während ich einfach nur die Erdbeeren aß, verbreiteten ein Gefühl der Ruhe, vielleicht des Glücks. Nur wegen der grünen Waage und dieser Erdbeeren weiß ich, wann ich meine erste Diät gemacht habe.

ZWEIMAL IN DER WOCHE ging ich zu Daniela. Am Wochenanfang brachte ich immer den Ausdruck der Apothekenwaage mit, die für nur fünfhundert Lire sogar mein »Idealgewicht« errechnete. Tatsache war, dass ich in der Apotheke immer ein Kilo mehr wog als zu Hause. Großzügig berechnete ich das Gewicht meiner Kleidung, zwang mich, den Zeiger meiner manipulierten Waage immer ein Stückchen weiter nach rechts zu bewegen, und hoffte, dass die Rechnung so aufging. Der Schock beim ersten Mal stand in keinem Verhältnis zu diesem kleinen Unterschied: Ich, diese unförmige, schlaffe, fette Masse, wurde auf eine Zahl von fünf Ziffern reduziert, die ich schwarz auf weiß in der Hand hielt. Ich konnte nicht dagegenhalten, denn Mathematik ist keine Auslegungssache, ich durfte einfach nicht darüber nachdenken, nicht in Kilos, Kalorien und Wochen. Ich musste nur eine einfache Subtraktion mit der genauen Waage und mir selber machen. Mit der Zeit verringerte sich die Zahl, und das Kleid wurde weiter. Trotzdem musste ich es tragen, wenn ich mich wog. Ebenso die Lederjacke und die gleichen Schuhe. Auch wenn ich schon morgens in der Jacke schwitzte oder mir die Kälte an den Beinen hinaufkroch. Glücklicherweise sind es von mir zu Hause nur fünf Minuten zu Fuß zur Apotheke, und der Kosmetiksalon ist direkt daneben.

Wenn ich mich auszog, sah sich Daniela genau das Ergebnis des Waagenausdruckes an meinem Körper an. War die

Zahl entmutigend, hatte sich nicht oder nur wenig verändert, gab sie eine fast wissenschaftliche Erklärung ab. Sie sprach von einem »absehbaren Ergebnis«, von unerheblichen Schwankungen des Wasserhaushaltes, und zum Schluss kündigte sie für die nächste Woche den Verlust eines weiteren Pfundes an. Sie sagte das alles, während sie meine Beine eincremte, und erst, wenn sie fertig war, lächelte sie. Die Waage gab ihr fast immer Recht. Auch wenn ich mich vorher nicht wiegen musste, fragte sie nach, wie es denn so liefe mit der Gymnastik, der Diät und der Disziplin. Waren Sie auch brav?, fragte sie. Ja, ich war brav. Aber wie oft hätte ich ihr gerne etwas ganz anderes an den Kopf geworfen, ja, Daniela, ganz brav war ich. Einhundert Gramm Brot am Tag. Brav! Nicht ein Stückchen Schokolade. Brav! Einen Apfel, ein Steak ohne Öl, zwei Tomaten. Brav, Super!

Das habe ich aber nie getan, denn Daniela war auch auf Diät. Sie aß nur Obst und Gemüse. Jeden Abend verbrachte sie mehrere Stunden im Fitness-Studio. Zuerst wog sie sich, dann lief sie Runde um Runde, erst langsam, dann schneller und dann wieder langsam, weil sie außer Atem kam. Dann eine Runde an den Geräten, Bodenübungen. Übungen für die Arme, Beine, Gesäß- und Bauchmuskulatur. Aerobic. Vermute ich wenigstens. Sicher aber weiß ich, dass sie die zehn Kilo abnehmen musste, die sie im Winter zugelegt hatte. Schlecht hatte sie sich gefühlt, hatte weder die Energie aufbringen können, sich morgens mit Sorgfalt anzuziehen und zu schminken, noch am Abend auszugehen oder ins Fitness-Studio. Sie hatte sich gehen lassen. Ekelhaft war ich, sagte sie. Jetzt war es an der Zeit, das Ruder wieder in die Hand zu nehmen und eiserne Disziplin zu halten, auch wenn man nach einem Monat Diät nicht mehr kann.

In der Woche klappt es, da arbeite ich den ganzen Tag, die Zeit vergeht schnell. Ich gehe ins Fitness-Studio, und wenn ich dann nach Hause komme, ist es schon spät, dann esse ich noch eine Kleinigkeit und gehe ins Bett. Aber am Wochenende habe ich Zeit. Wenn ich zu meinen Eltern nach Treviso fahre, steht das Essen da schon auf dem Tisch. Und zu Hause in Mailand kann ich ja auch nicht den ganzen Tag im Bett bleiben, irgendwann fange ich an zu mümmeln.

Sie sagt immer »mümmeln«, wenn sie etwas Verbotenes gegessen hat. Das bringt mich auf den Gedanken, dass es zwei Danielas gibt. Eine, die ihren Beruf ausübt, mich für den Verlust eines Pfundes lobt, obgleich das Idealgewicht noch nicht erreicht ist. Die andere hingegen »mümmelt«, sie »mümmelt« gerne, findet es geradezu wundervoll, auch wenn es vielleicht ein wenig vulgär ist und man es deshalb besser mit einem Kosewort sagt. Ich sehe sie vor mir an einem Sonntagmittag mit ihrer Familie, wie sie sich an den schön gedeckten Tisch setzt mit einem Appetit, der ihrem Hunger entspricht. Und laut und deutlich verkündet, heute habe ich Hunger. Ich stelle mir vor, wie sie fast leidenschaftlich die Speisen betrachtet, wie sie mit leichter Verwunderung feststellt, dass nach dem ersten Gang ein zweiter folgt, und dann noch Obst und vielleicht sogar ein Nachtisch, obwohl das am Sonntag immer so ist. Immer voller wird der Magen, und langsam verschwinden die kindliche Verwunderung und Leidenschaft, fast höre ich sie sagen: »Mama, ich habe so viel gemümmelt«, mit einer Hand auf dem vollen Bauch. Dann begreife ich, dass ich mir Daniela dort bei Treviso so vorstelle wie ihre Oma, obwohl ich nicht weiß, ob sie überhaupt noch eine Großmutter hat und ob diese Oma manchmal mit ihnen isst. Im Umland von Treviso waren die meisten Groß- und Urgroßmütter in Danielas Alter Bauern, und viele waren arm, das weiß ich. In manchen Jahreszeiten hatte man fast nur Polenta, oft wurde gehungert. Da es immerzu Polenta gab – Polenta mit Speck, Polenta mit Milch, Polenta mit Zwiebeln –, erkrankten viele von ihnen an Pellagra und Skorbut. In den schlimmsten Fällen hatten die Kinder Rachitis. Auf speziellen Karten sind die Gebiete eingezeichnet, in denen bis in die Nachkriegszeit die Folgen dieses Polenta-Hungers, dieser qualitativen Unterernährung, gewütet haben: im Veneto, im Friaul und in der halben Lombardei.

Vielleicht haben Danielas Eltern heute einen dieser Kupfertöpfe, in denen die Polenta elektrisch gerührt wird. Wahrscheinlich benutzen sie ihn nie, niemand benutzt so etwas. So wenig wie Crêpepfannen, Fonduesets und alle anderen Geräte, die sich an den unerreichbarsten Orten der Küche stapeln und dort in Vergessenheit geraten. Jetzt aber kann Daniela an allen Sonntagen das Essen für ihre imaginäre Oma nachholen. Es ist einfach, ihr wirkliches Gesicht zu sehen, man muss sich nur diese leuchtenden Haare und das Make-up wegdenken. Daniela ist klein, hat breite Schultern, wenig Busen und neigt dazu, an den üblichen Problemzonen zuzunehmen, am Bauch, auf den Hüften, am Hintern. Daniela Kosmetikerin erklärt das mit einem »schweren Knochenbau«, ein solcher Körper sei »robust, aber proportioniert«, kurz, »typisch mediterran«. Ich fürchte, da macht sie sich selbst etwas vor, dieser Körper ist nicht mediterran. Im Gegenteil, er verweist auf ihre Trevisaner Vorfahren. Es ist ein Körper, der harte Arbeit verträgt, dafür gemacht, seine Kraft einzusetzen, auf dem Feld oder an meinen Beinen, das spielt keine Rolle. Sie wird niemals dünn sein. Das sieht man schon an dem vollen Gesicht, was voll bleiben wird, auch wenn sie sich bis auf die Knochen herunterhungert.

Daniela ist nicht schön. Sie hat sicher schon oft gehört, sie habe schöne Augen und einen sinnlichen Mund. Das stimmt, ihre Lippen sind voll und ihre Augen groß und dunkel. In Indien würde man ihnen vielleicht die gleiche Schönheit nachsagen wie den Augen der heiligen Kühe. Und Recht haben sie, die Augen einer Kuh mit denen einer Frau zu vergleichen. Genau das finde ich an Daniela einnehmend, ihre handfeste Ausstrahlung ist schön und sogar sinnlich. Diese innere Stärke ist es, die sie sinnlich macht, eine mitreißende, unbewusste Stärke, die weder die roten Haare noch das blasse Puder verstecken können.

Diese Stärke gibt mir Halt. Außerdem hilft es mir, dass auch Daniela sie einsetzen muss für dieses lächerliche Ziel, durch eine strikte Diät an Gewicht zu verlieren. Wir sind zu zweit, und zu zweit gelingt alles leichter. Ganz besonders dann, wenn man selbst nicht mehr weiß, ob man die Mühe, die man auf sich nimmt, enorm oder nur dämlich finden soll, wenn man darüber nachdenkt. Sie fragt, wie ich vorankomme, und auch ich will alles über ihr Gewicht, die Resultate im Fitness-Studio wissen, ob sie Hunger hat, müde ist, sich schwach fühlt, depressiv oder aber von dem abgelegten Pfund erst recht ermutigt wird.

»Wie sehe ich aus?«, fragt Daniela, wenn ich reinkomme. Ich mustere sie aufmerksam, sage, gut, sehr gut, oder, etwas aufgedunsen vielleicht, zu wenig Schlaf, würde ich sagen. Ich weiß, was zu tun ist, wenn sie erzählt, dass sie etwas Verbotenes oder zu viel gegessen hat und ihre Waage am nächsten Tag wer weiß wie viel mehr anzeigt: Ich muss zuhören, relativieren, ihr Mut zusprechen, sagen, morgen ist das schon wieder runter, Sie werden sehen.

Wie anstrengend.

Da kann man nichts machen, Dani, im schlimmsten Fall wird es das ganze Leben so weitergehen: zunehmen, Diät, zunehmen, Diät. Und wenn schon.

Dieses Mal schaffen wir es, sage ich, »wir«, als wären wir eine Mannschaft.

Denn Daniela sieht zufrieden aus, wenn ich die ganze Woche durchgehalten habe, ohne schwach zu werden, noch ein Kilo, kündige ich stolz an, noch ein paar Übungen für den Hintern, dann sind die Muskeln straff. Daniela aber hat eher wieder das zugenommen, was sie abgenommen hatte. Trotzdem gönnt sie es mir, in ihrer Stimme ist kein Neid zu hören, wenn sie sagt, gut, das haben Sie sehr gut gemacht. Super.

Sie hat mich in der Hand, ich bin ihr Schützling, ihre Kreatur. Ich nehme die Cremes und Salben, die sie mir empfiehlt, und wenn sie rät, eine Anticellulitiscreme täglich oder aber im Wechsel mit einer anderen straffenden Lotion aufzutragen, dann mache ich das. Ich kann es immer noch nicht glauben, aber ich mache tatsächlich alles, was sie sagt, treu und ergeben. Das ist das Mindeste, was ich tun kann. Immerhin besorgt Daniela ungefragt alles aus einer Parfümerie, in der sie Prozente bekommt. Sie fragt den Trainer, wie man die Übungen ändern kann, bei denen meine Rückgratverkrümmung schmerzt, meistens massiert sie mich etwas länger, bietet mir Bonbons, Zigaretten und Kaugummis gegen den Hunger an, und wenn es ihr Terminplan zulässt, lädt sie mich auf einen Kaffee ohne Zucker in die Bar nebenan ein.

Daniela hat sich meinen Fall zu Herzen genommen. Da ich Fortschritte mache, hat sie mich wohl fast gern. Und ich möchte sie nicht enttäuschen: Immerhin ist sie die erste Person, der ich sagen kann, sehen Sie sich mal diesen Bauchmuskel an, vorher war der nicht da. Ob ich wohl im Sommer diese bauchfreien T-Shirts tragen kann? Sie stimmt zu, für sie ist es normal, über solche Dinge zu reden.

Ich erzählte ihr aber auch, wie ich vor fast zehn Jahren so viel abgenommen hatte und mich so gut fühlte. Dann nahm ich alles wieder zu, vielleicht, weil mir ein Signore ein ziemlich direktes Angebot machte, ich war völlig schockiert, Dani, damit hatte ich nicht gerechnet. Ich hatte aber auch bei den jüngeren, netten Jungs Angst, obwohl ich doch einfach Nein sagen konnte.

Normalerweise rede ich nicht darüber, ich versuche, nicht daran zu denken. Wen soll so etwas interessieren, und wer glaubt schon, dass mich Komplimente einfach nur beschämten, mir Angst machten? Ich schämte mich so sehr, dass ich mich unter Schichten von Kleidung versteckte, das reichte aber nicht, und so wurden daraus eben Fettschichten. Ich wollte, dass nur mein Gesicht schön blieb, und wenn irgendwann auch das zu dick geworden wäre, nur noch die Augen. Denn die akzeptierte sogar ich.

Daniela hört zu, nickt oder sagt, das verstehe ich, oder nickt noch einmal auf eine etwas schwerwiegende Art. Vielleicht findet sie mein Vertrauen unverständlich, so wie ich es unverständlich finde, mit welcher Leichtigkeit sie ein Gespräch über Bauchmuskeln und Cellulitis in Gang halten kann.

Das habe ich Daniela aber nicht anvertraut, weil ich jemanden zum Zuhören gebraucht hätte, sondern weil ich spürte, dass es das Einzige war, was ich in unserem gemeinsamen Kraftakt tun konnte. Da ich nichts über die praktischen Fragen des Körpers weiß, war Erzählen alles, was mir blieb. So wie sie meinen Körper massiert, ihn verändert und langsam formt, indem sie ihn wie einen Teig durchknetet, ihn damit lächerlich und hilflos macht, erzählte ich eben. Denn Daniela kann alles andere: Unter ihren Händen schwellen meine Fesseln ab, sie kann Fettklümpchen und Knoten in den Muskeln auflösen, und unter dem Druck ihrer Hände kann ich die natürliche Form meines Körpers erraten. Vielleicht versuchte ich sie durch mein Erzählen zu beeindrucken, um nicht unterlegen zu sein.

Ich fing an, vom Hunger zu erzählen. Man hat Hunger oder glaubt, welchen zu haben, schlingt ein Stück Brot in sich hinein, und dann noch eines, bis fast nichts mehr da ist. Dann sagt man sich, jetzt hast du es fast ganz aufgefressen, jetzt ist Schluss, aber man hat immer noch Hunger, unstillbaren Hunger. Da ist dieses schwarze Loch im Magen, diese Unruhe, und dann verschlingt man auch noch den Rest. Und wenn man darüber nachdenkt, wird einem klar, dass dieser Hunger nur Ausdruck von Stress ist, Angst oder Trauer, dass man isst, weil man friert oder sich nicht konzentrieren kann und nichts auf die Reihe kriegt. Man isst, anstatt sich auszuruhen und eine Pause zu machen, oder einfach nur, weil man schon zu viel gegessen hat und sich vor sich selbst ekelt, und deshalb frisst man weiter. Oder man hat diese ständige Kontrolle einfach satt, hält es nicht mehr aus, weil man eigentlich gerne isst, will nicht mehr dieses nagende Schuldgefühl in sich haben, weil man isst und dick ist. Dabei ist man gar nicht schuld, man hat ja niemandem etwas getan, vielleicht nicht einmal sich selber. Man isst aber weiter, weil man sich doch schuldig fühlt, schwach und schuldig, und manchmal weiß man selber nicht, warum man isst.

Das verstehe ich.

Auf Danis Gesicht liegt ein glückliches Lächeln, eine strahlende Bewunderung: Sie ist so leicht zu beeindrucken.

ICH HABE MIR NOCH EINMAL das Foto mit dem Bauch und den Brüsten angeschaut und fand es gar nicht so schlimm. Nicht für ein Mädchen von dreizehn Jahren, das seine endgültigen Proportionen noch entwickeln würde. Ich weiß noch, dass ich damals ständig einen hastigen Blick in die Schaufenster auf meinen Hintern warf. Ich wollte sehen, wie er aussah, wenn ich vorbeiging. Ich stellte mich auch mit dem Rücken zum Spiegel und drehte den Kopf, erst zu einer Seite, dann zur anderen. Aber nie hatte ich das Gefühl, ein realistisches Bild dieser Massen zu bekommen, die ich da hinter mir herschleppte. Ich hatte panische Angst, weil ich wusste, dass mein Hintern dick war. Wie dick er wirklich war, wusste ich nicht, deshalb wusste ich auch nicht, wie sehr ich mich dafür schämen musste. Außerdem schämte ich mich für meine Brüste, ich hatte sie schon so früh bekommen, und in kurzer Zeit hatten sie ausgewachsene Dimensionen angenommen. Deshalb hatte ich mir eine gebeugte Haltung angewöhnt und die Schultern hängen lassen. Heute habe ich eine Rückgratverkrümmung und noch immer hängende Schultern, und ich schäme mich, dass meine Erinnerung an andere Dinge viel diffuser ist. An jenem Tag schaute ich mich im Schaufenster von Yves Saint-Laurent an. Ich war mit meiner Mutter unterwegs und trug ein neues Paar Levi's Jeans. Nur das Kleid im Schaufenster ist in meiner Erinnerung verblasst. Wie kann man sich bloß so deutlich an einen so kurzen Blick erinnern?

Viel lieber hätte ich eine klare Erinnerung an das, was ich in meiner Jugend gemacht habe. An die Spiele, meine Begegnungen, die kleinen Abenteuer oder das, was ich dafür hielt. Wenigstens an die Bücher, die ich las, an Dinge, die mich interessierten oder Ähnliches. Aber statt solcher Erinnerungen habe ich ein oberflächliches, fast abstraktes Bild im Kopf. Ich las viel, das weiß ich noch. Eigentlich tat ich nichts anderes. Sobald ich mit den Hausaufgaben fertig war, fing ich an zu lesen, ich las den ganzen Nachmittag, und nach dem Abendessen las ich oft noch weiter. Wenn wir in Urlaub fuhren, nahm ich Dutzende von Büchern mit, der halbe Koffer war voll davon, aber ich kann mich nicht an die Titel erinnern. Ich weiß, dass es viele Jugendbücher waren, Salgari war dabei, einige waren auf Deutsch, andere auf Italienisch. Ein zeitgenössischer Roman, der von einer gewissen Julie handelte, die bei Wölfen aufwuchs. Einer über das Leben und die Abenteuer des blauen Volkes im Gebirge Hoggar, vielleicht war das eine dramatische Liebesgeschichte, aber ich kann mich nur noch an die Namen der Orte erinnern. Ich erinnere mich an das Buch, aus dem ich erfuhr, dass man die Indios im Amazonas mit Napalm bombardierte, weil mitten durch den Wald eine große Straße oder eine Eisenbahnlinie gebaut werden sollte. Ich glaube, es hieß *Schatten über dem Amazonas*; daher sind mir Ausdrücke wie *Sampan*, *Maniok* und *Kajal* vertraut, aber das ist auch fast schon alles. Ich erinnere mich an die Straße zur öffentlichen Bibliothek, in der ich mir jede Woche neues Lesefutter besorgte, an das große Fenster hinter der Bücherausgabe und an die hellen Holzregale. Ich erinnere mich auch an eine Buchhandlung im Zentrum, an die Kinder- und Jugendabteilung im ersten Stock. Und endlich taucht eine Person auf, meine kleine, runde Buchhändlerin, deren ergrautes Haar immer etwas strähnig in ihr sommersprossiges Gesicht fiel. Um die Augen herum hatte sie viele kleine Fältchen, weil sie immerzu mit ihren kleinen Kunden lachte. Ich habe aber keine Ahnung, wie sie hieß.

In der Schule strengte ich mich nicht besonders an, denn die Fächer, die mich interessierten, fielen mir leicht. Ich fand den Unterricht nicht langweilig und war immer bei der Sache. Das alles sind aber nur oberflächliche Tatsachen, ich habe kein klares Bild davon, keine Geschichten. Ich weiß nur, dass ich damals sehr unglücklich war. Oft kam ich weinend aus der Schule, weinte den ganzen Heimweg lang, und zu Hause weinte ich weiter. Das weiß ich, weil meine Eltern mit den Lehrern sprachen, die auch keinen Rat wussten. Ich glaube, einer sagte, das vergeht mit der Zeit, in diesem Alter sind sie eben so.

Und doch muss ich mich anstrengen, um das Ausmaß und die Dauer dieser unglücklichen Zeit abschätzen zu können. Ich muss rechnen, brauche einen Orientierungspunkt, muss einen Halt finden, als wäre ich auf hoher See ohne Land in Sicht. Ich habe keine Ahnung, was einem Seemann von einer langen, mühseligen Überfahrt in Erinnerung bleibt, ich aber habe jegliches Gefühl zu diesem immer gleichen, konstanten Schmerz verloren, ich erinnere mich nicht an ihn. Ich kann mich nur daran erinnern, wie sehr ich mich schämte: beim Sport, vor dem Spiegel im Schlafzimmer meiner Eltern, vor dem Yves-Saint-Laurent-Schaufenster, in meiner Schulklasse.

Damals war ich sehr einsam, hatte keine Freunde oder Freundinnen, mit denen ich mich nach der Schule hätte treffen können. Deshalb gibt es auch keine besonderen Erlebnisse, die ich erzählen könnte. Also las ich, ich verschlang die Bücher so gierig, dass ich mich an fast keines mehr erinnere. Wenn meine Mutter mich zum Essen rief, antwortete ich gar nicht oder rief automatisch, ich komme gleich, nur noch diese Seite, noch zwei Minuten, nur das Kapitelchen. Wenn sie gute Laune hatte, kam sie mir mit »nur das Kapitelchen« zuvor. Sie wusste, dass die Bücher immer gegen das Essen gewannen. Vielleicht rührt es aus dieser Rivalität zwischen Büchern und Essen, dass von dem Wust der Erinnerung an Titel, Geschichten und Personen nur das Essen geblieben ist: fünf kleine Kartoffeln, die tägliche Mahlzeit eines Indios aus dem *Altiplano*. Das Maniok der Stämme aus Mato Grosso, die Maiskolben der Maya. Das Fleisch, Fett, Blut und die Innereien des amerikanischen Büffels. Vögel, die mitsamt ihren Federn in Tontöpfen gebraten werden. Datteln und Kamelmilch aus der Wüste. Tee mit ranziger Butter, der auf einem Feuer aus Kuhfladen gekocht wird, weil es in Tibet am Fuße des Himalaja kein Holz gibt. Ich liebte Bücher, die in fernen Ländern und anderen Zeiten spielten. Auch wenn die Menschen und Völker hungerten und mit vielen anderen Entbehrungen lebten. Sie erlitten Tragödien und Unterdrückung, sie waren von Tod und sogar vom Aussterben bedroht. Aber sie teilten ihr Leid untereinander. Ein Faden grausamer, bewegter Ereignisse und Schicksale zog sich durch die Geschichten. In Gedanken baute ich sie weiter aus, stellte mir vor, ich sei die Tochter oder Geliebte eines Piraten, und wenn es gar nicht anders ging, bog ich mir ein eigenes Ende zurecht. Noch heute rührt es mich an, das Bild eines Tuareg, eines Dayak, eines Indios oder eines Indianers mit Kriegsbemalung zu sehen. Ein vertrautes Gefühl, zu plötzlich und zu wenig greifbar, als dass ich seinen Ursprung fassen könnte. Ich möchte noch immer unter ihnen sein, eine von ihnen sein.

Ich erinnere mich nicht mehr an die Namen und Gesichter der Schulkameradinnen, die irgendwann aufhörten, mit mir zu reden. Eine, die mich zwei-, dreimal vor den anderen demütigte, hieß Sandra. Ein Blondchen mit Brille, ihren Nachnamen weiß ich nicht mehr, ich weiß noch nicht einmal, was sie mir getan hatte, wann und weshalb. Wer weiß, warum ausgerechnet sie mir in den Sinn kommt: Sie war so wie die anderen, hatte keine besondere Position. Vielleicht waren ihre Demütigungen nur kleine, zufällige Spitzen, und andere, ähnliche und schlimmere, habe ich einfach vergessen. Ich weiß ja auch nicht mehr, warum ich ein ums andere Mal in Tränen ausbrach, sobald ich das Schultor hinter mir gelassen hatte. Wenn ich an andere Gelegenheiten zurückdenke, in denen ich weinte, erwacht eine lebhafte Erinnerung in mir. Ich erinnere mich an den tiefen Schmerz und den Grund dafür, die Tränen nach der Schule aber habe ich nur als reine Tatsache bewahrt.

Ich begriff nicht, warum es meine Schulkameradinnen auf mich abgesehen hatten. Deshalb war ich weiterhin freundlich und hilfsbereit, vielleicht etwas unbeholfen, weil mich ihre rätselhafte, stumme Ablehnung einschüchterte. Mag sein, dass das die Sache nur noch schlimmer machte und ich immer ungeschickter wurde. Ja, ich war ungeschickt, behäbig, ich stotterte sogar: Das weiß ich noch gut. Vielleicht war ich nicht unglücklich, sondern einfach nur plump, vielleicht schämte ich mich zu sehr für meinen Körper, und diese Scham blockierte mich, ich wurde sie nicht mehr los. Hätte ich sie damals überwinden können, wäre unbekümmert und gedankenlos auf meine Kameradinnen zugegangen und hätte mir die kleinen Feindseligkeiten nicht so zu Herzen genommen, hätten sie mich möglicherweise in Ruhe gelassen. Das konnte ich aber nicht, und vielleicht erinnere ich mich jetzt an so wenig, weil ich nichts verstand.

In der Grundschule hatte ich eine Freundin. Wegen ihr hatte ich auf das Mädchengymnasium gewechselt, direkt neben der alten Schule. Wir gingen zusammen in den Park, spielten mit Barbies, malten Häuser und exotische Mode-Kollektionen, schauten uns Mantel-und-Degen-Filme an. Zusammen hatten wir ein Buch über das kleine Genie Amadeus Mozart entdeckt und waren ganz verrückt nach seinem Leben und Werk: Das war unser Geheimnis, denn die anderen hätten uns dafür ausgelacht. Als wir größer wurden, ließ das Interesse für das kleine Genie nach, und an seine Stelle trat die schwedische Gruppe Abba: Ich war eher für die Brünette und ihren Mann, meine Freundin für die Blonde. Wir lasen aber auch andere Bücher, die ich heute noch aufzählen könnte. Besonders gut gefielen uns Asterix-Hefte, und zu Karneval gingen wir einmal als Asterix und Obelix: Sie, die Zierliche, war der schlaue Held. Ich trug ein Kissen vor dem Bauch und war ihr dicker, starker Freund.

Sabines Mutter war Französin, ihr Vater Ingenieur. Er war groß und hager, und seine Haare sahen nach einer Menge Pomade aus. Sie hatte auch eine große Schwester, mit der sie sich ein Zimmer teilte. Nach der Schule war ich oft bei ihr, ich kann mich allerdings nicht erinnern, dass sie auch einmal bei uns gewesen wäre, obwohl wir genauso nah an der Schule wohnten. Nur mit Mühe kann ich mich an ihr Zuhause erinnern. Es war eine dieser Wohnungen mit viel dunklem Holz, einem braunen Teppich und einem Sofa in der gleichen Farbe. Sie hatten ein Wohnzimmer, ich glaube auch ein Klavier, eine große Küche mit einem Esstisch darin. Im Kinderzimmer standen zwei Betten an der Wand, ein Schrank, ein Schreibtisch, vielleicht auch zwei. Es ist ein farbloses Bild, fast skizzenhaft: Möglicherweise trügt mich die Erinnerung, und es sah alles ganz anders aus, denn ich kann mich an keine Einzelheiten erinnern, nicht an die Bilder an den Wänden, die Farbe der Bettdecken, an Plüschtiere oder die Lieblingspuppe. Waren die immer sorgfältig frisierten Haare von Sabines Mutter schon grau? War sie schlank, sprach sie mit einem französischen Akzent? Zu mir war sie jedenfalls freundlich.

Sabine freundete sich im ersten Jahr auf dem Gymnasium mit einigen neuen Mädchen an. Ich mochte sie auch, aber nach einiger Zeit ging Sabine mit ihnen in die Pause, ohne mich mitzunehmen. Wenn ich versuchte, mich ihnen anzuschließen, suchten sie schnell das Weite. Erreichte ich die Gruppe dann später, ließen sie mich links liegen. So verlor ich meine Freundin, die neuen, netten Mädchen, und nach einer Weile blieb niemand mehr übrig. Sabine hatte sicher ihre Gründe, die Freundschaft mit mir einschlafen zu lassen, ich wusste aber nicht, welche. Ich kann mich an keinen Streit erinnern. Sie musste doch der Ursprung für das Schweigen, das Flüstern oder das Kichern sein, das mich in der Klasse umgab. Ich aber verstand es nicht: Was erzählte Sabine den anderen über mich, sie hatte doch Freundinnen, und wenn sie nicht mehr mit mir befreundet sein wollte, warum wollte sie dann nicht, dass ich andere Freundinnen fand? Was hatte ich ihr getan?

Das ist alles, woran ich mich erinnere. Ich werde niemals mehr darüber wissen. Jahre später traf ich Sabine zufällig an einem Messestand wieder: Sie freute sich sehr, gab mir ihre neue Adresse in Paris und erzählte, dass sie jetzt als Designerin arbeite und ihr Mann Arzt sei. Was für ein Zufall, mein Mann ist auch Arzt, habe ich gesagt. Seitdem schickt sie mir jedes Jahr eine selbst entworfene Weihnachtskarte, auf der sogar ihre zwei Kinder unterschreiben. Das freut mich. Vielleicht hat Sabine gar nicht über mich gelästert, kein Komplott mit den anderen geschmiedet, um mich in die Einsamkeit zu treiben. Möglicherweise begriff sie das Ausmaß des Ganzen überhaupt nicht. Sie hatte ja nichts anderes getan, als einfach neue Freundinnen zu finden, und die alte, zu anhängliche Freundin wollte sie loswerden. Es ist normal, neue Freundschaften gegen alte einzutauschen, besonders in diesem Alter. Vielleicht war das tatsächlich so einfach. Dazu kam die Tatsache, dass ich ihr ewig wie ein geprügelter Hund hinterherlief und den anderen damit die Berechtigung gab, mich auch so zu behandeln.

Sabine wüsste wahrscheinlich gar nicht, was ich meine, würde ich sie heute fragen, was damals eigentlich los war. Auch die anderen wüssten es nicht: Auf einem Klassentreffen zwanzig Jahre später waren sie alle nett und freundlich zu mir. Sie erinnerten sich noch an mich, an mein Gesicht, sagten, es habe sich nicht verändert. Erinnerten sich an meine Leistungen in der Schule, sogar an einige lustige Anekdoten wie die, als ich etwas Schwung in den langweiligen Biologieunterricht bringen wollte und an die Tafel schrieb: »Gibt es die Schlafkrankheit auch in Europa?« Denn das einschläfernde Gerede des Lehrers war wie der Angriff einer Tsetsefliege, bei dem die gesamte Klasse dahingerafft wurde. An alles andere erinnerten sie sich nicht, so wie ich mich kaum an sie erinnere. Aber das macht nichts. Ich fürchte, es würde nichts ändern, auch dann nicht, wenn ich noch jedes Detail wüsste. Heute noch ist es so, dass ich ein Lachen oder ein Flüstern in meiner Gegenwart sofort auf mich beziehe, wenn auch nur für einen kurzen Augenblick. Und insgeheim glaube ich, dass es nur eine Frage der Zeit ist, wann meine besten Freunde merken, dass sie sich in mir getäuscht haben, auch wenn sie noch so viel für mich getan haben und ich mir ihrer Zuneigung sicher sein könnte. Dann fange ich mit gesenktem Kopf wieder an zu stottern und verfalle in eine geradezu unmenschliche Demut. Eine Demut, die nichts Freiwilliges oder Freundliches mehr an sich hat und mir wahrscheinlich gar nicht entspricht. Es ist eine Unterwerfung wie von einem Hund, der seinen hellen Bauch hinausstreckt, wie von einem Wolf, der dem Stärkeren seinen Hals darbietet, damit er ihn nicht durchbeißt. Vielleicht bin ich das gar nicht, vielleicht habe ich tatsächlich einen stolzen Charakter, manchmal glaube ich das. Aber was sagen schon mein Charakter, meine Fähigkeiten und meine Gedanken über meine Rolle, meinen Rang? Ein Anführer kann gutmütig oder launisch sein, rational oder emotional, umgänglich oder kompliziert. Er kann sogar dumm sein, chaotisch und schwach, er wird doch immer der Anführer bleiben. Menschen entscheiden ohne Begründung, wer befiehlt, wer ausführt, wer seinen Mund zu halten und zu gehorchen hat und wer einstecken muss. Vielleicht funktioniert es nur deshalb. Das kannst du aber mit elf nicht begreifen. Und wenn du es später begreifst, nützt es dir nichts mehr. Es nützt nichts, sich etwas ins Gedächtnis zu rufen, um es zu verstehen. Denn dass man es versteht, macht die Sache nicht ungeschehen. Der Eindruck, es könnte funktionieren, rührt nur aus dem dichten Nebel der Vergessenheit. Du glaubst, du selbst zu sein, mit deinem

Charakter und deinen Fähigkeiten, dabei hast du nur deine Rolle verdrängt. Ich glaube, dass ich auch deshalb keine Erinnerung mehr an die Wohnung von Sabine habe, an ihre Familie. Von ihr selber sind mir nur wenige Bilder geblieben, und die für immer, denn sie sind in meinem Fotoalbum eingeklebt.

Bei ihr zu Hause aß ich zum ersten Mal ein fremdartiges Getreide aus Frankreich, *Couscous*. Ich mochte seine körnige Konsistenz, den feinen Duft. Jahrzehntelang ist mir weder der Name noch der Geschmack wieder untergekommen. Sabines Mutter machte Birnen- und Apfelmarmelade, die es in Deutschland nicht gab. Außerdem verschloss sie die Gläser mit einer dicken Wachsschicht, nicht, wie ich es von zu Hause kannte, mit einem Deckel. Ich fragte mich, wo sie das Wachs herbekam, wie sie es über die Marmeladengläser kriegte und vor allem, wie sie es abziehen konnte, ohne dass das Wachs in die Marmelade fiel.

Auf den Geburtstagen meiner Schulfreundin Ulrike Seitz gab es jedes Jahr Erbsensuppe mit Würstchen. Manchmal lud sie mich ein, um sich für meine Karnevalseinladung zu revanchieren. Damit auch viele meiner Schulkameradinnen kämen, bereitete meine Mutter Gewinnpreise und kleine Geschenke vor, es gab Krapfen aus der besten Bäckerei. Die Mutter von Karin Maschek machte dieses typische frittierte Gebäck immer selber. Auch Karin lud mich aus demselben Grund ein, von ihr sind mir die dicke Brille und die Verbrennungen an der Hand in Erinnerung geblieben. Als es die Runde machte, Ulrike sei magersüchtig, dachte ich sofort an die Erbsensuppe. Vielleicht erinnere ich mich deshalb an sie.

Ich blieb nur bis Ende des Schuljahres auf dieser Schule. Warum, weiß ich nicht mehr: Die neuen Schulkameradinnen wussten nichts von meiner Position, und ich schloss Freundschaften. Wenn ich die Zeit überschlage, komme ich auf vier, fünf Jahre Einsamkeit: von elf bis fünfzehn. Wenn ich zu traurig war, um mich auf den Unterricht zu konzentrieren, meldete ich mich manchmal einfach ab, um auf die Toilette zu gehen. Ich zog mir einen heißen Kakao aus dem Automaten, strich durch die leeren, stillen Gänge, die Hände um den Becher gelegt. Ich brauchte dieses Getränk, um mich zu wärmen und die Zeit abschätzen zu können, die ich draußen bleiben konnte. Hatte ich ausgetrunken, ging ich wieder in die Klasse. Eine Zeit lang gab es in der Pause am Schulkiosk frische Waffeln, so groß wie eine halbe Tafel Schokolade. Nirgendwo sonst gab es sie. Ich kaufte immer eine solche Waffel und ein heißes Getränk. Während die anderen Schüler zum Hof hinausströmten, setzte ich mich auf die Stufen des obersten Stockwerks oder noch besser in eine leere Klasse. Nicht in meine, denn wenn die anderen wiederkamen, durfte ich nicht schon dort sein. Die Fenster gingen zum Hof, und man sah die Wipfel der Rosskastanien. Ein unbestimmtes Stimmengewirr drang zu mir hoch, aber ich sah die anderen dort unten nicht. Ich aß meine Waffel und trank meinen Kakao, der auf dem Becherboden einen pulverigen Satz hinterließ. Ich las mein Buch und betrachtete die Bäume. Sie waren riesig, üppig, sattgrün und taten gut. Ich erinnere mich an die vom Licht durchfluteten Blätter, die beinahe durchsichtig wurden und wirkten, als strahlten sie selbst ab. Doch ich fürchte, dass es diese Bäume ohne die Schokoladenwaffel heute nicht gäbe, und diese Waffel schwimmt einsam auf dem verwaschenen Unglück.

Erzähle ihr die Geschichte deiner traurigen Jugend in einem fremden Land, gezeichnet von strengen Diäten, deren tröstlicher Ausgleich in tellergroßen Schokowaffeln bestand. Von den großzügigen Nusszopfstücken im Café vor der Schule, von Schokoeiern, Lakritz und Kaugummis, den weichen Bonbons vom Bäcker nebenan. Von diesen einzigen Freunden. Erzähle Daniela von diesen fremdartigen Dingen, beschreibe ihr, was ein Bienenstich ist, dieser herrlich süße Hefekuchen mit knusprigen Mandeln obenauf und einer Füllung aus Sahne und Vanillepudding. Erkläre ihr die wortwörtliche Bedeutung dieses Namens und dass er als rustikal gilt, weil er stückweise aus der Form verkauft wird. Deshalb gab es ihn beim Bäcker, nicht im Café, und billig war er auch noch, billiger als der Nusszopf, aber immer noch teurer als ein Negerkuss oder Mohrenkopf. Frage sie, ob sie jemals einen solchen Kuss oder Kopf gekostet hat, diese weiche, klebrige Masse aus Eiweiß, umhüllt mit zartbitterer Schokolade. Irgendwann sind sie dir in Italien einmal untergekommen, deine Mohrenköpfe, die damals vierzig Pfennig kosteten, also Lire ... Keine Ahnung. Sprich vom Heimweh, das wird sie für dich einnehmen, von den vergangenen Zeiten, in denen bei deinem geliebten Bäcker noch unzählige Gläser mit Süßigkeiten von Haribo in einer langen Reihe standen. Alles war hier für zehn oder fünf Pfennig pro Stück zu erstehen: Gummibärchen, andere Weingummitiere und -Früchte, die kleinen

Cola-Fläschchen, Lakritzschnecken und -schnüre, die rosaweißen Beeren, die du immer am liebsten mochtest, weil sie einfach nur nach Zucker schmeckten. Man konnte zwei hiervon, drei davon aussuchen, und wenn man die Qual der Wahl überstanden hatte, füllte die Bäckersfrau alles in ein trichterförmiges Papiertütchen. Auch die gibt es heute nirgends mehr. Für nur fünfzig Pfennig Taschengeld konntest du so deinen täglichen Heimweg versüßen. Erzähle ihr von den Lakritzschnecken, die man erst zum Schluss und nie als Ganzes essen durfte. Die zwei aneinander geklebten, aufgerollten Schnüre waren mit großer Vorsicht abzurollen, erst dann konnte man den intensiven Geschmack Schnur für Schnur genießen.

War es in Italien genauso, Dani? Gab es bei euch in Treviso auch Lakritz?

Sollte das nicht reichen, kannst du ihr immer noch erzählen, dass es im Land deiner Kindheit weder Pizza vom Blech noch Focaccia gab, keine Brioches und im Sommer noch nicht einmal Wassereis. Es gab Hörnchen, Becher, Eis mit Schokoüberzug, auch eine Art Eiswaffel, aber lange Zeit kein Wassereis.

Das hätten Sie nicht gedacht, wie, Daniela?

Das erste Wassereis hieß Capri und schmeckte nach Orange. Heute gibt es überall das gleiche Eis, weil es von einem multinationalen Konzern hergestellt wird. Deshalb gibt es Magnum, Cornetto und sogar Calippo auf der ganzen Welt, das Eis schmeckt überall gleich, obwohl der Hersteller in Italien Algida heißt, in Deutschland Langnese und in Frankreich Motta. Aber das wahre Wassereis, in durchsichtigem Papier mit den klassischen Geschmacksrichtungen Orange, Zitrone und Minze, gibt es nur in Italien. In

Deutschland wissen sie noch nicht einmal, wie man Minze schreibt. Von Minzsirup ganz zu schweigen. Himbeersirup, den gibt es.

Dani, könnte ich sagen, hier in Italien mag ich fast alles, aber Sie können sich nicht vorstellen, was einem in Deutschland so vorgesetzt wird. Die Kinder kriegen eine Pampe mit roter Soße zu essen, Grießbrei mit Himbeersirup.

Ich erzähle Ihnen die tragikomische Geschichte von Lisa, die ich bei der Aufnahmeprüfung für Ausländer an der staatlichen Universität kennen lernte. Meine halb deutsche, halb italienische Freundin hatte weder in Deutschland noch in Italien jemals gelebt, nur einmal hatte sie einige Monate in Mailand gewohnt, und ausgerechnet in dieser Zeit steckten ihre Eltern sie über die Ferien in ein deutsches Kinderheim. Dieses Heim hatte einen sehr guten Ruf, sollte sich aber nachher eher als Kinderlager herausstellen, kalt, spartanisch, mit geradezu militärischer Disziplin. Eine meiner schlimmsten Kindheitserinnerungen, sagte Lisa. Was denn besonders schlimm gewesen sei? Stell dir vor, es gab dort nur Grießbrei mit Himbeersirup.

Bald darauf lernte ich an der Universität einen Studenten aus Mailand kennen. Seine Mutter kam aus Österreich, und auch Alfredo erzählte mir von einem furchtbaren Kinderheim, in dem er und seine Schwester jedes Jahr die Ferien verbringen mussten. Als ich ihn fragte, was denn so schrecklich gewesen sei, fiel auch ihm nur der Grießbrei mit Himbeersirup ein. Nur wegen diesem Ekel erregenden Fraß haben wir festgestellt, dass es dasselbe Heim war und dass Lisa dorthin geschickt worden war, weil Alfredos Eltern es ihren Eltern empfohlen hatten. Denn während ihrer sechsmonatigen Zeit in Mailand hatte Lisa in der Schule neben Sofia gesessen, Alfredos Schwester, und war ihre beste Freundin geworden. Dank dem Grießbrei mit Himbeersirup haben sich Sofia und Lisa zehn Jahre später wiedergetroffen.

Ich könnte Daniela von deutschen Spezialitäten erzählen, von Dingen wie Milzsuppe, saurer Lunge, von Herzragout oder der Schlachtplatte, bestehend aus Hachse, Schweineschwarte und -ohren. Von frischer, warmer Blut- und Leberwurst, die man zermatscht mit Sauerkraut isst. Ich würde das erzählen, um Eindruck zu schinden und ihr zu guter Letzt schwören, so etwas nie probiert zu haben und damit auch nicht anzufangen. Dann könnte ich vom Skilager erzählen. Wie wir in den eisigen Zimmern eines tristen Bauernhofes bei Sankt Anton in Tirol unter grauen Militärdecken schliefen. Wie ich endlich hätte beweisen müssen, dass ich es mit meinen Kameradinnen wenigstens auf den Skiern aufnehmen konnte. Doch dann kam ich nicht hinterher, wenn der Lehrer *Los geht's* schrie und sich die schwarze Piste hinunterstürzte, eine löchrige Piste voller Eis und Buckel. Die anderen Schülerinnen stürzten Hals über Kopf hinterher, während ich es mit Mühe und Not schaffte, sie am Skilift einzuholen. Gefühle wie Kälte, Gefahr und Angst waren ihnen fremd. Meine Mutter behauptet, meine Schulkameradinnen seien verwundert gewesen, als ich bei der Abfahrt mit geschulterten Skiern und einer kompletten Ausrüstung erschien. Aber nicht das empfand ich als Rache, sondern sie an dem Essen verzweifeln zu sehen. Zu sehen, wie auch sie es nach einigen Tagen nicht mehr schafften, ihren »Teller leer zu essen«, wie sie es von ihren Müttern gelernt hatten. Dass auch sie vor einem Leberknödel von Größe und Konsistenz eines Tennisballs fassungslos erblassten. Blut kam aus seiner Mitte und lief in die wässrige Suppe, wenn man ihn mit dem Löffel entzweite. Dass sie beim zweiten Mal nur mit Mühe diese ranzigen, gelb-grauen Wollknäuel hinunterwürgten, mit dem Ergebnis, dass sie in den folgenden Tagen klein geschnitten in jeder Mahlzeit landeten. Es war beeindruckend zu sehen, wie sie eine nach der anderen aufgaben. Eine schlug sogar einen nächtlichen Einbruch in die Speisekammer vor. Dann reichte es aber nur für den einstündigen Marsch ins Dorf, wo schon alle Geschäfte geschlossen hatten. Der Bäcker, das Gasthaus, alles zu, bis auf eine Milchbar, in der es auch Milchreis gab. Milchreis mit Butter, Zimt und Zucker. Eine Mahlzeit, die jede irrtümliche Gemeinsamkeit Lügen strafte, denn meine Kameradinnen waren glücklich, mich aber ekelte diese milchige Pampe nur an. Was ist das bloß für eine geschmacklose Küche, wer soll so etwas essen? Diese Vorliebe für blutige Innereien, fette Wurst und dann diese süßen Massen. Männer im besten Alter sitzen mittags im Café und schlingen riesige Tortenstücke in sich hinein, Schicht um Schicht einer dunklen Schokoladen- oder Buttercreme. Vielleicht, dachte ich, sind sie wirklich so, die Deutschen, brutal und zuckersüß, sie sind es bis auf die Knochen, bis auf ihre Geschmacksnerven. Hitler war Vegetarier, das ist bekannt, er liebte die Berge in Berchtesgarden und seinen Schäferhund. Ich weiß nicht, wie oft ich das schon gehört habe: Hitler liebte seinen Hund, seine Berge, und er rührte kein Fleisch an. Aber was bedeutet das? Meine Kameradinnen konnte ich aus der Nähe betrachten. Es waren Mädchen, die auf jeden Fall erwachsen sein wollten, ob sie sich irgendwelche Pisten hinunterstürzten oder über die Pille und Jungs redeten. Und genau diese Mädchen aßen mit verzückten Gesichtern glücklich Babybrei. Und wenn tatsächlich alle so sind, so wie meine

Kameradinnen? Am Tag stark und mutig. Am Abend schmieden sie auf dem Zimmer Pläne, die Speisekammer zu plündern oder nachts heimlich auszubüchsen, auf der Suche nach Abenteuern und Jungs, nach einer Bar, einer Diskothek. Wo aber sind wir gelandet? In der Milchbar des Dorfes, ein Grüppchen satte Mädchen. Wir bezahlten und machten uns auf den Heimweg. Wenn wir uns beeilten, würden wir es noch schaffen, die anderen beim Abendessen zu überraschen. Strammen Schrittes marschierten wir also los. Auf die Frage »Wo wart ihr?« berichteten meine Kameradinnen stolz, dass sie im Dorf gewesen und Milchreis gegessen hatten, eine riesige Portion Milchreis mit viel Butter, Zimt und Zucker. Und die anderen, die mit verzweifeltem Hunger verkochte Spaghetti mit einem Hackfleisch aus Resten hinunterwürgten, schauten bewundernd und neidisch auf. So wurde die Heldentat auch entsprechend gewürdigt, und das machte sie noch glücklicher als ihr Milchreis.

Brutal und zuckersüß sind sie, die Deutschen, wie meine Schulkameradinnen. Sie wären so gerne erwachsen und verhalten sich doch wie Kinder. Sie stürzen Hals über Kopf einem Lehrer hinterher, nur weil der *Los geht's* schreit, lassen sich immerzu herumkommandieren, auch noch als Erwachsene. Außerdem essen sie Milchreis, sie können nicht ohne ihren Milchreis. Wenn sie böse stürzen, macht ihnen das nichts, sie stehen wieder auf. *Ein Indianer kennt keinen Schmerz*, wie das deutsche Sprichwort sagt. Und sie glauben, wie Indianer zu sein, aber die echten Indianer aßen weder Milchreis noch Sahnetorten. Sie aßen das Herz des Büffels, den sie auf der Jagd erlegt hatten, oder seine rohe Leber. Sie dankten dem Herzen des Büffels oder seiner

Leber und schlugen ihre Zähne hinein. Erst später stürzten sie in das Verderben. Doch ihr Verderben war der Alkohol, das Feuerwasser. Das Feuer, das den Mut zerstört und den Schmerz tötet. Süßigkeiten haben nichts damit zu tun. Heute gibt es vielleicht auch in ihren Reservaten Süßigkeiten. Soft-Drink- und Candy-Bar-Automaten stehen in den Spelunken ihrer Reservate, in Amerika stehen sie überall, mittlerweile auch in der Mailänder Metro. Die Touristen in den Reservaten lassen sich mit einem echten Indianer fotografieren. Solange dieser verkleidete Indianer nicht völlig besoffen ist und keine Fahne hat, was man auf einem Foto ohnehin nicht sieht, lächelt er mit schwarzen Zähnen neben dem Touristen. Seine Zähne sind vom Zucker zerfressen, vom Zucker der Soft-Drinks und der Candy-Bars. An den schwarzen Zähnen erkennt man, dass es kein echter Indianer sein kann, keiner, der Schmerz oder die Angst davor nicht kennt und ihm mit Feuerwasser den Garaus macht. Denn auch er braucht Süßigkeiten, so weit ist es gekommen. Wie meine Kameradinnen. Wie die Deutschen. Dieser Indianer ist jedoch noch kaputter, als seine schwarzen Zähne es sind, weil ihm niemand beibrachte, brutal und zuckersüß in einem zu sein, erwachsen und kindisch. Denn Alkohol macht kindisch, brutal und kindisch oder sentimental und kindisch, aber niemals alles zur genau gleichen Zeit. Auch die Deutschen betrinken sich mit Bier und Schnaps, aber in Deutschland gibt es ein Sprichwort: *Dienst ist Dienst, und Schnaps ist Schnaps.* Hätten die Indianer auch ein solches Sprichwort gehabt, müssten sie jetzt vielleicht nicht mit schwarzen Zähnen in die Gegend lächeln. Wäre wenigstens jemand da gewesen, der ihnen gesagt hätte, wo der Dienst anfängt und das Feuerwasser-Besäufnis ein Ende hat. So einen gab es aber nicht. Die Indianer waren Krieger. Sie hatten einen Häuptling, den Medizinmann und andere Autoritäten, aber keinen Erdkunde-Lehrer, der schrie, los Mädchen, alle hinter mir her!

Endlich satt und zufrieden, sagte eines der Mädchen und schulterte seinen Rucksack. Satt war ich auch. Ich knöpfte aber nur umständlich meine Jacke zu, um den Blick zu senken und nichts sagen zu müssen. Kein ja ja, wie die anderen, kein Zeichen der Zustimmung. Wohl überlegt hatte ich nicht gesagt, dass ich keinen Milchreis mochte, und meinen Teller leer gegessen wie die anderen auch: Immer noch besser als Blut und ranziges Fett.

Ich sollte Daniela diese alten, tragikomischen Geschichten wirklich erzählen. Daniela, die aus Treviso kommt und noch nie Pesto gegessen hat, weil sie nur Gemüse oder Mist isst. Den üblichen Mist, der ihr zu Hause zwischen die Finger gerät. Ich könnte sie damit zerstreuen und ihr gleichzeitig bestätigen, was sie sowieso schon weiß: dass Nahrung eine wesentliche Rolle im Leben spielt und es völlig normal ist, sie zu lieben oder aber zu hassen. Denn Daniela leidet an Bulimie.

Eines Tages gibt sie es zu, nicht richtig, aber fast. Gott sei Dank, dass ich nicht bulämisch bin, ich kotze nicht, habe ich noch nie. Sie sagt aber »bulämisch«, was sich anhört wie »anämisch«, und das ist immerhin eine Krankheit. Sie sagt es immer so, aber es fällt mir erst jetzt auf.

»Wie sehe ich aus, schlecht, oder?« legt sie direkt los. Sie lässt mir nicht einmal die Zeit, etwas Nettes über ihr graues, aufgedunsenes Gesicht zu sagen. Es ist derart aus der Form geraten, dass sie ganz krank aussieht oder so, als habe sie gerade eine schlimme Zahnoperation über sich ergehen lassen. Die Lider über den schwarz geränderten Augen sind so dick angeschwollen, dass man auch meinen könnte, sie wäre verprügelt worden. Vor zwei Tagen habe sie eine »Attacke« gehabt, und die war nicht von schlechten Eltern. Sie wog immer noch vier Kilo mehr.

Vier Kilo?

Ich unterdrückte diese Frage und schaute sie bloß an. Ich hätte irgendetwas anderes sagen sollen, wusste aber nicht, was. Dann hat Daniela gestanden, hat diese Krankheitsbezeichnung in den Raum geworfen. Nein, eigentlich nicht bulämisch, nicht richtig.

Das alles fühlt sich etwa so an wie diese Musik mit dem stampfenden Rhythmus, der so ohrenbetäubend ist, dass sich auch das letzte bisschen Melodie darin verliert. »Techno« oder so. Angeblich wird mit diesem Rhythmus der Adrenalinausstoß stimuliert. Der sorgt dafür, dass man die ganze Nacht durchtanzen kann, ohne Erschöpfung oder Müdigkeit zu spüren. Von Drogen ist auch die Rede, von Pillen, die alles in eine weiche Wärme tauchen. Ich weiß nicht, welchen Stoff diese Droge absondert, aber es kann kein Adrenalin sein, denn vom Adrenalin wird nichts warm und weich. Die Droge lockert zuerst die Glieder und arbeitet sich dann weiter ins Innere vor. An diesem Punkt kommt der stampfende Rhythmus der Musik ins Spiel, die andere Droge, die für das Adrenalin zuständig ist. Deshalb kann man immer weitertanzen, ohne komplett in die weiche Wärme abzutauchen. Wenn aber das Adrenalin schon da ist, durch einen Schock freigesetzt, dann macht die Musik doch Angst, sie prallt geradezu mit der Angst zusammen. Einer betäubenden, pochenden Angst. Wegen des Schocks, um dieses ohrenbetäubende Stampfen zu übertönen, fange ich an zu reden. Ich sage, dass Kotzen das Schlimmste ist, dass die Bulimie, die Form, bei der man kotzt, den Organismus schädigt. Genau das sage ich: Ich rufe mir das ins Gedächtnis, dann höre ich auf und sage es noch einmal. Es schädigt den Organismus, nicht so sehr wie die Magersucht, bei der man einen Klinikaufenthalt und sogar den Tod riskiert, aber immerhin ernsthaft. Das ist wissenschaftlich erwiesen, ich habe darüber gelesen. Nur wenn man kotzt, ruiniert man sich die Gesundheit, die Zähne, die Luftröhre, den ganzen Magen-Darm-Trakt.

Ja, wegen der aggressiven Säure, sagt Daniela.

Sonst sagt sie nichts. Dann zählt sie mir zum ersten Mal auf, was sie alles gegessen hat:

- ein Grillhähnchen
- eine große Tüte Chips
- eine Tiefkühlpizza
- eine Portion Lasagne
- drei Dosen Thunfisch
- eine Packung Grissini
- einen Becher Ricotta
- eine Sechser-Packung Cornetto-Eis

Das war am Sonntag, Sie können sich nicht vorstellen, wie schlecht ich gestern aus dem Bett gekommen bin. Zum Glück hatte ich frei. An das Fitness-Studio war gar nicht zu denken. Ich schlafe seit zwei Nächten nicht mehr, mir ist immer noch schlecht, und alles tut mir weh. Nicht nur der Bauch, auch der Kopf und die Knochen. Und meine Beine sind geschwollen. Es fällt mir sogar schwer, einen Kaffee hinunterzukriegen. Das Brennen im Magen wird danach nur noch schlimmer, und mit jedem Schluck kommt mir die Übelkeit hoch, steigt in die Nase, überall hin. Aber ohne

Kaffee kann ich mich nicht auf den Beinen halten. Ich esse schon seit gestern nichts. Das macht mir nichts aus. Erst wenn der Ekel wieder weg ist, fange ich langsam mit Obst wieder an.

Während ich versuchte zuzuhören, stellte ich mir vor, wie Daniela an einem Tisch sitzt. Vielleicht, weil sie gesagt hatte, sie habe zur ganz normalen Essenszeit angefangen. Zuerst ist es noch hell, dann geht die Sonne unter, die Dämmerung setzt ein, und schließlich sitzt sie da im Dunkeln. Ganz alleine leckt und verschlingt sie mitten in der Nacht das erste, das zweite, das dritte und auch noch das letzte Eis. Müht sich mit großen Bissen ab und trinkt dann Wasser aus einem Glas oder direkt aus der Flasche, denn jetzt hat sie Durst, unstillbaren Durst, und vielleicht hilft ja das Kohlendioxid des Mineralwassers. Auch das Rauchen hilft ihr, deshalb zündet sie sich eine Zigarette an, dann noch eine. Sie liegt auf dem Sofa oder im Bett, vielleicht hat sie auch ein Schlafsofa. Ihre Augen sind geschlossen oder blicken ins Leere, während sie raucht und darauf wartet, dass ihr Körper mit der Verdauung beginnt. Vielleicht ist das Licht an, und sie schaut an die Decke, vielleicht hat sie auch keine Kraft mehr dazu und liegt einfach nur da, unbeweglich, schläft nicht und atmet nur.

Unter Bulimie verstand ich immer nur diesen Anfall, bei dem der Kühlschrank in Sekundenschnelle leer gefressen wird und sogar der gefrorene Inhalt des Tiefkühlfaches dran glauben muss. Berge von Lebensmitteln, die innerhalb weniger Minuten in einem besessenen Mund verschwinden. Ein unstillbares Verlangen, ein geisttötender Wahn treiben dazu, alles Auffindbare in sich hineinzustopfen. So lange, bis der Magen kurz vor dem Platzen ist. Schon einen Augenblick später stochert man sich mit irgendetwas im Hals herum, um alles auszukotzen und im Klo verschwinden zu lassen. Solche Geschichten machen die Runde. Es sind Extreme, die eine übertriebene Panik provozieren, übertrieben und einseitig, und aus dieser Panik entsteht ein ebenso übertriebenes, einseitiges Bild. Der Fresssüchtige wird zu einer Karikatur, zu einer Comicfigur. Denn wer in einem solchen Tempo isst, ohne Atem zu holen, wer so unerschöpflich Lebensmittel in sich hineinstopfen kann, ist kein menschliches Wesen, kann es nicht sein. So wenig wie der Kater Silvester, der eben noch platt gewalzt an einer Mauer klebte und nun seine Jagd schon wieder aufgenommen hat. So wenig wie Popeye, dessen Dose Spinat als absurder Klumpen sichtbar den Hals hinunterwandert und dann im Arm zu einem überdimensionalen Muskelpaket anschwillt.

Vielleicht denke ich deshalb, dass es nicht so sein kann, das alles ist mir zu weit her geholt. Man braucht schon ein wenig Zeit, um ein ganzes Hähnchen zu verschlingen, das Fleisch muss von den Knochen gelöst werden, auch wenn man es mit den Händen herunterreißt. Und kauen muss man auch, wenigstens etwas. Ungekaut kriegt man keine Pizza und kein trockenes Brot hinunter, man würde sich an den Krümeln verschlucken und nicht mehr atmen können. Und atmen muss man schon, sonst kann man nicht essen. Vielleicht schlingt Daniela diese Massen schneller in sich hinein, als ich es mir vorstellen kann. Ich kann mir auch nicht vorstellen, wie das alles in den Magen einer eineinhalb Meter kleinen Frau hineinpassen und dort bleiben soll. Aber auch wenn ich mich irre, eine falsche Vorstellung davon habe, so will ich mir doch den Glauben daran bewahren, dass es eine Weile dauert, sich voll zu fressen. Und dann ist die Fresserei nicht nur Fresserei, sondern ein mühseliger Akt, der Zeit kostet, Zeit und Kraft.

Es gibt Regeln, die man dabei beachten muss. Die Sucht unterliegt vom Anfang bis zum Ende bestimmten Bedingungen, denn so panisch oder besessen man auch sein mag, gibt es doch Gesetze, an die man sich halten muss. Wenn man sie bricht, geschieht dies nur durch ein immer wiederkehrendes Ritual, denn ein Ritual muss es sein. Und wer sich darauf einlässt, weiß, was er da tut und dass er nicht mehr aufhören kann, wenn er einmal damit angefangen hat. Denn wenn man früher als gewöhnlich aufhört, das Ritual nicht zu Ende bringt, weiß man nicht, wohin mit der verbleibenden Zeit, und stürzt darin ab, und dann macht man eben doch weiter bis zum bitteren Ende, auch wenn das ein Opfer ist.

Man könnte meinen, heutzutage kennt jeder irgendwen, der einmal drogenabhängig war. Einen guten oder weniger guten Freund, Klassenkumpel oder Exkameraden, einen flüchtigen Bekannten aus alten Zeiten. Dieser Jemand hat einen Entzug gemacht oder auch nicht, ist mit dem Leben davongekommen oder tot. Ich kenne keinen. Noch nicht einmal andeutungsweise habe ich von derartigen Problemen aus meinem Bekanntenkreis gehört. Was ich hörte, waren Geschichten über Magersüchtige und Bulimikerinnen. Es fing mit der Streberin Ulrike Seitz an. Angeblich kam sie nicht mehr in die Schule, weil sie im Krankenhaus lag. Wegen einer schlimmen, möglicherweise tödlichen Krankheit mit dem seltsamen Namen *Magersucht*. In der Klasse war uns gar nicht aufgefallen, dass sie so dünn geworden war. Wir konnten uns das nicht vorstellen, ausgerechnet Ulrike mit ihren gestärkten Blusen und den Faltenröckchen, mit ihrem blonden Pagenkopf, der so akkurat geschnitten war, dass er fast wie eine Perücke aussah! In deren Hausaufgaben nicht eine Korrektur, nicht ein Tintenfleck zu finden war! Ausgerechnet Ulrike war einer Sucht zum Opfer gefallen, *Sucht* wie Alkohol- oder Drogensucht! Damals waren wir um die fünfzehn und kannten keine anderen Suchtkrankheiten, die zum Tod führen können. Vielleicht waren wir uns nicht einmal sicher, dass man auch vom Trinken sterben kann. Dass Alkohol schädlich ist wie Heroin und zu einer Sucht werden kann, das wussten wir, aber Magersucht? Das ergab keinen Sinn. *Ich sterbe vor Sehnsucht*, sagt man so, man stirbt aber nicht vor Sehnsucht, man kommt deswegen noch nicht einmal ins Krankenhaus. Und Ulrike wäre ein solcher Satz niemals über die Lippen gekommen, so viel war sicher. Sie hatte keine Sehnsüchte, keine überflüssigen, diffusen Wünsche, die sich an etwas Unbestimmtes gerichtet hätten. Und nach einem Zeugnis voller Einsen kann man keine Sehnsucht haben. Außerdem war Ulrike gar nicht diese Art von Streberin. Ihr Arm schnellte nicht in die Höhe, noch bevor der Lehrer die Frage beendet hatte. Sie war nicht eingeschnappt, wenn sie das ein oder andere Mal nicht als Klassenbeste abschnitt, nur vielleicht ein wenig betrübt, sie wurde etwas stiller und noch etwas perfekter, als sie es ohnehin schon war. Ulrike war keine scheiß Streberin, obwohl sie niemanden die Hausaufgaben abschreiben ließ. Man konnte sie aber immer darum bitten, etwas zu erklären oder die Hausaufgaben zusammenzufassen, dann legte sie los, und zwar präzise wie ein Lexikon. Sie war weder gemein noch gutmütig, weder geistreich noch spröde. Sie war schlicht und einfach eine Streberin. Und niemanden von uns freute es, dass sie im Krankenhaus war. Es tat uns sogar ein wenig Leid. Außerdem verstanden wir nicht, was sie hatte, Sucht ist keine richtige Krankheit, keine Krankheit, wenn es Sehnsucht ist, keine, wenn es Drogensucht oder Alkoholsucht ist. Ulrike aber hatte eine richtige Krankheit, das hatte man uns gesagt, und wir glaubten es. Es musste eine schlimme Krankheit sein, sonst hätte sie niemals auch nur einen einzigen Tag in der Schule gefehlt. Wir stellten uns das so vor wie die Fallsucht. Wenn man die Fallsucht hat, fällt man hin und ringt mit ausdruckslosen Augen und Schaum vor dem Mund nach Atem. Die Magersucht aber zehrt einen bis auf die Knochen ab, das war unser ganzes diffuses Wissen. Dass ein Skelett früher oder später stirbt, leuchtet ein. Aber bis dahin mussten sich doch dramatische und beängstigende Anfälle abspielen, schlimmer noch als bei der Fallsucht. Anfälle von unbeschreiblicher Wucht und Dauer, die den Körper ganz auszehrten, ein sich Winden, Zucken, Wälzen, bis nur noch Haut und Knochen übrig blieben.

Was man uns dann aber sagte, war, dass Ulrike nicht mehr essen konnte. Das war alles. Wie das? Bekam sie den Mund nicht mehr auf? Hatte sich ihr Magen verschlossen, der Darm oder das Loch im Hintern? Das alles ergab keinen Sinn, aber wir schlugen uns auch nicht darum, Genaueres zu erfahren. Deshalb vergaßen wir es nach kurzer Zeit. Ulrikes Platz blieb viele Monate lang leer. Wir aber hatten uns daran gewöhnt, es fiel uns kaum noch auf.

Ulrike war der erste Fall. Ich hörte von insgesamt sieben. Sieben Geschichten, in denen von so seltsamen Dingen wie Magersucht und Bulimie die Rede war.

Es sind immer die anderen, die hinter vorgehaltener Hand derartige Gerüchte verbreiten. Und die haben es wiederum von anderen gehört. Genau darum geht es: Gerüchte stellen die Verbindung zwischen zwei Menschen her, von denen der eine erzählt und der andere zuhört. Das Geheimnis, das Leid der Freundin oder der Freundin der Freundin ist nur Mittel zum Zweck. Eigentlich weiß man gar nichts darüber, und es interessiert einen nicht wirklich, man will auch gar nicht mittratschen, erzählt es dann aber doch weiter und beweist damit das Gegenteil. Obwohl man den Klatsch nicht weiterverbreiten wollte, ist es einem herausgerutscht, ohne dass man darüber nachgedacht hätte. Jemand hat sich nach der so und so erkundigt, und man wollte doch nur erzählen, was einem selbst erzählt wurde. Oder man will nichts davon wissen, nicht mittratschen, man hört nur zerstreut zu und steckt dann alles in eine Schublade. Steckt es zu einem »M« für Magersucht, einem »B« für Bulimie. Auch wenn man immer noch nicht so richtig weiß, was diese Begriffe bedeuten, kann man sie jetzt immerhin unter »M« und »B« abrufen. Da sie dann nun schon mal da sind, fängt man an, diese Wörter in den Sprachgebrauch mit einzubeziehen. Man sagt: Gestern hat mich das Lernen so gestresst, dass ich einen Bulimie-Anfall bekam und alle Kekse aufgegessen habe. Oder man denkt: Seitdem ich mit der Diät aufgehört habe, kann ich überhaupt nicht mehr normal essen: Bin ich jetzt magersüchtig?

Immer häufiger hörst du solche Geschichten, und schließlich sind sie dir vertraut. So vertraut, dass es immer leichter fällt, darüber zu schwätzen, auch, wenn es einen selbst betrifft. Denn alles, was du darüber weißt, ist oberflächlich,und mehr willst du auch gar nicht wissen, der Klatsch reicht dir. Davon lebt er. Einzig von Gerüchten und Skandalen mit der plakativen Überschrift »Magersuchtalarm«, so wie »Überschwemmungsalarm« oder »Algenalarm«. Die Sensation lebt von dem Foto eines reichen, toten Körpers, der nur noch aus Augen und Knochen besteht. Er lebt von all den Geschichten, die in einschlägigen Zeitungen und im entsprechenden Fernsehprogramm berichtet werden. Von Leuten, die von der Krankheit erzählen, Ratschläge geben oder um welche bitten und ihre Erfahrungen beichten. Sie beichten mit Ausdrücken wie »Panik«, »Leere« und »Schuldgefühl«, Ausdrücke, die für eine Beichte durchaus angebracht sind. Sie berichten, dass sie nicht essen oder aber nur noch essen können. Berichten von einer Hölle, die sie durchlaufen, und dass sie nicht wissen, wie sie dort wieder herauskommen sollen oder wie es ihnen gelingen soll, den Weg aus dieser Hölle zu finden.

Von welcher Hölle ist hier eigentlich die Rede? Soweit ich weiß, sind in der Hölle nur die, die sich der Völlerei schuldig gemacht haben. Ihre Hölle besteht aus Schlamm, aus fauligem, ewigem Schlamm, weil es dort immer regnet, einen schwarzen, ekeligen Regen. Es regnet auf die Gaumensünder herab, die wie Würmer im Schlamm kriechen und aus diesen Schlammmassen nicht mehr herauskommen. Als Strafe für ihre Gaumensünden sind sie verdammt, im Schlamm zu kriechen und kommen nicht mehr heraus. Und der Höllenhund läuft über ihre niedergeworfenen Körper, die keine richtigen Körper mehr sind, sondern die Körper ihrer verdammten Seelen. Kerberos reißt ihnen das Fleisch in Fetzen herunter, ihr Gaumensünderfleisch, das bestimmt schön fett ist, auch wenn es kein wirkliches Fleisch mehr ist, sondern Seelenfleisch. Deshalb wälzen sich die Verdammten immer weiter hin und her, wälzen sich von einer Seite auf die andere und wissen nicht, ob sie ihre Wunden besser dem fauligen Schlamm oder dem Regen aussetzen sollen. Die Wunden aber heilen ohnehin nicht, und wenn doch einmal eine vernarbt, kommt sofort eine neue hinzu. Und so wälzen sich die Gaumensünder weiter hin und her und werden niemals wissen, was ihren Wunden gut tut.

Kommen die Magersüchtigen und die Bulimikerinnen auch dorthin? Was haben die Magersüchtigen mit den Gaumensündern gemein? Wo sie doch gar nicht essen, nicht von Nahrung leben wollen, wie Asketen und Einsiedler, wie

Heilige. Müssten sie nicht eigentlich mit den Heiligen zusammen ins Paradies kommen? Die Bulimikerinnen, die kommen bestimmt in die Hölle, die essen ja auch, und wie, so viel wie die Gaumensünder und noch mehr. Aber dann wissen sie, dass sie gesündigt haben, sie fühlen sich schuldig, möchten Buße tun und sich von ihren Sünden rein waschen: Sie bereuen und wollen hungern. Nun hören sie auf zu essen oder nehmen nur sehr dürftige Mahlzeiten zu sich, fast wie die Magersüchtigen und die Heiligen. Aber dann müssten die Bulimikerinnen eigentlich nur ins Purgatorium kommen, zusammen mit den reuigen Gaumensündern. Dort müssen die Gaumensünder Buße tun und hungern. Ganz mager werden sie, so mager wie die Asketen und Einsiedler, wie die Magersüchtigen und Heiligen. Dann hungern die Bulimikerinnen also zusammen mit den Gaumensündern und schaffen endlich, was ihnen im Leben nie gelang: das Hungern durchzuhalten, und darüber würden sie sich doch sehr freuen. Denn die Bulimikerinnen bekämpfen ihre Sünden ja schon zu Lebzeiten, geben immer schon alles darum, mager zu werden, fast so mager wie die Heiligen.

Daniela zum Beispiel hungert nach einem Fressanfall eine ganze Woche, geht jeden Tag ins Fitness-Studio, und das vier Stunden lang. Sie beichtet mir ihre Hähnchen, ihre Chips und Eishörnchen mit einem traurigen und bestürzten Gesichtsausdruck, der sich zu reiner Beklemmung auswächst. Daniela, die nicht nur behauptet, dass sie bereut und sich schämt, sondern der man es auch ansieht. Ganz elend und völlig fertig sieht sie aus, als hätte sie sich gegeißelt. Daniela, die betont, dass sie nicht kotzt. Was hat Daniela mit den Gaumensündern gemein, die das ganze Leben lang hemmungslos schlemmen und nur ganz zum Schluss, vielleicht auf dem Sterbebett, dem Beichtvater zuflüstern, es ist wahr, wir haben übertrieben und in Sünde gelebt, wir beten um die göttliche Vergebung, wir bereuen.

Kommen dann also nur die Vielfraße und die richtig Dicken in die Hölle oder ins Purgatorium?

Ich weiß, habe gelernt, dass die Völlerei neben Hochmut, Wollust, Neid, Trägheit und Geiz eine der sieben Hauptsünden ist. Eine fehlt. Das ist immer so: Du lernst sie auswendig, sagst eine nach der anderen auf, zählst nach, und eine fehlt. Hochmut nicht, Neid und Geiz auch nicht, denn die begreift jeder. Es ist einleuchtend, dass es Sünden sind, sogar Hauptsünden und Wurzeln eines jeden Lasters. Das findest du auch. Vielleicht vergisst man gerade deswegen eine dieser einleuchtenden Sünden, ich habe gerade den Zorn vergessen. Wollust hingegen vergisst man nicht, der Ausdruck hat etwas Beschwörendes, und auch wenn ihn niemand mehr benutzt, so weiß man doch sehr gut um seine Bedeutung. Das Aussterben dieses Wortes beweist nur, dass seine Bedeutung nicht mehr als Sünde angesehen wird, oder wenigstens nicht als Hauptsünde. Du verstehst zwar nicht, dass Wollust einmal als Hauptsünde galt, aber du weißt, dass es doch so war, schon immer, seitdem es die ersten Regeln und Gesetze gibt. Wollust steht neben »nicht töten« in den Geboten. Vielleicht gibt es sogar einen guten Grund dafür. Eigentlich hast du, wie viele andere, verinnerlicht, dass die Wollust, oder eine gewisse Art der Wollust, eine Sünde ist. Und die Erklärung, dass man über die Sünde nachdenkt, aber nicht an sie glaubt, hilft wenig. Auch die Trägheit gehört dazu, und vielleicht findest du es übertrieben, sie auf eine Stufe zu stellen mit dem Hochmut, dem

Neid, dem Zorn und dem Geiz, sogar mit der Wollust. Aber wenn du darüber nachdenkst, wie viele Unglücke der Menschheit oder der Natur nur wegen träger Gleichgültigkeit zu wahren Katastrophen angewachsen sind, dann erscheint es dir sinnvoll.

Die Gaumensünde aber, die vergisst du nie, denn die Gaumensünde leuchtet nicht ein. Wollust zu leben kann heißen, jemand anderem oder sich selber wehzutun, zu verletzen oder zu täuschen, aber der Gaumen? In Mailand gab es ein kleines, feines Restaurant mit dem Namen »Peccati di gola«, Gaumensünden. Es hatte gedämpftes Licht, auf den Tischen lagen pastellfarbene Decken und darauf standen elegante Weinkelche. Die Portionen waren weder groß noch klein, aber eher klein als groß. Die Küche war leicht, und die Karte besagte, dass nur frische Produkte und Öl aus der ersten Pressung verwendet wurden. Aber das ist auch nicht wichtig, in Italien gibt es bestimmt mehrere Restaurants mit diesem Namen, sicher auch solche, in denen die Portionen übertrieben groß sind. Und wer weiß, wie viele Gastronomien noch, Konditoreien, Eiskaffees, Rotisserien.

Bei der Gaumensünde geht es doch heute um ein Eis, eine Praline oder ein Stück Kuchen. Die Frage »Bist du eine Naschkatze?« bezieht sich nur auf Süßes; sonst müsste man sagen: »Ich nasche gerne Salami, Käse, Pasta oder Chips.« Süßigkeiten, Salami, Pizza oder Käse besonders gerne zu mögen, so gerne, dass man es manchmal ein wenig übertreibt oder auch einfach nicht auf ein Eis am Nachmittag verzichten möchte, nicht auf ein Stück Schokolade zum Nachtisch, das soll eine Sünde sein? Eine der Hauptsünden sogar? Diejenigen, die Kerberos Mäulern ausgeliefert sind und sich im Schlamm der Hölle wälzen, befinden sich wegen einem Eis, einem Krapfen oder ein paar hundert Gramm Gorgonzola in diesem Zustand?

Das will mir nicht in den Kopf. Wenn ich die sieben Hauptsünden lese und bei der Gaumensünde ankomme, könnte ich regelmäßig alles hinschmeißen. Ich habe versucht, sie zu verstehen, habe mich darauf eingelassen und glaubte sogar an eine gewisse Intelligenz, ja, an eine Weisheit dieses veralteten Systems. Jetzt allerdings bezweifle ich den Sinn und fürchte, es hat nicht den geringsten Wert. Die Zeiten haben sich eben geändert.

Ich weiß nicht, ob heute noch irgend jemand den Gaumen mit einer Sünde in Verbindung bringt, mit einer richtigen Sünde, einer Hauptsünde. Trotzdem fühlen sich die Magersüchtigen schuldig, wenn sie einen winzigen Keks oder auch nur eine rohe Fenchelknolle essen. Die Bulimikerinnen fühlen sich schuldig. Die Dicken fühlen sich schuldig. Magersüchtige, Bulimikerinnen, Dicke, sie alle fühlen sich schuldig, weil sie nicht standhalten, weil sie essen und sich nicht unter Kontrolle haben. Sie glauben zu sündigen. Und alle anderen, glauben die einträchtig, dass die Völlerei keine Sünde sein kann? Sie verstehen, dass es Sünden gibt, Hochmut, Zorn, Neid und Geiz, denn sie zerreißen sich das Maul über arrogante, grausame, neidische oder geizige Menschen. Auch wenn sie sich selber großartig finden und die Leute schlecht behandeln, bei denen sie es sich erlauben können. Auch wenn sie nach dem Besitz der anderen trachten und das als ihr gutes Recht ansehen. Und auch, wenn sie sich überlegen, wie sie ihr Geld am besten investieren, und sogar das noch als Tugend bezeichnen. Essen sie aber ein großes Eis oder nach der Schüssel Spaghetti auch noch ein dickes Stück Käse, dann werden sie von Gewissensbissen geplagt. Von echten Gewissensbissen, die instinktiv aus ihrem Inneren oder aus ihrem ganz normalen Bewusstsein kommen.

Ich fürchte, heute wird nicht mehr ohne Reue geschlemmt, das gibt es nicht mehr. Bei Dante war das ein anderer Menschenschlag, eine andere Zeit.

Die Menschen damals aßen mit der Hand und einem Messer. Sie aßen andere Dinge. Ganze Ochsen vom Spieß. Wildpasteten, Pasteten voller Kräuter und anderer undefinierbarer Zutaten, gewürzte oder frittierte Süßigkeiten, die vor Honig trieften. Nur während der Fastenzeit und am Freitag wurde wenig gegessen. Es gab Brot, Brot und Aufstrich, Brot und Suppe, Brotsuppe. Das gab es, wenn sie arm waren, und fast alle waren arm. Mit Ausnahme der Herrschaften, einiger Pfarrer und der Reichen der Stadt.

Bei den Reichen gab es viel Verschiedenes zu essen. Die Armen ernährten sich immer nur von den gleichen Dingen, in Zeiten einer Hungersnot gab es oft gar nichts mehr zu essen, und viele verhungerten.

Die Reichen waren nicht immer wirklich reich, aber sie waren adelig, es waren Pfarrer, Händler oder Handwerker, Bürger der Stadt. Keine Bauern. Wahrscheinlich gab es aber auch reiche Bauern. Reich waren vielleicht die Leute, die bei einer Hungersnot weniger vom Tod bedroht waren. Oder aber als Letzte starben.

Und die Gaumensünder waren die Reichen, die zu viel aßen. Sie aßen all das, was ihr Reichtum zu bieten hatte, aßen, um sich reich zu fühlen. Ihr Appetit war so groß wie ihr Reichtum, wie ihre Macht. Sie dachten, wenn sie noch reicher wären, also auch noch mehr essen könnten, würde das den Abstand zu denen vergrößern, die nichts als Brot und Aufstrich hatten, zu denen, die bei einer Hungersnot vom Tode bedroht waren. Dann könnte ihnen keine Hungersnot mehr etwas anhaben, sie würden nicht verhungern.

Gaumensünder waren aber auch die Menschen, die sich bei den Reichen zum Schlemmen einladen ließen. Den ganzen Tag hatten sie keinen anderen Gedanken im Kopf als den, wie eine solche Einladung zu ergattern wäre. Denn die Reichen, auch die, die mit weniger Leidenschaft schlemmten, gaben opulente Festmahle, zu denen sie die weniger Reichen einluden. Diese Festmahle waren der Lebensinhalt all der weniger Reichen, die mit umso mehr Leidenschaft schlemmten. Sie lebten für die Speisen, die sie sich selbst nur zu seltenen festlichen Anlässen leisten konnten. Auf einem solchen Festmahl aßen sie wahrscheinlich dreimal so viel wie die wirklich Reichen, weil sie ja nicht wussten, ob und wann sie diese Speisen noch einmal kosten konnten. Der Florentiner Ciacco, mit dem Dante in der Hölle spricht, war auch so einer. Man sagt, er sei ein gebildeter, intelligenter Mann gewesen, aber den lieben langen Tag tat er nichts anderes, als zu essen oder ans Essen zu denken. Er verwandte seine Zeit und Intelligenz allein darauf, so viele Essenseinladungen wie möglich zu ergattern. Und so landete er in der Hölle, im immer währenden Regen. Er saß da im Schlamm wie ein Wurm, ein Tier, obwohl Tiere keinen Hunger nach Reichtum verspüren. Eine sardische Ziege auf einem trockenen Hügel wünscht sich nicht, eine friesische Kuh zu sein.

Gaumensünder gibt es nur bei den Menschen. Wenigstens gab es sie in anderen Zeiten. Menschen verändern sich. Heute gibt es keine schlemmenden Sünder mehr, wie es auch ganze Völker nicht mehr gibt, weil sie ausgestorben sind oder ausgerottet wurden. Eine bestimmte Art der Gaumensünde gibt es nicht mehr, wie es auch eine bestimmte Art von Heiligen nicht mehr gibt, nämlich die Asketen und die, die fasteten. Heute wünscht sich jeder, weniger zu essen. Wie also unterscheiden sich die Heiligen von den Sündern? Die Magersüchtigen hungern wie Heilige, sind so dünn wie Heilige, ja, sie verhalten sich sogar manchmal wie Heilige. Die Heiligen aber hungerten der Heiligkeit wegen, und die Magersüchtigen hungern, um mager zu werden, oder einfach nur, um zu hungern, oder was weiß ich. Aber sie verbringen den lieben langen Tag nur damit, ans Essen zu denken, an das, was sie nicht essen dürfen, an das, was sie leider doch essen müssen, um nicht zu verhungern. Wenn sie aber ihr ganzes Leben daran denken, nicht zu essen, begehen sie doch die gleiche Sünde wie die Gaumensünder, deren Gedanken immer um das Essen kreisen. Also müssten auch sie in die Hölle kommen, mit den Gaumensündern zusammen. Dann aber auch die Bulimikerinnen, die Schuldgefühle wegen ihrer Fressanfälle haben und dann glauben, alles mit einer Diät wieder gutmachen zu können. Bei einer Diät denken sie aber nur darüber nach, wie und wie lange sie die Diät durchhalten können, denken an die in der Diät vorgesehenen Speisen, wie es auch die Dicken tun. Denn auch die Dicken machen Diäten, unterbrechen sie zwar oder beenden sie sofort, fangen dann wieder an zu essen und nehmen zu. Machen wieder eine Diät, beenden sie und nehmen wieder zu, und so geht es das ganze Leben lang weiter. Aber auch die Dicken, die niemals aufgehört haben zu essen, denken, dass sie es tun müssten, jeden Tag denken sie daran. Eines Tages, denken sie, höre ich auf zu essen.

Eigentlich müssten ja dann auch alle anderen in die Hölle kommen, die, die Gewissensbisse haben, weil sie ein bisschen zu viel gegessen haben, die, die unumwunden zugeben, dass sie gerne schlemmen, aber niemals zugeben würden, dass sie hochmütig sind, geizig, zornig oder neidisch, weil sie ihre Hochmut, ihren Geiz, ihren Zorn und ihren Neid gar nicht bemerken. Um sich nicht einzugestehen, dass sie alle miteinander große Sünder sind, kultivieren sie ihre kleinen Sünden, die kleinen Gaumensünden und die kleinen Gewissensbisse. Vielleicht kämen nur sie in die Hölle, nicht die Magersüchtigen, nicht die Bulimikerinnen, nicht die Dicken, die immer nur ans Essen denken oder daran, nicht zu essen. Immerzu beschäftigen sie sich damit und haben so eigentlich keine Zeit mehr, noch andere Sünden zu begehen. Dann wären die Dicken am wenigsten gefährdet. Man sagt ja auch, dass Dicke gutmütige Menschen sind. Gutmütig vielleicht, weil das einfache Wort »gut« zu klein wäre, um solche Massen zu beschreiben.

Ulrike war ein korrektes und vertrauenswürdiges Mädchen. Sie war nicht ehrgeizig, sondern wollte perfekt sein. Man kann nie genug lernen, um Perfektion zu erreichen, sie liegt jenseits des besten Zeugnisses, der ordentlichsten Kleidung und des akkuratesten Haarschnitts. Vielleicht nicht jenseits der Hochmut, aber Ulrike hat nie hochmütig gewirkt. Da sie nicht wusste, wie sie Perfektion erlangen konnte, hat sie den Tod riskiert. Den Tod einer Heiligen, ohne zu wissen, warum.

Daniela fragt mich immer, wie es mir geht, und ist besorgt, wenn ich schlecht aussehe. Daniela hat mir geholfen. Wenn ich abgenommen habe und mein Gewicht halte, ganz normal essen kann, ohne Angst zu haben, wieder zuzunehmen oder sinnlos zu stopfen, dann glaubt Daniela, dies sei ein Sieg. Soll ich jetzt annehmen, dass in ihrer Vorstellung kein Unterschied zwischen ihr und mir existiert? Dass sie hofft, eines schönen Tages Pasta mit Pesto essen zu können? Vielleicht, aber das ist ja auch nicht schlimm, es hat nichts zu bedeuten. Ich wünsche Daniela, wünsche ihr von ganzem Herzen, dass sie bald ohne Reue alles essen kann, was ihr schmeckt. Aber ich fürchte, da wird sie nicht hinkommen, nicht heute, nicht morgen und vielleicht niemals. Von diesen guten Wünschen und banalen Vermutungen einmal abgesehen, fürchte ich auch, dass ich sie nicht verstehe. Und doch müsste ich sie verstehen, wenigstens sie verstehen, denn der Unterschied zwischen meinen verschlungenen Baguettes und ihren Fressanfällen besteht lediglich in der Menge. Die aber ändert alles, ändert das ganze Leben. Und ich gebe zu, dass ich das unheimlich und beängstigend finde und vielleicht auch zum Ekeln. Deshalb zerbreche ich mir hier den Kopf über die Hauptsünden. Ich würde Daniela eine weniger groteske Strafe wünschen, ihr wünschen, es ginge nur um die Körperform und nicht auch um etwas in der Seele, das gegen das Geformtwerden rebelliert.

Ich bin im Sommer geboren. Seit meinem ersten Lebensjahr verbrachte ich jeden Sommer in dem Haus meiner Eltern am See. Das Haus liegt in einem ganz kleinen Dorf. Von der Kirche am Fuße des Hügels schlängelt es sich hinauf bis zur freien Fläche vor einer kleinen, alten Kapelle. Sitzt man dort auf einer Bank, kann man fast über das ganze Dorf blicken: Man sieht die Dächer und einen Teil der Häuser, alte verputzte Steinhäuser, von denen einige um die Fenster herum mit Ornamenten bemalt sind, was aussehen soll wie Stuck aus dem achtzehnten Jahrhundert. Weiter unten sieht man die große Kirche, die Simplonstraße, an der das Dorf endet, darunter den kleinen Hafen, die Schiffswerften und den Campingplatz am Lago Maggiore. Noch ein Stück weiter hinter dem Kiesstrand lugt inmitten der Bäume das Haus meiner Eltern hervor, ein Stück von seinem grauen Dach.

Manchmal musste während des Sommers einer meiner Eltern, oder beide, nach Deutschland zurück. Ich blieb dann am See, eine deutsche Frau kümmerte sich um mich, und eine Italienerin besorgte den Haushalt. Noch bevor ich in die Schule gehen musste, verbrachte ich den ganzen Sommer so, von Juni bis September. In diesem Alter schnappt man wie von selbst neue Wörter auf und redet einfach drauflos. So lernte ich im Sommer spielend Italienisch. Ich lernte es von den Menschen, die mit mir sprachen oder die ich auf Italienisch reden hörte: erst von einigen Erwachsenen, dann von den Kindern. Ich lernte ihr Italienisch.

Zu Anfang hörte ich Italienisch meistens von der Frau, die aus dem Dorf zu uns kam, von Lina. Da sich Lina aber um den Haushalt und nicht um mich zu kümmern hatte, sprach sie wenig mit mir. Sie redete überhaupt wenig. Man sah ihr an, dass sie kein Freund großer Worte war. Sie war groß und hager, Haut, Augen und Haare waren dunkel. Sie trug ihr Haar in einem kunstvollen Knoten, der bis in den Nacken fiel und mit Haarnadeln befestigt war. Graue Strähnen schimmerten in dieser Alt-Damen-Frisur. Ihre ganze Gestalt hatte etwas von einer Bohnenstange, vielleicht weil sie so dünn war oder wegen ihrer kerzengeraden Haltung. Außerdem hatte sie lange Arme und Hände, die Hände waren groß und knotig, und an den Armen traten jene Sehnen hervor, die dünnen Menschen eigen sind. Ihr Hals war lang, und sogar ihr Gesicht war lang. Kleine Augen lagen darin und ein großer, dünner Mund, den größten Platz in ihrem Gesicht aber schien die Fläche um die Nase herum einzunehmen. Sie strahlte etwas so Ernstes und Gediegenes aus, dass man sie auch für streng oder sogar verbittert hätte halten können, doch das stand im Gegensatz zu ihren Bewegungen. Denn die waren von fließender, flinker Sicherheit. Flink, wie es dünnen Menschen von Natur aus gegeben ist, und sicher, weil sie die Handgriffe schon so oft ausgeführt hatte, dass sie es fast automatisch tat. Diese gediegene Art, die flinken Bewegungen und sicheren Handgriffe ergaben zusammen eine gewisse Eleganz.

Jeden Morgen kam sie mit dem Fahrrad zu uns, und sobald die Glocken zwölf Uhr mittags schlugen, radelte sie wieder weg. Vielleicht trug ihre Schürze auch dazu bei, dass sie so lang wirkte. Die band sie um, bis meine Mutter die passende Gelegenheit ergriff und ihr sagte, sie müsse die Schürze nicht mehr anziehen. Lina hatte sich schon um dieses Haus gekümmert, noch bevor meine Eltern es kauften.

Damals konnte ich das nicht wissen, so wie ich nicht wissen konnte, warum Lina eines Tages die Schürze nicht mehr trug. Ich wusste nicht, dass sie arbeitete, weil sie Witwe war und einen Sohn zu ernähren hatte. Ebenso wenig wusste ich, dass sie Adelina Brovelli hieß, sie hatte doch schon einen Namen, Lina, und warum sollte der nicht reichen? Aber ich erinnere mich an ihre gestärkte weiße Schürze und an ihre dunklen Kleider, die ohne die Schürze zum Vorschein kamen. Ich glaube, ich erinnere mich auch noch an alles andere, aber so, wie man neue Wörter einer fremden Sprache aufschnappt und benutzt, ohne zu wissen, wo man sie her hat. Eine Ausnahme bilden nur solche Wörter, die an jemand Bestimmtes erinnern. Sie sind mit diesem Menschen und der Erinnerung an ihn fest verwoben, und so bewahrt man sie auf.

Linas Wort war »Minestrone«, denn jedes Jahr bereitete sie für unsere Ankunft am See einen großen Topf davon vor. Danach kochte sie nicht mehr. Sie half nur die Küche in Ordnung zu halten oder putzte Gemüse. Aber die Minestrone, auch wenn meine Mutter sie kochte, war immer die Minestrone von Lina. Als ich etwas größer war, half ich ihr oft bei den langwierigeren Arbeiten, ich zog die Bohnen ab oder knipste mit den Fingernägeln die Enden weg. Lina erklärte mir, wie man es machte, dabei nannte sie mich Sternchen, »Stella«. Sie wiederholte die Handgriffe und sagte, schau mal, Stella.

In der Nähe gab es auch ein Pferd mit dem Namen Stella, das ich manchmal besuchte. Ich streichelte seinen großen, hellen Kopf, und das Pferd hielt still. Nur manchmal blickte es auf und wieherte leise. Lina hatte etwas von einem Pferd.

Wenn Linas Kopfform der eines Pferdes ähnelte, so hatte Aurelia eine ähnliche Stimme. Oft beendete sie ihre Sätze mit einem fragenden »ne?«. Wie bei dem Wiehern des Pferdes Stella zitterte ihre Stimme dabei ein wenig, genauso fragte sie. Diese eigentümliche Art zu sprechen konnte damit zusammenhängen, dass sie aus einem anderen Ort kam, aus Mantova. Auch sie gab mir einen anderen Namen: »Nàni«, nicht »Stella«. Sonst hatte sie mit Lina nichts gemein. Außer der Art, das Haar zu tragen, und den Händen. Auch ihre waren groß und knotig, und wenn man sie berührte, konnte man ihre rauen Handflächen spüren. Aurelia aber war sehr klein und hatte außerdem einen Buckel. Sie war auch sehr flink, bewegte sich aber ruckartig, fast sprunghaft. Ich glaubte, das sei so bei kleinen Menschen, Kobolden und Zwergen. Sie hatte einen leichten Flaum über der Oberlippe und viel größere Augen als Lina. Große Augen von einer Farbe, wie sie manchen Gewässern eigen ist, schlammigen, goldschimmernden Gewässern, in denen Frösche leben. Vielleicht hatte Aurelia etwas von einem Frosch.

Vor allem aber redete sie. Sie redete nicht nur, wenn sie gerade nichts anderes tat und jemanden ansprach, sondern auch, während sie kochte oder Holz in ihren Ofen legte. Sie redete, während sie fegte oder abstaubte, bei jeder Tätigkeit. Sie redete mit sich selber oder mit jedem, der ihr zu Hause über den Weg lief, so wie ich. Tagelang konnte ich ihrem Wirbeln zuschauen und ihr zuhören. Ich musste nichts sagen, denn Aurelia redete weder um etwas zu erzählen noch um zu plaudern, sie redete, um zu reden. Ihr Tonfall war immer gleich, weder begeistert noch abwesend, manchmal hielt sie auch inne, aber sie redete mit der Kontinuität eines tropfenden Wasserhahnes. Deshalb war es kein Unterschied, ob sie mit dem lieben Gott, sich selber, mit mir oder anderen redete. Wenn sie »ne« und »oder« sagte, wandte sie sich an eine anwesende Person, sagte sie »ne, Nàni?«, konnte ich sicher sein, dass sie mich meinte. Aurelia schaffte es sogar zu reden, während sie Tagliatelle zubereitete. Mit einem riesigen Messer in der Hand stand sie da, den Arm erhoben, weil ihr der Tisch fast bis zur Brust reichte. Dabei redete sie ohne Unterlass, und ohne Unterlass fiel das Messer nur um Haaresbreite an der anderen Hand vorbei, die die Teigrolle hielt und sie weiter vorwärts schob. Jedes Mal, wenn die Klinge auf das Brett niedersauste, sah es so aus, als würde sie sich den Daumen abhacken. Das Messer schlug mit einer Wucht auf, die problemlos ein Fingerglied hätte abtrennen können. Ohne etwas hören oder sagen zu können, schaute ich so lange auf ihre linke Hand und das Messer in der rechten, bis nur noch dünne Teigspiralen übrig waren und Aurelia das Messer beiseite legte. Mühsam brachte ich dann hervor, Aurelia, darf ich eine Tagliatella ausbreiten? Erst wenn ich sie dann biegsam, feucht und mehliggrau in den Händen hielt, drang ihr Gerede wieder zu mir. Nur wenn sie den Teig mit dem Nudelholz ausrollte, redete sie vor lauter Anstrengung nicht. Hin und wieder hörte sie auf, um sich über den für ihre Arme zu hohen Tisch zu beklagen oder über die schmerzenden Arme selber, denn weil sie das ganze Jahr über am Wasser lebte, steckte zu viel Feuchtigkeit in ihnen. Seltener machte sie auch Tortellini und Ravioli. Süße Kürbisravioli. Sie hatte meinen Eltern eine Kostprobe ihrer Spezialität angeboten, und die fanden sie so süß, dass sie anstelle von Parmesan Zucker darüber streuten. Den hatten sie schon in ihrer Jugend in Polen über die Obst-*pierogi* gestreut. Von da an bewahrte die ahnungslose Aurelia ihnen immer einige ihrer wertvollen Ravioli auf.

Ich wusste nicht, wo Mantova war. Aber ich wusste, dass die süßen Ravioli daher kamen. Ebenso altbackenes Brot, das getrocknet und langsam im Holzofen goldgelb gebacken wurde, eine Art Zwieback. Es hieß pane-biscotto und wurde in die Caffelatte gekrümelt. Ich mochte es auch trocken knabbern. Um es vor der Feuchtigkeit des Sees zu schützen, verwahrte Aurelia es in einer Blechdose, die auf der Anrichte stand. Das Brot schmeckte nach Holzofen und hatte einen süßlichen Nachgeschmack. Ich war ganz verrückt danach. Aurelia ließ die geöffnete Dose auf dem Tisch stehen und ermunterte mich zuzugreifen. Von Zeit zu Zeit nahm ich mir, aber immer schüchtern, denn ich wollte es nicht übertreiben. Es schien mir zu kostbar. Dieses Brot gab es nirgendwo sonst und ganz bestimmt nicht beim Dorf-Bäcker Forno Diana. Ich wusste, dass es im Dorf auch nicht Aurelias Ravioli oder ihre Tagliatelle gab, aber andere Sorten Tagliatelle und andere Ravioli, polnische und italienische, hatte ich schon probiert. Als ich etwas größer war, dachte ich, dass ich mich mit pane-biscotto würde eindecken können, wenn ich eines Tages bis nach Mantova käme.

Oft war ich auch bei Aurelia zu Hause. Von der Küche ging Aurelia manchmal in das Wohnzimmer, um dort aufzuräumen, und ich folgte ihr. Das Wohnzimmer hatte die gleiche Form wie die Küche, sogar die gleichen Möbel standen darin, sie glänzten nur mehr: ein Tisch mit Stühlen, eine lange, niedrige Anrichte, eine hohe Anrichte. Auf dem Tisch und auf den Anrichten lagen Spitzendeckchen, die gab es in der Küche nicht. Auf den Spitzendeckchen standen Keramikteller und die Schale mit dem Silberdeckel, in der Aurelia die Bonbons aufbewahrte: in Glanzpapier gewickelte Bonbons mit einem weichen Inneren. In den anderen Schalen und Tellern lagen Zuckerstücke und Golia-Bonbons. Manchmal ging sie nur ins Wohnzimmer, um mir Bonbons anzubieten, sie nahm den Deckel von der Schale, und ich nahm eines, nur eines, und nur, weil Aurelia es mir anbot. Von den Golias nahm ich immer eine ganze Hand voll.

Auch in der Küche lag für ihre Tochter immer ein Päckchen Golia auf der Anrichte bereit. Seitdem Aurelia gesehen hatte, wie beherzt ich zugriff, holte sie die Golias für mich von der Anrichte, und ich konnte sie direkt aus dem grünweißen Päckchen nehmen. Wenn ich länger bei ihr war, fasste ich mir oft ein Herz und fragte, Aurelia, hast du vielleicht ein Stück pane-biscotto für mich? Worauf sie sagte, aber natürlich. Dann lachte sie, weil mir die Golias aus der Küche lieber waren als die aus der Schale im Wohnzimmer und ein Stück trockenes Brot lieber als die Golias. Sie schaute mir beim Essen meiner pane-biscotto zu und manchmal strich sie mir dann unvermittelt mit ihrer riesigen Hand über den Kopf und sagte, ne, Nàni, das schmeckt dir? Sie sagte das, als wäre ihr in diesem Moment etwas durch den Kopf gegangen, möglicherweise, dass ich aus einem anderen Land kam.

Vielleicht konnte sie wegen dieser fremdländischen Vorlieben ihre Tochter um Rat fragen, die in einem Büro in Arona arbeitete und Englisch und etwas Deutsch konnte. Dorina hatte immer Golias in ihrer Handtasche und ein Päckchen auf dem Armaturenbrett ihres Fiat 500. Man hätte sie nicht für die Tochter von Aurelia gehalten. Sie war nicht viel größer als ihre Mutter, aber dick, nicht schwabbelig, sondern fest, vor allen Dingen aber war ihre Haut glatt und schneeweiß. Sie trug hohe Schuhe, die sie zu Hause sofort auszog. Dort setzte sie sich auf den Balkon, stützte die weißen, festen Füße auf das Geländer und blätterte in einer Zeitschrift. Ich betrachtete sie, während ich auf einem Küchenstuhl daneben saß, die Füße ebenfalls auf dem Geländer, und mir ihre Zeitschriften ansah. »Eva Express«, »Bolero« oder die Fotoromane. In ihr Zimmer ganz am Ende der Wohnung gelangte man nur, indem man das Zimmer ihrer Eltern durchquerte. Ein großes Bett stand in Dorinas Zimmer, worauf eine von Aurelia gefertigte Tagesdecke aus Spitze lag, darauf saß eine Puppe mit einem Rock aus drei Tüllschichten. Dort zeigte sie mir die Lehrbücher aus der Zeit, als sie die Schule für Auslandssekretärinnen besucht hatte, und das Bild von Elvis Presley über dem Bett. Außer dem Bild an der Wand hatte sie noch ein Album und eine Schachtel voller Fotos, die sie aus der Zeitung ausgeschnitten hatte. Dort verwahrte sie auch die Bilder von einem alten Mann mit aufgequollenem Gesicht und dickem Bauch, der in eine weiße Schlaghose gequetscht war und der aus einem weißen, geöffneten Hemd hervorquoll. Wenn Dorina eine neue Zeitschrift durchblätterte, schrie sie manchmal auf, schau mal, Elena, schau, und sie lächelte bei dem Anblick eines Fotos und zeigte es mir. Manchmal verzog sich auch ihr Mund, und in ihren Augen schimmerten Tränen. Um sich zu beruhigen steckte sie sich schließlich ein Golia in den Mund. Sie nannte ihn nur Elvis und besaß alle seine Schallplatten. Ich dachte, dass sie auch deshalb dieselbe Frisur haben wollte, ihr Haar war ja schon rabenschwarz wie das von ihrem Elvis. Ich sah zu, wie sie vor dem

Spiegel stand und den Kamm von den Spitzen bis zur Wurzel durch eine Strähne zog, dann durch noch eine. Mit einem finalen Schwung legte sie die Strähnen in Form und übersprühte alles mit so viel Haarspray, dass nur noch eine klebende Masse übrig blieb. So fiel das Haar nicht herunter, sondern bildete über der Stirn einen kleinen, schwungvollen Hügel. Dorina gab es nie auf, ihr Haar zu toupieren – zusammen mit den hohen Schuhen wirkte sich das stark auf ihre Körpergröße aus –, und blieb ihrer Leidenschaft für Elvis treu. Das Bild hing schon immer an der Wand ihres Zimmers, und deshalb weiß ich nicht mehr, wann Dorina mir sagte, wer darauf zu sehen war. Ich weiß nicht mehr, wann ich verstand, dass sie die Zeitschriften und Fotoromane aus Liebe las oder dass es darin immer um Liebe ging, nicht, wann mir der Gedanke kam, dass sie ihrer Mutter ebenso wenig wie ihrem Vater ähnlich sah, weil sie so aussehen musste wie Elvis Presley. Aurelia nahm nie eines der Bonbons, die sie mir anbot, Dorina aber hatte immer Golias und Kaugummis griffbereit. Sie trank keinen Wein, sondern Chinotto und Coca-Cola. Dorina aß, was ihre Mutter kochte, pane-biscotto aß sie nicht, nur, wenn Aurelia keine anderen Kekse gekauft hatte. Ich mochte die Golias und Kaugummis von Dorina, ich mochte ihren Chinotto und die Coca-Cola, ihre Zeitschriften und Fotoromane, Elvis Presley aber mochte ich nicht. Ich mochte seinen Mund nicht, nicht sein Gesicht, nicht seine berühmte schmierige Tolle. Ich mochte nicht, wie er sang und sich bewegte, nicht seine massiven Beine und die gutturale, von Schluchzern durchbrochene Stimme, die sich anhörte wie Hühnergeschrei. Dorina war mit Hühnern aufgewachsen. Hinter dem Haus war der Hühnerstall, und es war ihre Aufgabe, die

Hühner zu versorgen. Dass Dorina nach einem Mann mit einer Hühnerstimme verrückt sein konnte, war mir unbegreiflich, aber ich wusste, dass ich sie nicht danach fragen und es nicht zeigen durfte. Ich musste ja nicht die gleiche Begeisterung an den Tag legen, konnte ihr ihren Elvis lassen und dafür eine eigene Leidenschaft für Little Tony hegen. Den mochte Dorina eigentlich nur, weil er von allen italienischen Sängern Elvis am ähnlichsten sah. Sie durfte nicht erfahren, dass ich Elvis hässlich fand, hässlich und lächerlich, ja sogar abstoßend, warum, wusste ich auch nicht. Ich bewunderte die Füße und das Haar von Dorina, bewunderte ihre hohen Schuhe und die lackierten Nägel. Ich mochte ihre so weiße Haut und die glatte, weiche Konsistenz ihres Körpers, die man bei einer Berührung spürte. Ich war gerne mit ihr auf dem Balkon, folgte ihr gerne in den Hühnerstall. Es freute mich, sie wegen eines neu ausgeschnittenen Fotos glücklich zu sehen, ich war aber nicht damit einverstanden, dass sie wegen Elvis Presley auf etwas verzichten sollte, was für mich damals einfach nur Heiraten hieß. Denn Dorina sagte, ich heirate nicht, und das sagte sie sehr entschlossen.

Ich fragte ihr über alles Mögliche Löcher in den Bauch, ich bat sie auch darum, mir einige italienische Wörter zu erklären, aber nur wenige gehören zu ihr. Noch nicht einmal das aus ihren Zeitschriften erlernte Liebesvokabular gehört für mich zu ihr, denn Dorina benutzte es nicht, wenn sie sprach. Sie sagte nur, sie finde Elvis wunderschön oder sie sei ganz verrückt nach ihm, aber auch das nur selten. So lernte ich von Dorina, dass einige Wörter mehr Macht besitzen, wenn man sie nicht benutzt. Deshalb vertiefte ich mich in ihre Fotoromane und Zeitschriften, deshalb wandte ich ihre Sätze auf Little Tony an, deshalb imitierte und bewunderte ich sie. Es kam mir nie in den Sinn, dass sie sich an Elvis festhielt, weil es sonst niemanden gab. Ich dachte nicht daran, dass diese so offensichtliche und doch nie ausgesprochene Liebe ein schlecht gealterter Traum sein könnte, so wie Elvis auf den Bildern in den letzten Lebensjahren nur noch ein maskenhafter Schatten seiner selbst. Vielleicht hatte ich damals Recht, als ich die Dinge auf meine Art verstand, so wie ich auch verstand, dass Aurelia nicht besonders glücklich über »diesen Elvis da« war. Aber was auch immer die Gründe für diese uns unverständliche Wahl waren, wir wussten beide, dass wir sie nicht ändern konnten.

Von der Zeit an, in der ich oft bei Aurelia blieb, bis ich aufhörte, die Zeitschriften von Dorina zu lesen, war ihr Haus der Mittelpunkt: Erst war nur ich dort, dann alle Kinder, mit denen ich spielte. Auf gewisse Art stimmte das. Zu diesem Teil des Dorfes führte ein Tor, auf dem groß »Privateigentum« stand. Hier markierte das Haus die Mitte zwischen den Villen am Ufer und den eingezäunten Gebieten des Schlosses. Der Mann von Aurelia, Renzo, arbeitete dort, ebenso Giuliano Malinverni, der mit seiner Familie am Ende der anderen Treppe wohnte. Der alte, goldgelbe Steinbau trug den Namen Landhaus, und wo einst unter den Wohnungen die Viehstallungen gewesen waren, standen jetzt Maschinen und Werkzeuge.

Die Gegend um das Haus herum war unser Reich zum Spielen. Von einem bestimmten Jahr an waren wir mindestens zu fünft, Kinder aus den Villen und von den Werften, außerdem die Kinder der Familie Malinverni, Antonio und Sandra, die dort wohnten. Die vordere Straße, die am Simplon endete, wurde von uns in Beschlag genommen, wenn wir »Campana«, Himmel und Hölle, spielten, Seilspringen oder Gummitwist. Manchmal hockten wir auch stundenlang auf den Stufen vor den Wohnungen der Biolchis und Malinvernis und spielten Jojo oder ließen zwei bunte Kugeln gegeneinander prallen. Beim Versteckspielen war das alte Stalltor unsere »Toppa«, unser Haus, und wir versteckten uns um das Haus herum und zwischen den angehäuften Werkzeugen im Stall. Auf der vertrockneten Wiese zwischen dem Hühnerstall und dem Holzschuppen an der Rückseite des Hauses spielten wir Fußball und Volleyball. Von dem Landhaus aus gingen wir hinunter, um kleine Fische zu angeln, denen Sandra den Kopf und die Eingeweide entfernte, dann grillten wir sie über einem Feuer am Strand vor dem Haus meiner Eltern. Wir trafen uns, um Pinienkerne und Pinienzapfen zu sammeln, um Weintrauben zu stehlen, die aus einem Zaun am Schloss hervorlugten. Die vertrockneten Früchte der Palmen benutzten wir als Munition im Krieg gegen die Kinder vom Campingplatz. Wir bekämpften sie mit Blasrohren, und wenn wir nach Hause kamen, zählten wir auf den Stufen die Munition und diskutierten die Strategie, bevor es erneut losging.

Erst seitdem ich am Landhaus spielte, benutzte ich einige Ausdrücke, für die ich keine Übersetzung hatte. Die meisten gehörten zu Spielen wie Gummitwist oder Seilspringen. Oder so hießen die Spiele, die der Tabaccaio im Dorf verkaufte, Hula-Hoop, Clic-Clac und Schubidu, die ich aus Deutschland nicht kannte. Ich kannte weder die Ausdrücke »libera per me«, frei für mich, oder »libera per tutti«, frei für alle, noch »toppa«, Haus, denn bei dem Versteckspiel, das ich aus Deutschland kannte, konnte man sich nicht mehr freischlagen, wenn man gefunden wurde, und deshalb zählte man auch nicht an der »toppa«, dem Haus. Ich wusste nicht, wie die kleinen Fische, »alborelle«, auf Deutsch hießen, nicht »cagnotto«, Made, oder »galleggiante«, Schwimmer, weil ich in Deutschland noch nie geangelt hatte. Aus dem gleichen Grund wusste ich nicht, was »cerbottana«, Blasrohr, hieß, denn in Deutschland war ich nie in den Krieg gezogen, ich kannte auch nicht den Namen des Spiels »Campana«, Glocke, weil ich es nie gespielt hatte. Erst viel später, als ich schon erwachsen war, erfuhr ich, dass man es auf der ganzen Welt kennt. Ich entdeckte auch, dass ich einige Wörter falsch gelernt hatte, zum Beispiel sagte ich »cerebottana« anstatt »cerbottana« oder »arborella« anstatt »alborella«, denn so hatte ich sie aufgeschnappt. Andere, die in sich korrekt waren, benutzte ich, wie alle anderen sie benutzten, und zwar falsch.

Das Landhaus mit seinen kleinen Gärten gehörte zum Schloss. Ebenso die Straßen, die Bäume und die Wiesen zwischen den Zäunen und den Villen. Sogar die Grundstücke der Villen hatten irgendwann einmal zum Schloss gehört. Viele Wiesen außerhalb und innerhalb des Zauns gehörten zum Schloss, und um sie zu mähen und das Heu einzufahren, reichten Renzo und Giuliano nicht aus, deshalb kamen an einigen Tagen noch ein Dutzend anderer Bauern. Das Schloss war gar kein Schloss, es war bloß größer und älter als die anderen Villen.

Wir trafen uns nicht nur am Landhaus und spielten in der Nähe, weil es der beste Ort zum Spielen war, sondern auch, weil es ein einfaches Haus war und das Land drum herum niemandem gehörte, jedenfalls nicht den Bewohnern. Man musste nur darauf Acht geben, beim Versteckspielen den Rasenmäher nicht kaputtzumachen oder beim Ballspielen nicht die Rosen und das Gemüse zu zertrampeln. Es fiel niemandem auf, wenn wir uns beim Versteckspielen mit Rost oder Fett beschmutzten, niemanden kümmerte es, wenn uns irgendwo morscher Putz entgegenrutschte oder wir die Haare voller Spinnweben hatten. Niemand schaute nach, was wir trieben, oder fragte, ob wir etwas brauchten, niemand brachte uns Essen und Trinken.

Wir vergaßen die Zeit. Nur dreimal am Tag gingen wir nach Hause zurück: zum Mittagessen, zum Imbiss am Nachmittag, der italienischen »Merenda«, und zum Abendessen. Wir gingen nur nach Hause, weil unsere Mütter alle miteinander aus der Küche oder dem Garten nach uns riefen. Eine fing damit an, dann setzten die anderen ein, und schließlich ertönte ein schriller Chor. Anfangs taten wir, als hörten wir sie nicht oder könnten die gebrüllten Namen nicht verstehen, aber nachdem dann der Erste von uns kapituliert hatte, trotteten wir alle los.

Sogar noch beim Essen zu Hause war ich mit meinen Gedanken bei unseren Abenteuern, und nach dem Mittagessen konnte ich es nicht abwarten weiterzuspielen, musste aber auf die anderen warten. Und ich musste lange warten, denn bei mir zu Hause gab es nur ein Hauptgericht und ab und zu etwas Obst hinterher. Die anderen brauchten dreimal so lange. Ich konnte es fast nicht glauben: jeden Tag drei verschiedene Gänge. Manchmal erzählten die anderen, was es bei ihnen zu Mittag gegeben hatte, und weil sie so lange brauchten, glaubte ich ihnen.

Wenn wir uns nachmittags am Landhaus wiedertrafen, fragte immer irgendjemand, und was hast du zur Merenda gegessen? So erfuhr ich, dass einige Brot mit rohem Schinken aßen, Brot mit Nutella, sogar Brot und Schokolade. Andere aßen nur äußerst selten Brot mit Schinken, dafür mit

Salami, Mortadella, Butter und Zucker. Das waren meistens Sandra und Antonio. Sie waren ärmer, das bewies der Brotbelag. Es war offensichtlich für jeden, wir alle wussten es, und wir hätten die Fragerei einfach sein lassen sollen, denn die beiden fingen nie damit an. Wenigstens hätten wir flunkern können, Marmelade anstatt Nutella, gekochter Schinken anstatt rohem, auch wenn sowieso niemandem geglaubt wurde, der immer von Nutella und rohem Schinken schwärmte. Wenn wir glaubten, dass jemand log, um den Helden zu spielen, wussten wir doch, dass es nicht richtig sein konnte, mit der Merenda anzugeben, dennoch taten wir es immer wieder. Diese Prahlerei, ob nun Wahrheit oder Lüge, fiel mir fast nicht auf, auf jeden Fall maß ich ihr keinen Wert bei. Denn die unterschiedlichen Brotbeläge waren eine lächerliche Kleinigkeit im Gegensatz dazu, dass alle täglich mindestens ein Brötchen zur Merenda aßen, aber das war nur mir klar. Mein Brot mit Butter und Marmelade oder gekochtem Schinken kriegte ich nämlich nur in Italien, und nur, weil es alle anderen auch bekamen. In Deutschland war das keine Selbstverständlichkeit, denn wenn ich Hunger hatte, musste ich nach einem Brötchen fragen. Es gab zwar etwas zwischendurch, aber nicht zu einer festen Uhrzeit, und das auch für die Erwachsenen. In Italien aber gab es eine Mahlzeit, die nur für Kinder bestimmt war.

Das war für mich Beweis genug, dass die Kinder in Italien besser dran waren. Außerdem kannten alle die Lieder vom Zecchino d'oro, ein Kinderchor für Kinder, alle guckten die Sketche der Werbesendung Carosello im Fernsehen, in der unzählige Persönlichkeiten auftraten und Kinderreime vorgetragen wurden. Kein Kind ging ins Bett, bevor nicht Carosello zu Ende war, und das war offiziell erlaubt. Alle lasen

»Topolino«, entweder weil es ihnen jemand gekauft hatte oder sie eines ausgeborgt hatten, und die italienische »Topolino« war kein dünnes Monatsheftchen wie die deutsche »Mickey Maus«. Die italienische war ein richtiges Buch, voller wilder Geschichten, mit Figuren, die es zum Teil in Deutschland gar nicht gab.

Es gab in Italien Kinder-Eis, -Chips und Schmelzkäse, sogar eine Kinderzahnpasta mit Erdbeergeschmack, obwohl sie fast niemand benutzte. Sammelalben und Fußballbildchen besaß jeder. Es gab die kleinen Spielsachen in den durchsichtigen Kugeln aus dem Automaten am Campingplatz, und beim Kauf von Spülmittel, Käse und Chips kamen immer neue Überraschungen hinzu. Deshalb glaubte ich, dass die Kinder in Italien es nicht nur besser hatten, sondern dass sie auch reicher waren. Das dachte ich lange Zeit.

Einmal hatte ich Lina zu Hause im Dorf besucht. Sie wohnte in einer Mansarde unter einem dunklen Holzdach. Damals hatte ich noch nicht am Landhaus gespielt. In der Wohnung war es sehr heiß und dunkel. Lina öffnete eine Tür, die auf einen engen, krummen Balkon aus demselben Holz hinausging. Sie gab mir zwei weiche, flache Plastikfiguren zum Spielen. Es waren die Katzen Geo und Gea, das Gimmick zum Schmelzkäse »Mio«. Diesen Käse gab es in Deutschland gar nicht. Ich musste aufpassen, dass die Figürchen nicht durch das Balkongeländer nach unten fielen. Sie hätten auf die andere Seite der Straße in einen Garten fallen, noch weiter nach unten rollen können, bis hin zum Flussufer. Ich spielte den ganzen Nachmittag auf dem Balkon, bewegte mich nicht weg und redete einzig mit Geo und Gea. Als meine Eltern mich abholten, sagte Lina, sie habe die

Figürchen nur für mich aufbewahrt, nimm sie mit, Stèla, ich schenke sie dir. Ich spielte noch einige Sommer mit ihnen und bewahrte sie noch viel länger auf.

Wenn ich Geburtstag hatte, luden meine Eltern am Tag die anderen Kinder ein, und am Abend ihre erwachsenen Freunde. Die Erwachsenen brachten mir Geschenke mit. Unter ihnen war das junge Elternpaar eines Mädchen, das ein Jahr jünger war als ich. Jedes Mal überreichten sie mir ein riesiges Paket im Namen der Tochter mit der Bemerkung, sie habe es schon zu Weihnachten bekommen und sich sehr gefreut. Am nächsten Tag kamen alle Kinder wieder zu mir, um die neuen Spielsachen einzuweihen, ganz besonders das riesige Geschenk. Die anderen mussten mir erklären, welchen Wert dieses Geschenk hatte, dieses mir unbekannte Spielzeug. Einige Tage spielten wir dann ausschließlich damit und ließen die anderen Geschenke links liegen. In einem Jahr war es eine kleine Berghütte, mit der man Wassereis herstellen konnte, einmal ein kleiner gelber Ofen mit dem Namen Dolce Forno. Nach kurzer Zeit gingen diese Spielsachen kaputt, oder sie langweilten uns, noch bevor sie den Geist aufgaben. Dann gingen wir wieder zum Landhaus.

Auch das ein Jahr jüngere Kind lud im Sommer zu einem Fest auf dem Hügel ein, in der Villa seiner Oma. Sie war größer und antiker als die Villen am See, aber noch kein Schloss. Der weitläufige Garten mit den hohen Bäumen allerdings hatte schon eher die Ausmaße des Schlossparks und wurde auch Park genannt. Ich gab dem Mädchen mein Päckchen und bewunderte verschämt mit den anderen Gästen die Geschenke. Es waren fast alles Mädchen, und sie alle waren dem Geburtstagskind ähnlich. Sie wurden mit dem Auto gebracht, begleitet von Müttern oder Kindermädchen, trugen bestickte Kleidchen, weiße Strümpfe mit Lochmustern und Spangenschuhe, Haarreifen oder bunte Spängchen auf ihren Köpfen. Wenn wir anfingen zu spielen, mussten sie auf ihre Reifchen und Spängchen Acht geben, mussten aufpassen, nicht zu stürzen, denn dabei hätten ihre Kleidchen zu Schaden kommen können, sie durften sich nicht die Knie aufschlagen, denn das Blut hätte die Strümpfe beschmutzen können. Deshalb kam eine Signorina, unter deren Leitung die Mädchen spielten. Es waren fast alles Spiele, die man im Sitzen oder im Kreis spielen musste. Oder auch kleine Wettläufe, bei denen ein Ei auf einem Löffel transportiert wurde, sogar eine Schatzsuche im Haus und im Park, bei der wir alle langsam und in Grüppchen laufen mussten.

Nach der Schatzsuche gab es Merenda: winzige Brötchen mit gekochtem und rohem Schinken, außerdem Süßigkeiten und Kuchen. Die Signorina und die Hausangestellte schenkten den Kleinsten die Getränke ein und steckten ihnen Servietten in die bestickten Krägen. Die Großmutter fragte, Kinder, wer möchte noch ein Brötchen, eine Leckerei, ein Stückchen Kuchen? Wir Mädchen aßen also. Ich auch, ich aß viel zu viele Süßigkeiten und zu viel Kuchen. Die Brötchen hatte ich noch nie zuvor gegessen, sie sahen aus wie Brioches und waren auch bestimmt etwas Erlesenes. Geschmack und Konsistenz waren aber so beschaffen, dass ich sie viel lieber nach dem Schinken mit den anderen Süßigkeiten gegessen hätte. Mir war die gewöhnliche Merenda lieber. Ich spielte auch lieber am Landhaus.

Jedes Jahr an meinem Geburtstag, wenn ich die Geschenke ihrer Eltern öffnete, und nachher an ihrem Geburtstag, wenn es süße Brötchen gab, wurde mir klar, dass ich die Dinge in einem anderen Licht sah, nicht so wie sie und auch nicht so wie die anderen Kinder. Ihre Geschenke beschämten mich, das stimmt: weil sie kleiner war als ich, weil das Geschenk von ihren Eltern kam und weil es jedes Mal so überkandidelt war, dass es die anderen in den Schatten stellte, auch wenn ich es gar nicht haben wollte. Die Brötchen mochte ich Jahr für Jahr weniger, und das nicht aus Groll oder Neid. Ich mochte sie nicht, weil ich alle anderen Brotsorten lieber mochte, die Brötchen namens »rosette«, die länglichen »sfilatini«, das Stangenbrot, das wir immer für den Sonntag aufbewahrten. Das knusprige, duftende Brot vom Dorf-Bäcker Forno Diana, oft noch warm und ein wenig angebrannt, den pane-biscotto von Aurelia. Das war so, weil ich kein italienisches Kind war. Nur weil ich nicht aus Italien kam, mochte ich lieber Brot mit Zucker als Brot mit Marmelade. Ich hatte es bei Sandra und Antonio probiert. Ich hatte auch die Zucchini von Donata probiert, Zucchini aus ihrem Gemüsegarten, die sie in dünne Streifen schnitt und in einem Teig frittierte. Sehr oft schon hatte ich die ein oder andere stibitzt und damit ein Verbot übertreten.

Meine Mutter hatte mir eingeschärft, niemals zur Essenszeit bei den anderen zu Hause zu sein. Dieses Verbot galt für die Villen und das Haus der Malinvernis. Bei den Malinvernis musste ich mit dem ersten Glockenschlag verschwinden, um Giuliano nicht mehr in die Arme zu laufen, der mit dem Fahrrad vom Schloss angeradelt kam. Bei den Biolchis konnte ich in Ruhe abwarten, dass erst Renzo und dann Dorina nach Hause kamen, sich die Hände wuschen und an den Tisch setzten. Erst dann wünschte ich einen guten Appetit und machte mich auf den Weg.

Bei Donata, und nur bei ihr, hätte ich gar nichts essen dürfen. Ich durfte das nicht, weil ich aus den Villen kam. Es war also nicht schlimm, bei den anderen aus den Villen etwas zu probieren, solange ich danach ging. Ich konnte auch bei Aurelia naschen, obwohl sie im selben Haus wohnte. Das hatte ich schon immer getan. Die Biolchis aber waren nicht wie die Malinvernis. Bei Aurelia an der Tür hing ein Heiligenkalender und eine Mistel, neben der Anrichte ein Bild von Papst Johannes XXIII. und im Schlafzimmer über der Puppe ein Kruzifix und das Bild der Madonna. Ich durfte die frittierten Zucchini von Donata nicht essen, weil die Malinvernis Kommunisten waren.

Einmal im Jahr, im Sommer, gingen Donata und Giuliano zum Tanz der Festa dell'Unita. Das Fest fand hinter dem Schloss statt, am Ende des Dorfes. Sie nahmen eine Abkürzung am Schloss vorbei, gingen aber das letzte Stück durch die Villenstraße. Das Fest dauerte einige Tage lang, die Musik des Tanzorchesters hallte bis spät in die Nacht über die Villen hinweg, und die Malinvernis schritten jeden Abend allein ihres Weges.

Ich glaube, sie konnten gut tanzen. Beide waren groß und schlank, vielleicht wirkten sie auch nur wegen ihrer stolzen Haltung so. Wenn sie Arm in Arm gingen, fiel der aufrechte Gang besonders auf. Auch wenn sie nicht Arm in Arm gingen, liefen sie im Gleichschritt. Aus den Villen warf man ihnen neugierige Blicke zu, und die Malinvernis wussten das. Beide legten Wert auf gute Kleidung, und auf eine besondere andere Art waren sie sehr schöne Menschen, vor allem in ihren Bewegungen und der Körpersprache. Das wussten sie auch. Donata trug weite Röcke, die bei jedem Schritt den Blick auf ihre festen Waden freigaben. Sie legte nur Lippenstift auf und war so sorgfältig frisiert, dass jede Locke in ihrem Haar aussah wie frisch gelegt. Manche

Frauen aus den Villen waren schöner, brauner gebrannt und schlanker, aber die konnte man schlecht mit Donata vergleichen. Sie war weder gebräunt, noch zeigte sie sich im Badeanzug. Ihr Haar war jedoch täglich mit der gleichen Sorgfalt frisiert, und auch im Haus trug sie nie Kittelkleider. Außerdem bewegte sich keine in der Küche mit ihrer Energie, als würde sie Tango tanzen.

Im Vergleich mit den Männern aus den Villen war Giuliano noch beeindruckender, ganz besonders dann, wenn er nach der Arbeit vom Schloss wiederkam. In Unterhemd und einer weiten Hose, die in der Taille von einem Gürtel gehalten wurde, mit dreckigen Schuhen und einem alten, aus der Form geratenen Hut, der ihm in den Nacken hing. Beeindruckend war seine Statur, die Schultern und Armmuskeln. Die Männer aus den Villen hingegen hatten oft einen schlaffen Bauch und sahen in Badehose schwabbelig aus. Auffallend an Giuliano war auch sein Gesicht mit den hohen Wangenknochen und der großen, geraden Nase. Ein fast indianisches Gesicht, das er mit stolzem Blick hoch erhoben trug und das keine Regung verriet. Auch sein ganz eigener Gang war etwas Besonderes. Ob er nun auf dem Weg zur Arbeit oder zum Tanz war, der Gang blieb immer gleich: Die Arme bewegte er kaum, seine Schritte aber waren weit ausholend und gleichmäßig. Später stieß ich auf einen ähnlichen Gang, und zwar auf einem Bild, das auch er auf einer der Feste dell'Unita gesehen haben muss: *Il quatro stato*, Der vierte Stand. Nur dass Giuliano so lief, ohne zu einem bestimmten Ziel gelangen zu wollen.

Als ich noch nicht beim Landhaus spielte, aber schon die Zucchini von Donata stibitzte und den pane-biscotto von Aurelia aß, erhielten meine Mutter und ich eine Einladung zum Schloss. Ich war schon einige Male mit Dorina dort gewesen, wenn sie ihrem Vater etwas bringen musste, oder auch mit Antonio und Sandra. Ich lief den Weg zwischen den Baumreihen bis zum Ende und schaute in den Park. Als ich schließlich die Wiese vor dem Schloss überquerte, betrachtete ich lange seine zinnernen Türme, die gotischen Fenster, die massiven, mit Bolzen versehenen Tore, seine Weitläufigkeit. Es war das erste Schloss, das ich sah. Eine Menschenseele aber hatte ich dort noch nie gesehen.

Wir kamen zum Nachmittagstee und wurden von der Hausangestellten empfangen. Sie wies uns einen Tisch auf dem Rasen zu und ging dann hinein, um der Signora Bescheid zu sagen. Blond und füllig war sie, mit einer weißen Haube auf dem Kopf, die farblich auf die Schürze abgestimmt war. Das Kleid darunter aber war aus demselben Blau wie die Sitzkissen und die Decke auf dem Teetisch. Während wir warteten, fiel mir der dichte, kurz geschorene und sattgrüne Rasen auf; keine Kleeblätter oder anderes Unkraut lugten daraus hervor, und er sah furchtbar künstlich aus. Während ich mit Dorina darüber ging, hatte sie mir erklärt, dass es ein spezieller Rasen sei, ein »englischer Rasen«, wie ein Teppich. Die Zinnen und Türme hatten mich aber so beeindruckt, dass ich ihm keine weitere Beachtung geschenkt hatte. Jetzt erschien mir der Rasen noch unglaublicher als das Schloss selbst.

Die Herrschaften kamen heran, Mutter und Tochter, gaben uns die Hand, ohne sie zu drücken, und setzten sich uns gegenüber. Beide waren blass, ein wenig von Natur aus und ein wenig vom Puder, hatten helle Augen und graue Haare, die die Ältere in einem Netz trug. Ihre Schuhe und die Kleidung waren schon lange aus der Mode gekommen, und beide trugen trotz des Sommers Strümpfe. Sie sprachen gedämpft, mit sanften, leicht zittrigen Stimmen, und beim Sprechen schien ihre helle Haut noch durchsichtiger zu werden. Beide sprachen sehr wenig, immer eine nach der anderen, und verweilten bei jedem Satz. Sie erkundigten sich über den Verlauf unseres Sommers und lobten unser Italienisch. Über sich sprachen sie nicht.

Die Hausangestellte kam wieder und stellte ein Tablett auf den Tisch. Sie servierte uns Tee in weißen Porzellantassen und stellte in die Mitte eine silberne Platte, die mit einer blauen Serviette abgedeckt war. Darunter befand sich säuberlich aufgereiht goldgelbes Backwerk mit einer Puderzuckerschicht darüber. Es waren »bignè«, kleine Windbeutel mit Cremefüllung. Ich kannte sie nicht. Verwundert stellte ich fest, dass sie den Zähnen sofort nachgaben, und dann schmeckte ich die Creme, deren Duft und Konsistenz mit nichts anderem zu vergleichen war. Aus Anstand nahm ich nur zwei. Aber sie waren das Beste, was ich jemals in Italien gekostet habe. Mit einem einzigen Bissen wurde ich mir so über den mir zugewiesenen Platz in dieser kleinen Welt klar, die aus einem Haus, den Villen und dem Schloss bestand. Auch wenn sie an einem Tor mit der Aufschrift »Privateigentum« endete, auch wenn mir mein Besucherplatz in dieser Ordnung nicht gefiel. Dafür gefielen mir umso mehr die »bignè«, die frittierten Zucchini und der pane-biscotto. Wie sehr es den faltigen Händen der Signore auch an Festigkeit mangelte, als ich sie zum Abschied drückte, wie ihre alten Gesichtszüge sofort verblassten von zu viel Puder oder Adel. Sobald wir am Ende des Weges angelangt und am Landhaus vorbei waren, blieben nur noch Windbeutel, frittierte Zucchini und der pane-biscotto als

Beweise dieser Ordnung: der Geschmack, dessen Bestimmung es war, nirgendwo sonst auffindbar zu sein, von niemandem hergestellt zu werden, dazu verurteilt, wie ein Idol in unerreichbare Ferne zu rücken.

Ich erzählte Daniela nichts von der Streberin Ulrike Seitz oder anderen mir bekannten Opfern der Ernährung. Ich brachte nie zur Sprache, dass ich auf dem Gipfel des Erfolgs von fünfundfünfzig Kilo bei meiner zweiten Diät keine normale Mahlzeit mehr zu mir nehmen konnte, ohne dass sie mir wieder hochkam. Das erste Mal passierte es auf der Toilette eines chinesischen Restaurants in der Via Larga, eines der besten in ganz Mailand, an der Küche konnte es folglich nicht gelegen haben. Ich glaubte an einen Schließmuskeldefekt des Magens, meines so geschrumpften Magens, denn ich hatte keinerlei Begleiterscheinungen, keine Übelkeit, ich musste mich auch nicht übergeben, das Ganze war ziemlich schleierhaft. Um mir Klarheit zu verschaffen, schluckte ich sogar eine an einem Schlauch befestigte Sonde, doch auch durch die Sonde sah man nichts. Irgendwann ging es weg, und ich hatte nicht wirklich verstanden, was der Spezialist meinte, als er mir lakonisch seine Diagnose mitteilte, das sei ein psychosomatisches Problem.

Daniela ist nun mit dem Erzählen an der Reihe. Noch bevor ich mich auf der Liege ausstrecke, frage ich, wie es ihrer Meinung nach läuft und was ich noch tun kann, um meine Aufgabe weiterhin wacker zu erfüllen, die da lautet: Abnehmen. Dann bin ich ganz Ohr, konzentriere mich sonst nur noch auf meine zu formenden Körperteile, denn seit Danis Geständnis bin ich stumm und ernsthaft, auch in ihrer Abwesenheit nehme ich alles sehr genau. Wenn ich nicht weiß, ob ich meine Gymnastikübungen später noch schaffe, stehe ich pünktlich um sieben auf, ich wache sogar von selber auf, mein neues Pflichtbewusstsein sorgt dafür. Das erzähle ich ihr nicht, nur dass ich jeden Tag meine Übungen gemacht und die Diät eingehalten habe. Ihre anderen Fragen beantworte ich ganz normal, wenn sie wissen will, wie geht es denn?, antworte ich, alles in Ordnung. Daniela hat keine Zeit zu verlieren, sie hat nur zweimal die Woche eine Stunde lang zum Erzählen. Das ist ihr gutes Recht, sie hat es nötig. Sie braucht mich, mein regelmäßiges Erscheinen zum Zuhören und Abnehmen. Daniela ist es zu verdanken, dass ich zu einem Organismus geworden bin, der aufsteht, Gymnastik macht, wenig isst und ihr zweimal in der Woche jeweils eine Stunde lang zuhört. Ich funktioniere wie geschmiert, ich funktioniere durch ihre Geschichten, Geschichten, für die ich ihr das Muster lieferte. Vielleicht bin ich selber schon zu einem Muster geworden, vielleicht sollte ich mich patentieren lassen. Die Wahrheit ist: Niemals lag mir eine körperliche Versuchung so fern, niemals ging es mir so gut.

Ich weiß jetzt, dass Danielas Schwester studiert und ihr Bruder Fußballer ist. Sie wohnen in einem Haus, möglicherweise einem Reihenhaus, etwas außerhalb oder auch im Zentrum, haben einen Kamin, der wahrscheinlich im Untergeschoss liegt, der so genannten »Taverne«, und ihr Vater macht sich an seinen freien Tagen gerne am Grill zu schaffen. Ihre Mutter bereitet regelmäßig Lasagne zu, eine Lasagne, die Daniela einmal komplett und ungebacken in sich hat verschwinden lassen. Wie das wieder gutzumachen ist, weiß sie nicht, aber auch wenn Desaster dieser Art nicht passieren, sich der Besuch an den Tisch setzt, bleibt die Mutter stehen, knabbert an einem Cracker, einem Stück Fenchel oder einem Schnitzer Parmesan. Das hat sie schon immer gemacht, sagt Daniela, solange ich denken kann, wir alle sagten ihr ständig, jetzt setz dich doch hin, mach eine Pause, aber sie sagt nur, nein, entschuldigt, ich kann nicht, denn immer hat sie irgendetwas auf dem Herd, was anbrennen, überkochen oder austrocknen kann. Ich kann mir vorstellen, wie sie alle in ihrer Taverne sitzen, nur die Mutter hat eine gute Entschuldigung, schließlich muss sie ja immer in die Küche rennen. Auch ihre Schwester muss aufpassen, sagt Daniela, und ich schätze, auch der Fußballer wird eine Diät halten müssen, wenn auch keine Frauendiät.

Wegen ihres Bruders war die Familie vor kurzem furchtbar in Aufruhr. Ein Nachbar aus dem Haus nebenan wollte ihm an die Kehle. Daniela erinnert sich gut an diesen Tiziano, weil er in der Grundschule ein gutes Beispiel und der Liebling aller Lehrer war, auf der höheren Schule schon etwas weniger, durch die restliche schulpflichtige Zeit quälte er sich nur noch irgendwie durch. Mit Ach und Krach schloss er dann doch die Hauptschule ab. Er fand sogar eine gute Arbeit mit dem Abschluss, aber irgendwann ging er einfach nicht mehr hin. Von da an blieb er zu Hause, bei seiner alten Mutter, die ihm alles hinterherträgt. Daniela hat ihn sehr höflich in Erinnerung, sehr schüchtern und schmächtig. Er war nie besonders aufgefallen, war nicht hässlich, auch nicht ein wenig, nicht verbaut oder verkümmert. Bevor er sich endgültig im Haus verschanzte, hatte er sich alle erdenklichen Gewichte und Geräte für ein Krafttraining besorgt. Er trainierte, tat nichts anderes mehr, wenn er nicht gerade aß, schlief oder einige Worte mit seiner Mutter wechselte. Einige Jahre später ging er auf ihren Bruder los, auf den Fußballer. Ein einziges Muskelpaket war aus ihm geworden, eine Bestie. Ich bringe dich um, schrie er mit einer Waffe in der Hand: kein Gewehr oder Messer, nicht einmal ein Küchenmesser, aber irgendeine absurde, ungeeignete Waffe, schwer und riesig. Wie verrückt rannten sie beide um das Haus herum. Und dieser Tiziano wurde nicht müde, er rannte wie ein Fußballer, schwang seine Waffe und brüllte dabei auch noch wie am Spieß. Runde um Runde ging es weiter um das Haus, die Familie stand hinter der Tür und konnte nichts sehen, wusste nicht, wann sie die Tür öffnen sollte, um ihn reinzulassen, den Sohn, nicht den anderen, gar nicht auszudenken, wenn der reingekommen wäre. Schließlich haben sie es geschafft und dann die Polizei angerufen, die sich aber schnell wieder aus dem Staub machte, es war ja nichts passiert, nicht einmal diesen Tiziano hatte sie zu sehen bekommen, der hatte sich nämlich mitsamt der Waffe zu seiner Mutter zurückgezogen. Sie warteten die Dunkelheit ab, stiegen ins Auto und verbrachten die Nacht in einem Hotel. Dort blieben sie, bis der Bruder zu seiner Mannschaft musste. Jetzt sind alle ratlos. Eine Zeit lang könnten sie auch bei Verwandten unterkommen, aber um das Haus muss sich schließlich auch jemand kümmern. Wenn sie dort sind, packt sie jedoch die Angst.

Daniela hat keine Ahnung, warum Tiziano es auf ihren Bruder abgesehen hat, woher so plötzlich dieser Hass kommt, schließlich kannten die beiden sich schon von Kindesbeinen an und haben nie gestritten oder sich geprügelt. Das muss Neid sein, glaubt Dani, der pure Neid, der so einen bei dem Wort »Fußballer« anfällt: Ihr Bruder ist nicht berühmt, er spielt selber gar nicht mehr, trainiert irgendeine kleine Mannschaft, das ist sein Beruf. Wenn sie Zeit hat, schaut Daniela sich die Spiele seiner Mannschaft an und ist stolz auf ihn.

Sie ist auch auf ihre Schwester stolz, die bald ihren Doktor in Psychologie macht, und auf einen Freund, der städtischer Angestellter war, halbtags als Hausmeister arbeitete, seinen Job kündigte und nun selbstständiger Modefotograf ist. Unbeeindruckt lässt sie hingegen die Tatsache, dass ihre Mitbewohnerin als Model an einem Tag so viel verdient wie sie in einem halben Monat. Weil sie achtundzwanzig ist und nichts kann, sie müsste etwas lernen, wenigstens ein bisschen Englisch, sie hat ja keinen Abschluss und auch keinen reichen Mann zum Heiraten. Vielleicht will sie wirklich heiraten, Daniela findet es völlig indiskutabel: »Wenn sie dumm wäre, könnte ich es ja verstehen, das ist sie aber nicht, ich glaube das nicht, sie ist nur verwöhnt, verwöhnt und faul, und dann auch noch so launisch, dass ich nicht weiß, wer es mit ihr aushalten soll. Das habe ich ihr nicht gesagt, dafür aber, dass die Zeit vergeht und sie nicht die Einzige ist, die es auf einen reichen Mann abgesehen hat, und selbst wenn sie einen finden sollte, wer sagt ihr denn, dass er sie nicht in ein paar Jahren gegen eine Jüngere, Hübschere eintauscht, und dann steht sie da.«

Daniela versucht also, ihr klarzumachen, dass sie mit geringem Aufwand eine interessante und lohnende Arbeit finden könnte, und wenn sie sich dann noch einen Reichen angelt, auch gut: Sie kann ihn ja heiraten, wenn sie unbedingt möchte, sie könnte aber auch mit ihrem Freund zusammenbleiben, der sie sehr liebt, reich ist er aber nicht. Daniela glaubt aber, dass ihre Freundin nicht einmal zuhört, »die misst sich nicht mit Normalsterblichen wie mir, und wenn ich ihr sage, dass sie nur für Showrooms und zweitklassige Shows engagiert wird, denkt sie, ich bin neidisch, aber ich schwöre, ich erzähle ihr das nur, um ihr zu helfen, damit sie mal auf den Boden der Tatsachen kommt. In zwei Stunden verdient die eine halbe Million Lire, und sobald sie die in der Hand hat, kauft sie sich zwei Fetzen und vier Cremes, und dann fragt sie, ob ich ihr nicht die Miete vorstrecken kann, so eine ist das.

Wie beleidigt sie kürzlich war, nur weil ich sagte, dass sie einen mediterranen Körperbau hat, wie ich, während unsere andere Mitbewohnerin, auch ein Model, eher ein nordischer Typ ist.

Das stimmt nicht, ich bin auch ein nordischer Typ.

Aber das ist eine allgemeine Sache, objektiv, habe ich gesagt, ich habe das gelernt, du kannst mir nichts anderes erzählen.

Aber nein, sie ist ein nordischer Typ.

Sie versteht einfach nichts, begreift nicht, dass ich überhaupt nicht darauf kommen würde, sie zu beneiden. Ich kann jemanden wie Sie beneiden, Sie kamen hierher, um etwa zehn Kilo abzunehmen, und ziehen es durch, ohne Probleme kommen Sie vorwärts. Jeden Tag gucke ich mir an, wie sich meine Mitbewohnerin eincremt, einölt, wie viel Zeit sie damit verbringt. Manchmal liegt sie auch stundenlang in der Badewanne, im schaumigen Dampf, morgens, mittags oder abends, hört Walkman und schläft auch mal seelenruhig ein. Sie ist einfach anders, verstehen Sie, völlig anders als ich oder Sie, wie von einem anderen Stern, und vielleicht glaubt sie das sogar, hält sich für eine Art Göttin, und wer beneidet schon eine Göttin?

Wenn sie auf einer Party ist, zu Hause in Apulien oder auch hier, ist sie gewöhnt aufzufallen. Erstens, weil sie groß und hübsch ist, aber das ist es nicht, es gibt ja auch andere hübsche Mädchen, sie fällt auf, weil sie ein Model ist. Sobald die Leute das erfahren, sind sie zuvorkommend und höflich, besonders die Männer, die Frauen aber auch, Sie können sich gar nicht vorstellen, wie viele Leute das für einen Traumjob halten. Aber niemand weiß, dass man zwar gut verdienen kann, aber entweder wie eine Verrückte arbeiten muss oder aber wochenlang zu Hause das Telefon hütet. Wenn dann endlich ein Anruf kommt, geht man zu dem Termin, wo schon hundert andere warten, und vielleicht kriegt man den Job dann gar nicht, und dann geht man wieder zurück nach Hause. Ich sehe doch meine Freundin, wenn sie nach Hause kommt, eine Stunde im Bad verschwindet und sich dann im Jogginganzug auf das Sofa fläzt, raucht und fernsieht. Abends macht sie sich chic und geht aus. Als sie einmal zu Hause geblieben ist, habe ich versucht, sie aufzuheitern, habe gesagt, lass uns etwas zusammen essen, ich mache eine Pasta. Sie hat sich an den gedeckten Tisch gesetzt, ohne ein Wort angefangen zu essen, den Aschenbecher mit der brennenden Zigarette neben dem Teller. Dann ist sie aufgestanden, hat ihren halb leeren Teller stehen lassen und den Fernseher wieder angemacht. Einmal habe ich den Fehler begangen, ihr in der Küche zu sagen, das tut mir wirklich Leid, aber nimm es nicht so schwer, du findest schon noch Arbeit: völlig normale Dinge, die man so sagt, nett gemeint. Sie hat von ihrem Teller aufgeschaut, mich angesehen, als sei ich der letzte Dreck, und gesagt, kümmere dich um deine eigenen Probleme, du mit deiner Fresserei. Am nächsten Tag hat sie sich entschuldigt, das kommt selten genug vor. Eine schöne Arbeit ist das Modeln nicht. Außerdem trägt man ein Verfallsdatum mit sich herum, das immer näher rückt, wo die Models doch heute immer jünger werden. Jeder Pickel ist das Grauen pur, ganz zu schweigen von hundert Gramm mehr auf der Waage, wussten Sie, dass die Hälfte von denen magersüchtig ist?, das stimmt wirklich, aber seitdem auch die Zeitungen darüber schreiben, kriegen sie von den Agenturen keine Jobs mehr, denn die wollen keine kranken Menschen für sich arbeiten lassen, behaupten sie wenigstens. Zuerst mussten die Models so dünn sein, wie es eigentlich gar nicht geht, selbst wenn man nur Salat isst, und dann werden sie rausgeschmissen, das ist doch das Letzte.«

Daniela weiß gut über diese Dinge Bescheid, sie kennt die Branche, denn sie ist nicht nur Kosmetikerin, nicht nur für Pickel, Nägel, Beinbehaarung und Cellulitis zuständig: Sie ist auch Visagistin. Manchmal arbeitet sie mit ihrem Freund zusammen, dem Fotografen, sie machen Kataloge und Werbung für Modekollektionen, auch für bekannte Designer. Von ihren Chefs, die auch eine Agentur betreiben, wird sie manchmal beauftragt, Leute vom Privatfernsehen zu schminken. Deshalb arbeitet sie immer: sonntags, montags, an freien Tagen und im Urlaub. Sie versteht etwas von ihrer Arbeit. Das sagt sie sogar selber, denn sie wurde schon sehr gelobt, das müssen sogar ihre Chefs zugeben, ob es ihnen nun gefällt oder nicht.

Nachdem sie zweimal hintereinander durch Zufall, oder auch weil gerade niemand anders da war, die Moderatorin von »Karaoke« geschminkt hatte, verlangte die nach ihr persönlich. Nur so kann es gewesen sein, denn sonst schickt die Agentur irgendjemand Beliebigen. Also schminkte Daniela sie über die gesamte Laufzeit des Programms. Ist sogar mit ihr zu einer Sendung auswärts gefahren, wo die halbe Stadt sie erwartete, ein einziges Geschrei, ein Drängeln, jeder versuchte, ein Foto oder Autogramm zu ergattern. »Stellen Sie sich vor, die wollten auch von mir eines: Ich habe mehrmals gesagt, dass ich doch nur die Visagistin bin, ach wirklich, sagten die Leute, das ist ja großartig, schließlich habe ich dann ein Autogramm gegeben, wenn es sie glücklich macht ...«

Daniela würde gerne das tun, was ihr Freund macht: die Depilationen und Massagen aufgeben und nur noch schminken. Das kann ich verstehen: Sie müsste ihre Hände nicht in anderer Leute Fleisch tauchen, sie könnte schön bei der Haut bleiben, an der Oberfläche, rote Bäckchen und hohe Wangenknochen schminken, Münder auf ihr doppeltes Volumen, glänzende oder tiefe Blicke. Aber sie fürchtet um ihr festes Gehalt, hat Angst, es nicht zu schaffen. Daniela rechnet immer wieder von neuem, rechnet, wie viel sie noch beiseite schaffen muss, um das Risiko eingehen zu können. Ob zwanzig Millionen Lire reichen? Jetzt hat sie zwölf, wenn sie noch zehn Aufträge bekommt, kommen noch mal drei hinzu, aber davon geht die Steuer ab, sechs Monate Miete und etwa eine Million Lire für Weihnachten, die Fahrt und Geschenke. Dani kalkuliert alles. Nur ihre Zeit nicht. Sie kalkuliert die Tage nicht mit ein, an denen sie sich ausruhen könnte, denn davor hat sie Angst, viel zu viel Angst. Sie hat Angst vor dieser Risikokalkulation, obwohl es eine einfache Gleichung ist, denn jede Minute, in der ihre Hände nicht beschäftigt sind, könnte Daniela zum Essen nutzen. Deshalb rechnet sie immer von neuem das Gehalt und die Ersparnisse durch, doch die Rechnung geht nie auf, wird niemals aufgehen. So macht sie acht Stunden täglich eine Arbeit, die sie nicht mag, die nicht das ist, was sie wirklich kann, acht Stunden in einem Laden, der ihr nicht gefällt, in einem Loft, der einmal eine Werkstatt war, wo die Feuchtigkeit vergangener Tage noch in der Luft hängt. In ihrem oberen Kosmetik-Stockwerk sind nicht einmal Fenster, kein Tageslicht, nur blendendes Neon. Und wenn sie gerade keine Kundschaft hat, geht sie runter und hilft beim Haarewaschen, nicht wegen des Neonlichtes oder der fehlenden Fenster, sondern um die Hände zu beschäftigen, um die Zeit totzuschlagen. Die Stunden vergehen aber nicht, und unterdessen hofft sie, dass man sie zu einem Außentermin schickt, nach draußen, dass man sie öfter schickt, aber das passiert nicht, denn sie ist die einzige Kosmetikerin in diesem Laden, während es draußen massenhaft Maskenbildner gibt, und es interessiert niemanden, ob die weniger gut als Daniela sind, denn sie wird für die acht Stunden im Laden bezahlt, und dort bleibt sie, weil sie eben acht Stunden dort zu sein hat.

Am Ende der Saison ist die Moderatorin zum öffentlichen Fernsehen gegangen, und mit denen arbeitet die Agentur von Daniela nicht zusammen. Jetzt begleitet sie eine andere Moderatorin, immer nur auf Nachfrage, die kenne ich aber nicht. Das habe ich aber nicht gesagt, ich habe so getan, als wäre sie mir bekannt, aber ich sollte wenigstens einmal daran denken, mir die Sendung anzuschauen, um das Ergebnis der Arbeit zu sehen, die Daniela nicht tun kann, weil ihr die Freiheit dazu fehlt.

Zum ersten Mal sah ich ihn im Secondhandladen, wo eine Bekannte von mir arbeitete: Mit ausgestreckten Beinen und einer Zigarette in der Hand saß er dort in einem alten Sessel. Der Laden befindet sich im Hof des Gebäudes, in dem auch der jüdische Buchladen ist, den ich, immer wenn ich in München war, besuchte. Ich stöberte in den Regalen und machte mir ein Bild über die jüdische Literatur. Dann wählte ich ein Taschenbuch aus, meistens Gedichte, und das nicht nur, weil ich wenig Geld hatte. Schon sah ich den Tag kommen, an dem ich nicht mehr wissen würde, was ich kaufen sollte, Hofmannsthal, Roth, Kraus, Broch, Benjamin und Canetti hatte ich mittlerweile schon erstanden. So hamsterte ich mir einen schönen Batzen Bücher zusammen: Ich las einige Essays von Scholem, allerdings ist *Der Stern der Erlösung* von Hans Rosenzweig immer noch in seiner Cellophanverpackung eingeschweißt, ebenso der *Talmud*. Eigentlich ging ich hin, um mit der Buchhändlerin ein paar Worte zu wechseln. Von ihr erfuhr ich, dass diese Bekannte jeden Nachmittag als Vertretung der Besitzerin im Secondhandladen arbeitete, und seitdem verbrachte ich viel Zeit bei ihr. Ich konnte in den Kleidern herumwühlen und anprobieren, was ich wollte. Wir lachten über die kuriosesten Kleidungsstücke oder plauderten einfach nur über dieses und jenes: Kunden verirrten sich nicht häufig hierher.

Ich kann ihn nicht sofort gesehen haben, denn dieses feuchte, riesige Warenlager war dunkel und viel zu voll gestopft. Überladene Kleiderständer in parallelen Reihen ließen nur einen schmalen Gang zu dem einzigen freien Platz. Dort konnten die Kunden in Sesseln an einem Tisch Kaffee trinken oder sich im Halbdunkel von den Strapazen ihres Einkaufsbummels erholen. Diese Ecke war ebenso gemütlich wie improvisiert. Als hätte jemand bei gutem Wetter seine Möbel in den Hof gestellt, weil die Wohnung zerstört oder überschwemmt war: Man schafft einfach alles hinaus, setzt sich und bleibt, solange das Wetter schön ist. Genauso saß auch ich da und unterhielt mich mit der Bekannten und dem Fremden.

Als ich später nach Hause kam, rief ich meine beste Freundin an. Ich habe einen schönen Mann kennen gelernt, sagte ich. Er ist ein Freund von der Frau aus dem Secondhandladen, und er war dort. Ich glaube, sie haben sich länger nicht mehr gesehen. Wahrscheinlich war er weg, im Ausland oder so. Er ist groß, schlank, hat blonde Locken, aschblond, eine Adlernase und blaue Augen. Unglaubliche Augen, sagte ich. Ganz intensiv, wie aus der Ferne blickend. Nicht ausdruckslos oder kalt, wie helle Augen es normalerweise sind. Vielleicht sagte ich auch: so geistig. Sicher aber sagte ich: Er sieht aus wie Chopin.

Er ist nicht einfach nur schön, redete ich weiter. Man sieht ihm an, wie gebildet er ist. Intelligent. Er ist litauischer Abstammung, Halbjude. Spricht mindestens sieben Sprachen: Englisch, Spanisch, Russisch, Litauisch, Tschechisch, Hebräisch, ein bisschen Französisch und natürlich Deutsch. Ein sehr schönes, geschliffenes und reichhaltiges Deutsch ohne Akzent. Er ist Dichter. Und Schauspieler. Hat jahrelang mit Fassbinder zusammengearbeitet. Ist als Theaterregisseur um die Welt gereist. War lange in Mexiko, New

York, in der Tschechoslowakei. Er zeichnet. Spielt Geige. Hat eine ganz natürliche Eleganz, obwohl er nur eine verwaschene Jeans und einen Norweger-Pullover trug. Aber den guten Geschmack, den merkt man ihm sofort an. Er ist sehr höflich, vornehm und zurückhaltend. Ich glaube, er ist ein feinfühliger, schwieriger, tiefsinniger Mensch.

Ich kann meiner Freundin das alles nicht bei diesem ersten Telefonat erzählt haben. Das alles kann ich noch gar nicht gewusst haben. Trotzdem war auch sie Feuer und Flamme und kam mit zu einer Lesung in der Buchhandlung. Dort musste er auf jeden Fall auftauchen. Tatsächlich war er da. Mit einem Kopfnicken fragte meine Freundin sofort, ist er das? Sie war ziemlich beeindruckt. Das hatte ich ihr ja schon prophezeit.

Als wir später in einem Café zusammensaßen, behandelte er uns zwei achtzehnjährige Mädchen genauso aufmerksam wie seine alte Freundin. Auch sie schien ihn zu bewundern. Wir hätten gerne seine Meinung zu dem Abend gehört, nehmen wir an, es war ein Heinrich-Heine-Abend, genau weiß ich das aber nicht mehr. Nun also warteten wir auf einen kleinen Vortrag von ihm, etwa über das Gedicht *Denk ich an Deutschland in der Nacht, dann bin ich um den Schlaf gebracht*, oder einen anderen Text des bei den Deutschen in Ungnade gefallenen Dichters, den die Frauen umso mehr liebten. Er konnte sie bestimmt auswendig, und wir hätten ihm andächtig gelauscht. Doch anstatt sich auf diese Weise in Szene zu setzen, plauderte er, er plauderte über dies und das, vielleicht auch über Heinrich Heine, reihte jedoch nie genügend Sätze für einen richtigen Vortrag aneinander. Das Einzige was blieb, war die Erinnerung daran, wie er den Titel des neuen Tarkovskij-

Films aussprach, Nas-stàl-ghia, und was er anschließend darüber sagte, nämlich dass er ihm gefallen habe. Habt ihr ihn auch gesehen? Ja, hatten wir, und wäre das nicht so gewesen, hätten wir es niemals zugegeben. In nichts wollten wir ihm nachstehen und gaben uns alle Mühe, sensibel, tiefgründig und so gebildet wie möglich zu sein. Am Ende des Abends tauschten wir unsere Telefonnummern aus. Er umarmte jede von uns herzlich und verabschiedete sich mit den Worten, man sieht sich.

Dafür mussten wir das Programm des Buchladens im Auge behalten und alle Veranstaltungen in der Hoffnung besuchen, dass er früher oder später dort aufkreuzen würde. Jedes Mal freute er sich, uns zu sehen, und beim Abschied wiederholte er, man sieht sich. Und dann verschwand er.

Wenn ich nachmittags bei seiner Freundin im Laden vorbeischaute, wollte ich sie nicht bitten, ein Treffen zu arrangieren. Ich verriet ihr weder den Grund für meine immer häufigeren und längeren Besuche, noch was mich ständig in den Buchladen trieb. Trotz dieser Verschwiegenheit vertiefte sich unsere Freundschaft. Sie erklärte, er sei eben so: Er melde sich monatelang überhaupt nicht. Dann träfe man ihn wieder, und er sei ganz außer sich vor Freude, er freue sich wirklich. Ein Einzelgänger sei er, ein verschlossener Mensch. Genau das hatte ich mir gedacht. Aber nicht einmal im Traum wäre ich auf die Idee gekommen, ihn anzurufen. Sie rief ihn auch nicht an.

Bis dahin redete ich nur mit meiner besten Freundin über ihn. Unter uns nannten wir ihn häufig Chopin, aber es begeisterte uns auch, dass er eine rote Katze namens Erwin Trotzki hatte.

Die letzte Information aus dem Secondhandladen, telefonisch sofort an meine Freundin weitergeleitet, war, dass er schwul sei.
Merkt man das nicht?
Ich verneinte, aber wahrscheinlich merkte nur ich das nicht. Doch auch sie musste sich Gedanken gemacht haben, denn sie gab zu, dass er nicht wie eine Tunte wirke, nein.
»Oder ich habe mich schon daran gewöhnt.«
Dann fragte sie, ob es mit mir sehr ernst sei. Ich weiß nicht mehr, ob ich gar nichts dazu sagte oder es auf die ein oder andere Weise zugab.
Da siehst du es, sagte sie und kicherte, aber nur ganz dezent, da hat einer mal ein bisschen Schliff, und was ist? Er ist schwul.
Wahrscheinlich stimmte ich ihr zu.
Doch meine Freundin und ich konnten damit leben. Wir ersetzten einfach Chopin durch Rimbaud, obwohl er dem Portrait von Delacroix ähnelte und keinerlei Gemeinsamkeiten mit dem stupsnasigen Jungen von Fantin-Latour aufwies. Außerdem war er etwa so alt wie der *poète maudit*, als er sich mit nur noch einem von der Syphilis zerfressenen Bein von Afrika zum Hafen Marseilles geschleppt hatte. Vielleicht war Rimbaud in seinem Alter auch schon tot. Es war also nur recht und billig, von beiden etwas zu nehmen und den Rest dazuzudichten: schön, gebildet, intelligent, zurückhaltend, unerreichbar. Hundertprozentig unerreichbar, und zwar für alle beide. Das war immer noch besser, als für Chopin, Rimbaud oder irgendeinen Schauspieler zu schwärmen. Immerhin war es noch nicht lange her, dass meine Freundin und ich im Café der Kammerspiele einem kurzsichtigen, rundlichen Schauspieler aufgelauert hatten, der den Puck im *Sommer-*

nachtstraum spielte. Meine Freundin hatte sich bei der Aufführung in ihn verliebt. Damals wussten wir nicht, dass es im Theater eine Kantine gab. Dieses Mal hatten wir es besser getroffen. Wir konnten einfach weiter herumfantasieren und Chopin immer rein zufällig über den Weg laufen.

Irgendwann rief ich ihn doch an. Ich weiß weder, was ich erzählte, noch, was mich dazu brachte, seine Nummer zu wählen. Ich suchte nach Worten, brach mitten im Satz ab und verhaspelte mich öfter als sonst. Dann sagte ich gar nichts mehr. Er erwiderte nichts. Nach einer kurzen Atempause erst begriff ich, dass er über eine Antwort nachdachte. Und dass ich mich bloßgestellt hatte. Wäre mir nicht dieses vernichtende Gefühl geblieben und die anschließende Verwunderung darüber, auf offene Ohren zu stoßen, könnte ich mich gar nicht mehr an dieses Gespräch erinnern, nicht einmal mehr an den Ton zwischen uns. Ich bin fast sicher, dass ich nicht mehr versuchte, mich in einem guten Licht darzustellen, nicht gebildeter oder intelligenter sein wollte, als ich war. Ich muss ihm Dinge anvertraut haben, die mir wichtig waren. Nichts, was ihn als Person betraf.

Dass er sich nie gemeldet hätte, wusste ich. Ich wusste aber auch, dass meine Freundin ihn nicht anrufen würde, denn sie konnte es nicht akzeptieren, nicht zurückgerufen zu werden. Mir war das egal. Jedes Mal, wenn ich in Deutschland war, rief ich ihn an, hallo, ich bin in München. Vielleicht sehen wir uns ja, sagte er, wir unterhielten uns, und das war es dann bis zum nächsten Mal. Meiner Freundin erzählte ich, dass ich mit Andreas telefoniert hätte. Nun nannte ich ihn nicht mehr Chopin.

Ein paar Mal sah ich ihn wieder. In der Buchhandlung, im Secondhandladen oder mit der Freundin aus dem Laden in einem Café. Nachdem wir sie eines Abends nach Hause gebracht hatten, warteten wir zusammen auf die Bahn. Möglich, dass wir über die Selbstmörder Esenin und Majakowskij redeten, über die Cvetaeva im Exil, deren Kind vor Schwäche gestorben war. Über den großartigen Welimir Chlebnikov, der nach jahrelangem Umherziehen verhungert war: Wir sprachen darüber, was all diese Dichter in totalitärer Zeit für ein elendes, schauderhaftes Ende gefunden hatten, und dass die, die nicht gestorben waren, entweder emigrieren oder den Mund halten mussten. Wahrscheinlich diskutierten wir gerade die Ästhetik und Ideologie Gottfried Benns, als uns beide ein Blick auf die gekachelte Wand der U-Bahn-Haltestelle ablenkte. Rund, winzig und giftiggelb waren die Fliesen, und im selben Moment platzten wir beide heraus, so 'ne Scheißfarbe, und lachten uns halbtot. Wir konnten nicht aufhören, bis die Bahn kam.

Ich glaube, es war bei meinem darauf folgenden Besuch in München, dass Andreas mich zu sich nach Hause zum Essen einlud. Das erzählte ich meiner Freundin, als sie mich nach ihm fragte. Ich erzählte ihr auch, dass sein kleines Appartement seinen guten Geschmack erneut unter Beweis stellte: einfach eingerichtet auf eine fast schmucklose, japanische Art. Schließlich hatten wir *Kagemusha* gesehen. Ich erzählte von den Möbeln aus Metall, Aluminium und Glas, dem antiken Mahagoni-Schreibtisch, ohne die Unordnung zu erwähnen. Ich sagte: Er kann sogar gut kochen.

Wir spielten dieses Spiel schon seit einiger Zeit, und mir wurde nur langsam klar, dass es ein Spiel war und ich mich nicht mehr an die Regeln hielt. Das tat mir Leid. Es wäre mir lieber gewesen, wenn sie es nicht bemerkt hätte, ich hätte unbemerkt und nebenbei die Regeln übertreten sollen, so dass wir weiter die gleiche Ausgangsposition gehabt hätten. Ich hatte Angst, vor mir selber als Verräterin dazustehen, Angst vor ihrer Eifersucht. Das wollte ich mir nicht eingestehen, nur mühselig nahm ich diese Angst als solche wahr, aber ihr von dem Abendessen bei Andreas zu erzählen kostete mich ein wenig Überwindung. Wahrscheinlich war sie enttäuscht. Aber was hätte ich tun sollen? Was hätte ich tun sollen, ich wusste doch, dass wir nicht alle miteinander dicke Freunde hätten werden können, was ich vielleicht einerseits gar nicht wollte, andererseits eben doch. Es hätte mich zum Teil genauso gefreut wie die Tatsache, dass nur ich eine gewisse Vertraulichkeit mit Andreas aufgebaut hatte. Deshalb fürchtete ich gleichfalls, ihn zu verraten, wenn ich meiner Freundin davon erzählte.

Einmal trafen wir ihn zusammen, ich glaube im Buchladen. Als sie ihn mit einer schwarzen Lederjacke und fast kahl rasiertem Schädel sah, war sie ernüchtert. Seine Nase fiel noch mehr auf, auch der sehnige Hals und jeder andere markante Zug in seinem Gesicht. Sie sagte, er habe vorher besser ausgesehen. Ich sagte nichts. Vor kurzem war *Querelle de Brest* herausgekommen, ein Film, von dem wir nur die Plakate und Bilder in den Zeitungen gesehen hatten. Das reichte aber, um zu begreifen, dass nur ein ausgewiesener Schwuler sich so herrichten konnte. Vielleicht erkläre ich mir das auch erst jetzt auf diese Weise, damit die Verwunderung darüber, mit welcher Klarheit sich diese Begegnung in mein Gedächtnis grub, nicht allzu groß ist. Der Abend bei Andreas hingegen ist mir nur verschwommen in Erinnerung. Wo ich mich doch normalerweise erinnere, was ich wann und mit wem aß, auch wenn ich mit Menschen aß, die ich zum ersten Mal sah und nie wieder treffen sollte.

Gerade ich, ich, die sich anhand der einfachsten Mahlzeiten Gesichter und Namen, Umgebungen und Landschaften ins Gedächtnis rufen kann. Ich, die ich keinen Gang eines endlosen Hochzeitsessens vergesse, ich muss zugeben, nicht mehr zu wissen, was mir der einzige Mann, der jemals für mich gekocht hat, zum Abendessen vorsetzte. Ein Abendessen für zwei! Das einzige meines Lebens, und ich weiß nicht, wo es in meiner Erinnerung geblieben ist. Es fiel mir schwer, meiner Freundin davon zu erzählen, es ihr zu sagen und mir selbst die Bedeutung nicht einzugestehen, was war denn schon dabei, Andreas lädt ein, wen er möchte, wir wissen beide, dass er schwul ist, er ist einfach ein Freund. Freundschaft verbindet Völker, meinten wir und glaubten nicht daran, aber dass sie sich über die Geschlechter hinwegsetzt, das glaubten wir wirklich. Ich frage mich, ob auch Andreas daran glaubte, ob er trotz seines Alters und seiner Erfahrungen noch daran glauben wollte und genau deshalb ein Mädchen zu sich einlud, mit dem er fast nur am Telefon geredet hatte. Nie waren wir in einem Café verabredet gewesen, die Umarmung und der Wangenkuss zum Abschied waren immer in der Gegenwart anderer Menschen ausgetauscht worden. Aber diesmal steigt man aus dem Bus, biegt das erste Mal in die angegebene Straße, die man vorher schon im Stadtplan herausgesucht hat. Mit Sicherheit ist man zu früh und schaut sich erst das Haus an. Das Haus, in dem Andreas wohnt, ist hässlich und grau, aber auch niedrig und solide, typisch Nachkriegszeit. Verstohlen schlendert man die Straße bis zur Kreuzung auf und ab, schaut viel zu oft auf die Uhr und klingelt dann endlich. Vielleicht macht das Herz einen Sprung, wenn die schmeichelnde Stimme etwas hohl durch die Sprechanlage antwortet, zweiter Stock rechts, und dann summt der Türöffner endlich los.

Andreas wartete an der Tür. Kann sein, dass er eine von diesen langen, weißen Schürzen trug, die Männer in der Küche gerne tragen, vielleicht sogar mit irgendeinem geistreichen Spruch oder einem Bild darauf. Die seine breiten Schultern und die langen Beine nur noch mehr betonte, die schlanke Eleganz seines ganzen Körpers. Noch auf der Schwelle umarmte er mich, ich glaube, er hielt dabei die Hände von sich weggestreckt, so wie Köche das machen, eine Verlegenheit, durch die seine Umarmung nur noch intensiver wurde. Er hilft mir aus der Windjacke, hängt sie an die Garderobe, weist mir den Weg und öffnet die Tür. Er bietet mir sofort einen Platz an, rückt mir den Stuhl zurecht an einem Tisch, der eigentlich ein Schreibtisch aus Glas ist, aber groß genug, um zu sechst daran zu sitzen, gedeckt mit Sets und Kerzen.

Ich sehe ihn vor mir, Andreas, auf dessen Gesicht von unten ein Lichtschimmer fällt, wie er sich nach vorne beugt und mir Wein einschenkt. Andreas, der sich im Glas des Tisches widerspiegelt, während er das Messer zurücklegt und die Hand seinem Gesicht annähert. Der aufsteht, eine klassische Platte auflegt, die er mir unbedingt vorspielen möchte, Kammermusik in einer ganz bestimmten Aufnahme. Als er die Salatschüssel auf den Tisch stellt und sich setzt, erscheint erst sein bewegtes Spiegelbild im Tisch, dann sitzt er mir leibhaftig gegenüber, und bevor ich weiterrede, lächle ich ihm zu.

Schnitzel in Wein oder mit Gemüse und Patnareis oder Patna- mit Wildreis und Salat? Rind? Huhn? Truthahn?

Auf jeden Fall gab es Fleisch, zartes, weißes Fleisch, leicht, aber mit einer Soße, wie es sich gehört, mit der Andreas liebevoll den Reis vermengte. Das Schnitzel aber traf er mit hartem Messer, sodass es aussah wie das Zuschnappen eines Wolfes oder eines Panthers, auf keinen Fall aber wie die Bewegung einer sensiblen, tiefsinnigen Person, eines Traums, eines Geists, eines Chopin. Und es wird noch schwieriger, nachdem man aufgestanden ist, um beim Abräumen zu helfen, seine Bewegungen in dieser engen Nachkriegsküche zu verfolgen, einer Küche mit Regalen voller exotischer Gewürze und schmutzigem Geschirr; schwierig, sich Chopin vorzustellen, wie er heißes Wasser über das Geschirr laufen lässt, damit es nicht verkrustet und er es nicht sofort spülen muss. Doch dieser Mann, der in seiner kleinen Küche den Salat anmachte, mit einem einzigen, weit ausholenden und präzisen Schwung aus dem Handgelenk eine Prise Salz dazugab, ganz die Geste eines Koches, dem Auftaktsignal eines Dirigenten, dem Einsatz eines Virtuosen mehr als ähnlich, wer ist nun der?

Jedenfalls war er glücklich, mir die Schnitzel und den Reis, den Salat und die Erdbeeren aufzutischen, er freute sich über meinen Appetit und über mein Lob mit vollem Mund. Wenn es dir schmeckt, kann ich dir noch etwas auftun? Er war glücklich, als er mich zur Tür begleitete und mir in die Windjacke half, glücklich darüber, so höflich, ausgehungert und ausgelassen zu sein, Koch und Kavalier, väterlicher und mütterlicher Freund und wer weiß, was noch alles. Ist auch egal, weil der Abend doch so nett war, wie man es sich nur wünschen kann, und weil man sich alles zugleich wünscht, Fleischliches und Geistiges, alles zugleich will, auch wenn er ganz bestimmt nicht gewollt hätte, dass seine Hände und sein Mund mehr als einen flüchtigen Druck auf dem Frauenkörper hinterlassen, der nach Bratenfett und Aftershave duftend die Treppen hinunterstieg.

Andreas mit seiner abgetragenen Lederjacke und dem kahl geschorenen Schädel. Ich in einem langen Trenchcoat, den einzig die Farbe rettete, militärgrün, sodass er nicht genau aussah wie von der SS. Ich glaube, im Jahr darauf liefen wir so durch München, begrüßten uns mit einer unbeholfenen Umarmung, bei der Leder gegen Leder klatschte. Eine Verabredung am Marienplatz, Samstagmorgen vor dem vierstöckigen Buchladen, aus dem ich erschöpft von den Menschenmassen mit Büchern und CDs bepackt herauskam, alles zum halben Preis. Stolz zeigte ich ihm, was ich erstanden hatte, kramte alles aus den Tüten heraus, obwohl es nur die Fünfte von Mahler war oder die in der DDR gedruckten Klassiker, die es sowieso überall für zehn Mark gab. Wir hätten seinen Wocheneinkauf im Supermarkt erledigen können, doch wegen des Gemüses, der guten Gerüche, Brot und Käse steuerten wir den Viktualienmarkt an. Dann legten wir in einem Café eine Pause ein, und nach einem Halt bei meiner Mutter liefen wir weiter nach Schwabing. Wir gingen schnell, mit ausholenden Schritten, ich blieb oft ein wenig zurück, aber einer von uns beiden blieb ohnehin irgendwann vor einem Schaufenster stehen oder wurde von irgendetwas anderem abgelenkt. Wir hatten den Odeonsplatz schon hinter uns gelassen und liefen nun über das noble Pflaster vor der Feldherrenhalle, einer Imitation der Loggia der Medici, wo Hitler seine ersten großen Reden gehalten hat. Immer schneller wurden unsere Schritte, und angelangt bei den nackten, neoklassischen Gebäuden der Universität, zwischen denen die vierspurige Ludwigstraße entlanglief, waren wir nicht mehr zu halten. Wir hatten unsere Mantelkrägen hochgestellt, die Köpfe gesenkt, um uns vor dem Wind auf der Prachtstraße zu schützen. Trotzdem redeten wir: Vielleicht konnten wir deshalb auch nie Schritt halten. Wir stapften vorwärts, und es war uns egal, mit einem Passanten, einem Fahrradfahrer oder, im schlimmsten Falle, einem Auto zusammenzustoßen, denn rote Ampeln beachteten wir nicht. Ab und zu blieb einer von uns stehen, um sich eine Zigarette anzuzünden, nach einem Taschentuch zu suchen oder einen komplizierten Gedanken auf den Punkt zu bringen. Denn im Gehen kann man nicht nachahmen, wie die Flöte in der Arie der Johannes-Passion *Ich folge dir gleichfalls mit freudigen Schritten* einsetzt. Genauso wenig kann man interpretieren, was Hölderlin meint, wenn er rät, in hinabhängenden Häuslein bei Treppen am Wasser zu wohnen. Oft kommt mir heute in den Kopf, dass wir ausgesehen haben müssen wie Geschwister, echte Geschwister. Mit unseren nordischen Augen und unserer jüdischen Art, gestikulierend nebeneinander herlaufend, hat man uns wohl für ein merkwürdiges Geschwisterpaar gehalten.

Im Café am Viktualienplatz aber haben sie Andreas schief angeschaut, als er aufstand und sich bei dem Mädchen unterhakte, mit dem er vorher eine Stunde lang geredet hatte, das Kinn in die Handflächen gestützt, sich eine Zigarette nach der anderen anzündend und den Blick nicht von der leeren Tasse hebend. Er hat es bemerkt, nicht ich. Er zog ein schiefes Gesicht und sagte, was sich mein Freund da hinter der Theke wohl denkt. Dann lächelte er mich an.

Ich weiß nicht mehr, wann er mir von seiner Schwester erzählte, aber ganz sicher war es an einem dieser Tische. Sie war die Jüngste der drei Geschwister, Andreas der Älteste.

Zwanzig Jahre zuvor war sie gestorben. Sie hatte in Paris studiert und gerade einen Vertrag für die Übersetzung der Proust-Briefe unterschrieben. Zu dieser Zeit war er mit den Proben eines Stücks beschäftigt, in dem er die Hauptrolle spielen sollte. Seine Mutter schrie ihn am Telefon an: »Deine Schwester stirbt und du spielst Theater!« Er nahm den Zug und kam gerade noch rechtzeitig ins Krankenhaus. Sie starb mit einundzwanzig an einer postoperativen Infektion. Vielleicht hätte er die Hauptrolle in *Angst essen Seele auf* spielen können, aber er spielte nie wieder, bekam weder eine Hauptrolle noch eine andere. Daraufhin ging er nach Mexiko und später nach New York. Wir waren schon draußen, als er das erzählte, und unser Spaziergang über den ältesten, vielfältigsten und teuersten Markt Münchens war diesmal zerstreut und angespannt. Vielleicht kam mir das damals in den Sinn, als Andreas, immer noch auf dem Viktualienmarkt, drei verschiedene Sorten Chilischoten entdeckte – *chili »ancho«, »mulato«* und *»pasilla«*, die man als Zutaten für eine *mole poblano* braucht, ein festliches Gericht mit Truthahn, den man in einer reichhaltigen, sämigen Soße köcheln lässt. Die Schokolade darin beweist, dass es ein Gericht der Azteken ist. Wusstest du, dass nur die Mitglieder der Adelsfamilien Schokolade essen durften, fragte er, nur die obersten Generäle und Priester, nie Frauen? Dass Montezuma sie anstatt des erwarteten Goldes feierlich Cortez überreichte, der außer sich war vor Wut?

Das wusste ich nicht. Ich wusste nicht, woher und weshalb er so viel über die Kochkunst wusste, in meinen Augen machte ihn das nur noch weltgewandter und geistreicher.

In Mexiko City hatte er am Goethe-Institut gearbeitet. In einem zentrumsähnlichen Viertel gab es ein Café, das Café

Kineret, wo ein Wiener Strudel noch nach der überlieferten Regel gemacht wurde: Der Teig muss so dünn sein, dass man durch ihn eine Zeitung lesen kann. Die Äpfel waren aus den Vereinigten Staaten importiert. Denn in Mexiko gibt es keine Äpfel. Der Strudel stand aber nicht auf der Karte, die nur die üblichen mexikanischen Gerichte enthielt. Man musste es schon wissen und direkt beim Besitzer nach einem Stück fragen. Der war ein Wiener Jude im Exil. Deshalb auch der Name des Cafés, Kineret: Genesaret. »Wenn du ihn nach dem Strudel fragtest, musterte er dich: Entweder warst du Österreicher oder aber Jude. Schien ihm Zweiteres wahrscheinlicher, grüßte er beim nächsten Mal mit *shalom.*«

Im Hotel Plaza in New York fand er eine Kakerlake in seinem Strudel. Um genau zu sein: zwischen seinen Zähnen. Ohne die Miene zu verziehen, bemerkte der Kellner: *Sorry, it happens.*

Der letzte wirklich bemerkenswerte Strudel war ihm in Prag im Herbst-Winter 1969 untergekommen. Die Stadt war so grau, dass man manchmal nicht mehr wusste, wo man war: Man hätte auch in Bukarest oder Helsinki oder irgendeinem anderen Ort am Arsch der Welt gelandet sein können.

»Wenn ich mich länger in der Bibliothek aufgehalten hatte, überkam mich auf der Straße die Angst. Nicht vor den Soldaten, denn die waren als Einzige immer auf der Straße. Von denen hatte ich nichts zu befürchten, da mich meine Papiere als Teilnehmer eines Sprachkurses auswiesen. Man brachte uns zensiertes Tschechisch bei, in dem nichts mehr von der Volkssprache übrig war. Die Angst überfiel mich von einem Moment auf den anderen, fast körperlich. Ich hatte Angst vor diesen leeren Straßen, in denen es nichts zu sehen gab, sodass man fast nicht bis zum Ende schauen konnte. Schon nach kurzer Zeit gewöhnte man sich an, mit gesenktem Kopf zu gehen, wie alle anderen. Eines Tages aber sah ich in einer Konditorei-Auslage einen Strudel. Ich ging rein und legte mir mit Mühe den gelernten Satz zurecht, den ich nun der Verkäuferin sagte: Ich hätte gerne ein Stück davon, ich benutzte den gelernten Ausdruck ›zavin‹, was ›Rolle‹ bedeutet. Die Verkäuferin lächelte mich seltsam an und antwortete auf deutsch, Sie können ihn ruhig so nennen wie bei Ihnen drüben. Bevor die Streitkräfte bei uns waren, hieß er auch auf tschechisch *Strudel.*«

Jahrelang versuchte ich, die Fäden zu entwirren, die ich in seinen Geschichten fand, in diesen Geschichten, die mit orientalischen, böhmischen, russischen, chinesischen und mexikanischen Rezepten gespickt waren. Versuchte, dem Zufall oder Schicksal auf die Spur zu kommen, das ihn von einem Ort zum nächsten getrieben, ihn immer wieder gezwungen hatte, sich anzupassen, ihm im Gegensatz dazu jedoch eine ungewöhnliche Neugier und den Instinkt, sich an Töpfen und Zutaten festzuhalten, beschert hatten. Und ich weiß nicht, warum, aber ich war nie wieder bei ihm zum Essen.

Einmal kam ich zu ihm nach Hause. Kaum war ich zur Tür herein, schrie ich los, ich habe noch nichts gegessen und einen Bärenhunger, hast du eine Scheibe Brot und Butter für mich? In dem Durcheinander einer seit mehreren Tagen nicht aufgeräumten Küche schnitt er mir zwischen verkrusteten Töpfen und Pfannen eine Scheibe Schwarzbrot ab und bestrich sie ziemlich mühevoll mit zu kalter Butter.

Möchtest du Salz?

Unbedingt, erwiderte ich, und dass dieses frische Brot mit Butter und Salz eine der wenigen Dinge war, für die es sich immer wieder lohnte, ab und zu nach Deutschland zu kommen. Während ich also meine Scheibe Brot verschlang und mich immer noch begeisterte, welch ein Brot, welch eine Butter!, fing er schon an, eine neue Scheibe zu bestreichen. Er hatte mir erst vor kurzem von seinem positiven Testergebnis erzählt. Beim zweiten Bissen fiel es mir ein. Ich aß weiter, stand in der Küche, schaute auf das schmutzige Geschirr und Besteck. Es überträgt sich nicht so, das weißt du doch, sagte ich mir. Dann nahm ich meine Scheibe Brot, hielt sie Andreas hin und fragte, willst du ein Stück?

Eines Tages erzählt mir Daniela eine Liebesgeschichte. Sie war mit einem Mann zusammen, der auch bei ihr wohnte. Wenn sie morgens aufstand, ging sie wie immer in die Bar nebenan, um einen Kaffe zu trinken, denn der aus der kleinen Espressokanne schmeckt ihr nicht. Sie kaufte Brioches und ging wieder nach Hause, stieg die Stufen zu ihrer Wohnung mit dem Geruch der Brioches in der Nase empor, denn es gibt keinen Aufzug. Bei jeder Stufe der drei Stockwerke schlug ihr wellenartig dieser Geruch entgegen, sie nahm zwei Stufen auf einmal, vielleicht um schneller zu sein, vielleicht um ein bisschen zu trainieren. Kam sie wieder zur Tür herein, gab sie die Tüte mit den Brioches ab, die noch warm waren. Dann schminkte sie sich, während er im Bett frühstückte und ihre Decke voll krümelte. Wenn sie fertig war, verabschiedete sie sich. Abends brachte sie den Einkauf mit und kochte Pasta oder Risotto.

»Auch Risotto mit Radicchio?« frage ich.

Sie zählt sie alle auf: Reis mit Erbsen, mit Radicchio, mit Pilzen, mit Artischocken, mit Zucchini ...

Sie kochte für ihn, und beim Umrühren kostete sie hin und wieder, dann pickte sie auch etwas von seinem Teller, um ihm eine Freude zu machen.

Manchmal gingen sie sogar in eine Pizzeria, sagt sie. Sie aßen immer zusammen. Daniela wog achtundvierzig Kilo.

Das Ganze dauerte ein Jahr. Ein Jahr lang hielt Daniela das Gewicht von achtundvierzig Kilo. Sie ging weder ins

Fitness-Studio, noch verfolgte sie eine bestimmte Diät. Jetzt, wo sie diese Geschichte erzählt, wiegt sie sechs bis zehn Kilo mehr, Kilo, die sie abnehmen möchte, um ihr Idealgewicht wieder zu erreichen. Ich schaue sie an und versuche, sie mir ohne diese Kilos vorzustellen, frage mich, ob achtundvierzig nur ein Idealwert ist, den sie kraft ihres Willens erreicht hatte, der die körperlichen Grenzen ausschöpfte, oder ob es ihr normales Gewicht sein könnte. Daniela hat ein breites Becken, und ihre Oberschenkel können nicht einfach so verschwinden, vielleicht sind achtundvierzig Kilo ein bisschen wenig, aber so wenig nun auch wieder nicht, mehr als ein paar Rippen zwischen Schlüsselbein und Busen, wo sie auch jetzt zierlich ist, dürften nicht zu sehen gewesen sein. Und die Beckenknochen? Und das Fleisch an den Armen? Auf jeden Fall hatte sie kein Untergewicht. Das bestätigen die Normen-Tabellen und Körpermaß-Berechnungen, in denen ich es nachher zu Hause nachschaue: Eine Frau von Danielas Größe sollte nicht mehr als fünfundfünfzig Kilo und nicht weniger als fünfundvierzig Kilo wiegen. Ich schaue in der Tabelle nach, um mir Daniela genau vorstellen zu können. Ich stelle mir Daniela vor, um mir ihre Geschichte vorzustellen. Denn alles in dieser Geschichte, alles, bis auf die achtundvierzig Kilo, könnte ausgedacht sein.

Die Geschichte erzählt von einer dreiunddreißigjährigen Frau, Kosmetikerin, die aus dem Umland von Treviso nach Mailand gekommen ist, um ihre Kenntnisse als Visagistin zu erweitern. Sie arbeitet zuverlässig, bezahlt ihre Rechnungen und die Miete pünktlich, eine Frau, die in den Ferien und an freien Tagen Überstunden macht und das verdiente Geld spart. Diese Frau verliebt sich in einen zehn Jahre jüngeren

Mann, Sohn eines Afrikaners und einer Prostituierten, als Kind den Instituten zur Betreuung überlassen. Ohne einen Abschluss oder irgendeinen Beruf, nicht einmal Bauarbeiter oder Maurer. Ständig arbeitslos, auf jeden Fall unfähig, eine Arbeit länger als einige Monate zu behalten. Sie verliert also den Kopf an diesen Mann mit dem muslimischen Namen Abdullah, den sie zärtlich Abdu abkürzt. Sie schwärmt von seiner Schönheit, die sie aber nie als solche benennt, spricht nur von einem milchkaffeefarbenen Teint, einer glatten Haut, breiten Schultern und langen Beinen, von weder zu großen noch zu harten, sondern natürlichen Muskeln an Armen, Brust und Bauch. Und als sie mit Mühe das beschreibt, was sie »meinen Jungen« nennt, vielleicht, weil er tatsächlich noch ein Junge war, rutscht ihr ein zweideutiger Satz heraus, »auf körperlicher Ebene war der unglaublich«. Sie hält einen Moment lang inne, die Hände stocken gerade lange genug bei der Massage, um in mir ein peinliches Gefühl wachzurufen, von dem ich nicht sicher bin, ob sie es auch empfindet.

Also ein richtig geiler Typ, erwidere ich, um die Situation aufzulockern, denn ich löse unbehagliche und verlegene Situationen, indem ich irgendetwas Grobschlächtiges fallen lasse. Doch dann fällt mir ein, dass Daniela niemals so etwas sagen würde, sie drückt sich nicht so aus, benutzt auch nicht die leichtfertigsten oder gängigsten Slangwörter, und deshalb hätte sie niemals von ihrem Freund sagen können, dass er ein geiler Typ sei. Genauso wenig kann sie sagen, dass er schön war, aber dass er auf körperlicher Ebene unglaublich war, das sagt sie klipp und klar, obwohl sie sich dann verbessert und sagt, dass die körperliche Ebene die ästhetische sei, das und nichts anderes habe sie gemeint. Dann erzählt sie weiter, erzählt, wie sie sich damals fühlte, noch nie habe ich mich so gefühlt, sagt sie und wiederholt es, in meinem ganzen Leben habe ich mich noch nie so gut gefühlt. Und nicht nur, sagt sie, auf körperlicher Ebene, denn zwischen ihnen herrschte ein »außergewöhnliches Feeling«, vielleicht sagt sie auch »Einverständnis«, ein außergewöhnliches Einverständnis, ich kann das gar nicht beschreiben. Sie redet und redet, erzählt, wie sie den ganzen Sonntag lang zu Hause blieben und an ihrem freien Tag, dem Montag, ebenso. An den anderen Abenden in der Woche waren sie auch meistens zu Hause. Sie erzählt, wie sehr er ihr Essen schätzte, er war es doch gar nicht gewohnt, nie hat irgendjemand für ihn gesorgt, und wie gut es den beiden zusammen ging, sehr gut auf körperlicher Ebene, aber auch auf der anderen Ebene, von der sie nicht weiß, wie sie sie nennen soll. Daniela kann weder erklären noch beschreiben, sie kann den Dingen keine Namen geben, aber das tut ihrer Geschichte keinen Abbruch, sie muss einfach nur sagen, ich kann das nicht erklären, nicht beschreiben, und schon geht die Geschichte weiter. Die beiden im Kino, am Meer, auf einer Party, immer zusammen, lächelnd, Arm in Arm, beäugt von Danielas Freundinnen. Vielleicht erzählt sie so gehetzt, um das weniger Schöne zu übergehen, denn wenn man ganz schnell darüber hinwegredet, bemerkt man es kaum, wenigstens Daniela bemerkt es nicht.

Sie muss daran gewöhnt sein zu reden, denke ich, schon wegen ihrer Arbeit muss sie daran gewöhnt sein. Eine Massage dauert eine Stunde, und zu zweit ist eine so lange Stille ungewöhnlich. Die Kunden könnten denken, sie sei eine betrübte oder mürrische Person und es läge ihr nichts an einer netten Plauderei, dann würden sie nicht mehr wiederkommen. Es ist bekannt, dass Friseure und Kosmetikerinnen Klatschmäuler sind, manchmal übertreiben sie es geradezu entsetzlich. Jeder beklagt das, es wäre doch viel schöner, in Ruhe zu entspannen, aber wenn die Friseurin oder die Kosmetikerin tatsächlich die ganze Zeit über kein Wort sagen würde und die Kundin, die im Falle einer Massage noch nicht einmal eine Zeitschrift durchblättern kann, an ihre eigenen Angelegenheiten oder auch an gar nichts denken müsste, wäre ihr das wirklich lieber? So aber kann es sich die Kundin im Halbdunkel auf der Liege bequem machen und eine Geschichte hören. Sie kann dazu sagen, was sie möchte, sie könnte, zum Beispiel, nach dem Rezept von dem Risotto mit Radicchio fragen oder ihrerseits erzählen, dass sie seit ihrer Hochzeit genau die Kilos zugenommen hat, wegen denen sie herkommt. Als sie noch nicht verheiratet war, nur verliebt, aß sie, was gerade da war, wenig, viel oder auch nichts, und damals war sie genau richtig. Sie könnte auch erzählen, dass sie weder gut noch gerne kocht, zum Glück hilft ihre Mutter aus, einmal in der Woche bringt sie Braten und fertige Soßen mit, sogar Lasagne. Die Portionen kommen in die Gefriertruhe, und sie kann bequem eine nach der anderen einfach auftauen. Sie kann sich auch über ihre Schwiegermutter beklagen, die ständig mit vollen Schüsseln und Töpfen vor der Tür steht. Eines Tages hält sie es nicht mehr aus und kippt die Bolognesesoße ins Klo, nur die, denn das andere Zeug würde die Rohre verstopfen. Sie hat es ihrem Mann gestanden, der glücklicherweise Verständnis für ihre Verzweiflung aufbrachte. Seitdem wird alles, was die Schwiegermutter anschleppt, verschenkt oder weggeworfen. Sie werfen es in den Müll und essen jetzt gesunde und normale Dinge, und wenn die Schwiegermutter dann anruft und fragt, wie ihnen das Essen geschmeckt habe, antworten sie treu, ausgezeichnet, sehr lecker. Und das Gerede der Kosmetikerin wird zu einem Nährboden, auf dem das Gerede der Kundin wächst. Die Kundin erzählt, um der Kosmetikerin Vertrauen zu schenken oder um so zu tun, als ob. Vielleicht auch, weil sie jedem diese Sachen erzählt oder weil sie ohnehin immer redet. Sie könnte aber auch gar nichts sagen, könnte einfach schweigen und die Geschichte wie eine Hintergrundmusik vor sich hin plätschern lassen. Könnte dieser Hintergrundmusik aber auch zuhören, sie kann selber entscheiden, ob sie der Geschichte Aufmerksamkeit schenken möchte oder nicht. Wenn sie gerne zuhört, weil ihr die Geschichte von Abdu und Daniela gefällt, geht sie aufgeheitert und zufrieden nach Hause, als hätte sie sich einen schönen Film angeschaut. Einen Film aber vergisst sie nicht, er bleibt ihr im Gedächtnis, sie erzählt davon, empfiehlt ihn weiter, und nach Jahren erinnert sie sich noch wenigstens an einige Szenen. Die Geschichte ihrer Kosmetikerin aber ist mit dem Verlassen des Salons schon vergessen.

Das ist aber nicht wichtig, denn es ist eine schöne Geschichte, eine Geschichte, die Neugier weckt, fesselt und zum Schluss sogar berührt. Deshalb ist es gut, dass Daniela sie den Kundinnen erzählt. Wenn sie Glück hat, muss sie dafür nicht Rede und Antwort stehen, und die Kundinnen lassen vielleicht von ihren üblichen Fragen und Klagen ab, über Cellulitis, Schwangerschaftsstreifen, Wasserretention, Gewebestraffheit, angesammeltes Fett und Schönheitsfehler im Allgemeinen. Ihre Köpfe wären von diesen Fragen und Klagen befreit, oder sie hätten schlicht keine Zeit, sie anzubringen.

Wer weiß, wie vielen Kundinnen sie diese Geschichte

erzählt hat, wie vielen Kolleginnen, Freundinnen. Ich frage mich, ob Daniela diese Geschichte den anderen Kundinnen genauso erzählt wie mir, ob sie glaubt, mit einer Freundin zu reden, jetzt, wo sie vom Geld erzählt, von dem sie nicht wusste, wo es blieb. Kost und Logis hatte er frei, sie kaufte ihm auch Kleider, »was ich ihm nicht alles kaufte, von der Sonnenbrille bis zu den Socken, und nur Nike und Swatch, alles Markensachen. Und er kommt jeden zweiten Tag an und will fünfzigtausend Lire. Ich gab ihm das Geld, anfangs dachte ich nicht darüber nach, doch dann ist es zur Gewohnheit geworden. Ich nahm also einen Zettel und einen Stift und habe alles gründlich aufgelistet. Mein monatliches Gehalt, Miete, Licht, Gas, Telefon und Umlagen, was wir sonst noch zum Leben brauchten, Zigaretten, Kneipe, Kino und so weiter, und ganz zum Schluss seine fünfzigtausend Lire. Du siehst doch auch, dass wir so nicht auskommen, habe ich ihm gesagt, ich kann dir nicht jeden zweiten Tag fünfzigtausend Lire geben. Ja, das leuchtete Abdu ein, er schaute sich meine Rechnung an und verstand das. Dann sagte er, er wolle ab jetzt besser auf mein Geld Acht geben, es sinnvoller ausgeben. Es hat aber nicht lange gedauert, bis er wieder mit leeren Händen vor mir stand.«

Jetzt möchte Daniela wissen, ob es recht von ihr war, ihm diese fünfzigtausend Lire zu geben. Ob es richtig war, sie ihm immer wieder zu geben, oder ob sie nur die Hälfte hätte herausrücken, ihn wenigstens hätte fragen sollen, wofür er es ausgab. Sie möchte wissen, ob ich verstehe, was sie sich immer wieder sagte, nämlich, dass es so leicht ist zu lügen, soll er das Geld halt ausgeben, wie er meint, das ist doch besser, als wenn er anfängt, irgendwelche Lügen aufzutischen. Und außerdem, sagt sie, fünfzigtausend macht fünfundzwanzigtausend am Tag, das gibt man doch aus wie nichts, fünfundzwanzigtausend Lire, ruck zuck geht das, oder? Natürlich, sage ich. Ich würde zu gerne wissen, ob Daniela solche Fragen auch der Frau Doktor stellt, die zur Maniküre und Beinenthaarung kommt, oder der Tochter des Showmasters, die fast jeden Tag hier ist. Ob sie die gleichen Fragen den Showgirls stellt, die sie für das Fernsehen schminkt, ob sie die anderen Friseurinnen um Rat fragt, oder nur ihre Freundinnen. Ihre Freundinnen, erzählt sie jetzt, sagten ihr immer wieder, pass auf, Dani, lass dich nicht ausnehmen, und sie habe nur genervt erwidert, wenn einer arbeitet und der andere nicht, dann teilt man das Geld halt.

Oder etwa nicht?

Doch, natürlich, das finde ich nur recht und billig. Ich stelle mir ihre Freundinnen vor, die hübsche, die nordische, die, die sich den ganzen Tag eincremt und einen reichen Mann heiraten will. Ich stelle mir vor, wie ihre Freundin und Mitbewohnerin, das Fotomodell, ihr sagt, Dani, einen Mann auf deine Kosten leben zu lassen, du spinnst doch, Dani. Und dann sehe ich sie vor mir, wie sie es einer anderen Freundin von Daniela erzählt, auch diese vielleicht Fotomodell. Sie erzählt ihr, dass Daniela ganz verrückt nach diesem Mulatten sei, diesem Abdu, der höchstens fünfundzwanzig ist. Wo sie den wohl aufgegabelt hat, der hat es faustdick hinter den Ohren, die Mutter ist eine Hure, der Vater verschwunden, sein Bruder halbkriminell. Er wurde ins Waisenhaus gesteckt, und man weiß ja, wie solche Jungs da wieder rauskommen, völlig auf die schiefe Bahn ist der geraten, sagt sie. Dann fragt sie die Freundin, ob sie ihn schon einmal gesehen hat, ja, das hat sie, ob sie sich auch an ihn erinnert, bemerkenswert, deshalb erinnerst du dich an ihn, weil der richtig geil aussieht. Sie steht nicht auf Schwarze, findet sie nicht attraktiv, die haben zwar einen unglaublichen Körperbau, aber irgendwie steht sie halt nicht darauf. Dass der hier aber wirklich ein heißer Typ ist, muss sie schon zugeben, na ja, und stell dir mal die Dani mit so einem vor.

Seitdem sie mit ihm zusammen ist, verlässt sie das Haus kaum noch.

Stille tritt ein, nur kurz, denn dann brechen alle in Gelächter aus, und erst als das Lachen langsam verstummt, höre ich die eine fragen, denkst du das, was ich denke? Wieder bricht Gelächter los, lautes Gelächter, bis eine es endlich sagen kann, diese eine Sache, aber sie bringt es nur halb heraus, der Rest des Satzes wird vom Gelächter verschluckt, das immer lauter wird. Schließlich beruhigt sich eine, wenigstens so weit, dass sie dem Ganzen ein Ende setzen kann, indem sie schreit, jetzt reicht es aber, aufhören, wir sind doch keine fünfzehn mehr.

Fast mit einem Schlag verstummt das Gelächter. Vielleicht wollte die eine, die »aufhören« schrie, über etwas anderes reden, kriegte aber die Kurve nicht. Oder sie war nicht schnell genug, um eine schon zu lange Stille zu füllen, und deshalb sagt sie das Erste, was ihr in den Sinn kommt.

Glaubst du, es ist nur deshalb?

Weil er einen langen hat?

Aber nein, oder doch: Also wegen dem Sex?

Das hat mir Dani selbst gesagt.

Was?

Sie hat mir gesagt, dass der Sex gut ist, wahnsinnig gut sogar, sie hätte niemals geglaubt, dass das so eine Rolle spielen kann, tut es aber, jetzt ist sie davon überzeugt, sonst gibt es ja keine Erklärung dafür, weshalb es mit Abdu so anders ist, sie selbst so anders ist. Als wären sie füreinander gemacht, maßgeschneidert, ungefähr das hat sie gesagt.

Das ist ja unglaublich.

Du kannst dir nicht vorstellen, was aus Dani geworden ist. Dani, die ihre Miete immer am Ersten bezahlt, die dir dieses und jenes sofort nachkauft, wenn sie an deinen Vorräten war, die ihre Rechnungen immer in Ordnung hält, die mit ihren eineinhalb Millionen Lire auch noch spart, und jetzt verprasst er ihr komplettes Gehalt. Dani hat mir erzählt, dass sie ihn von Kopf bis Fuß eingekleidet hat, Dani, die sich erst neue Schuhe kauft, wenn die anderen Löcher in der Sohle haben. Außerdem gibt sie ihm fünfzigtausend Lire am Tag, fünfzigtausend, das ist doch ein Vermögen für sie: Und wenn man ihr sagt, dass sie nicht mehr weiß, was sie da tut, und den Kopf verloren hat, dann ist sie auch noch eingeschnappt und gibt dir eine patzige Antwort. Dani war früher nicht so, zu mir war sie nie so. Völlig außer sich ist sie, so jenseits von Gut und Böse, dass es einem Angst einjagt.

Vielleicht ist das auch so, weil sie Bulimie hat, was meinst du, die Bulimie-Kranken sind doch so maßlos, maßlos beim Essen und auch beim Sex. Sex macht ihnen Angst, deshalb stürzen sie sich erst aufs Essen und dann auf den Sex, wie vorher aufs Essen. Essen und Sex ist das Gleiche für die Bulimie-Kranken und anscheinend auch im Allgemeinen.

Wenn ich den Kühlschrank oder die Vorratskammer aufmache und da ist nichts mehr drin, alles verschwunden, dann kann ich das gar nicht glauben, wie kann man sich nur so gehen lassen?

Sie hat keinen Respekt vor ihrem Körper, keinen Respekt vor sich selbst.

Aber weißt du, was der Gipfel ist: Dani ist richtig in Form, seitdem sie mit diesem Abdu zusammen ist, fast schlank ist sie und wiegt achtundvierzig, stell dir das mal vor.

Daniela wog achtundvierzig Kilo, und dieses Gewicht muss sie wieder erreichen. Sie muss wieder achtundvierzig Kilo wiegen und muss weitererzählen. Sie muss ihre Geschichte erzählen, vom Anfang bis zum Ende, muss mir von dem Job erzählen, den sie ihm besorgte, eine geregelte Arbeit bei einer Telefongesellschaft, für die er Anschlüsse verlegte, muss erzählen, wie sie erfuhr, dass er schon seit Wochen nicht mehr hinging. Er streifte mit seinem Bruder durch die Gegend, und was sie machten, wusste niemand so genau. Sie muss mir erzählen, dass er den Bruder mitbrachte und der sich auf dem Sofa einrichtete, »was hätte ich denn tun sollen, er war doch sein Bruder«. Und sie muss mir erzählen, dass es dann mit den Streitereien immer weiterging, sie zog ihn zur Rechenschaft und drohte, ihn rauszuwerfen, er erfand Entschuldigungen und sagte, es tue ihm Leid. Es tat ihm wirklich Leid, sagt Daniela, er entschuldigte sich immer wieder, entschuldige, Dani, ich schwöre, ich mache es nie wieder, Dani, ich brauche dich doch, was würde ich denn ohne dich machen, bitte, Dani.

Ein Leichtfuß, aber kein schlechter Mensch, sagt Daniela.

Ein Junge, eigentlich nur ein armer Junge.

Was hätte ich denn tun sollen?

Ich hatte ihn lieb.

Er mich auch.

Daniela muss mir all das erzählen, muss es mir erzählen wie einer Freundin, ich sage Ihnen das als Freundin, sagt Daniela. Sie kann sich nicht vorstellen, was ihre Freundinnen über sie erzählen, oder vielleicht doch, vielleicht kann sie sich das nur zu gut vorstellen, aber es ist ihr egal. Sie muss es trotzdem erzählen, unbedingt, auch wenn sie denen nicht traut. Vielleicht erzählt sie mir davon, weil sie mir vertraut, vielleicht vertraut Daniela mir mehr als ihren Freundinnen. Sie kann sich nicht vorstellen, dass ich das alles brühwarm weitererzähle. Und Recht hat sie. Aber auch wieder nicht, sie irrt sich gewaltig, denn ich erzähle das alles zwar nicht weiter, denn ich wüsste gar nicht, wem. Ich erzähle es nicht, sondern schreibe es. Ich schreibe diese Geschichte von Daniela und stelle mir ihre hübschen Freundinnen vor, die darüber lachen. Vielleicht erzählen ihre Freundinnen aber gar nichts weiter oder lachen wenigstens nicht über Daniela, und ich bin die Einzige, die hier irgendetwas weitererzählt. Und ich bin es auch, die diese Geschichte erzählt und ihr den Titel Liebesgeschichte gibt, Daniela hat den Ausdruck Liebe nie benutzt. Daniela hat nur eine Geschichte erzählt, die an dem Tag aufhört, an dem sie Abdu sagt, er solle seine Sachen packen. In den Wochen darauf nimmt sie zehn Kilo zu.

Das muss sie erzählen. Und dann ihre achtundvierzig Kilo wieder erreichen.

Sie muss dieses Gewicht wieder erreichen, um Abdu wiedersehen zu können. Manchmal telefonieren sie miteinander und verabreden sich. Dann versetzt Abdu sie. Oder Daniela hat einige Tage zuvor einen Fressanfall, überschreitet zweiundfünfzig Kilo und sagt ab. Sie kann Abdu nicht wiedersehen, wenn sie zugenommen hat. Wiedersehen muss sie ihn aber. Sie muss ihn wiedersehen, obwohl sie erfahren hat, dass er seine aktuelle Freundin geschwängert und geheiratet hat und dass irgendjemand ihn als Stripper in einem Schwulenlokal gesehen haben will. Es reicht nicht, eine Geschichte immer wieder von Anfang an zu erzählen, um zu glauben, sie sei vorbei. Nichts ist vorbei. Erzählen und Abnehmen reicht nicht.

Treffen Sie sich mit ihm, sage ich zu Daniela, und stelle mir schon vor, was für Probleme, Pfunde und Geschichten das mit sich bringt. Erzählen allein, füge ich hinzu, hilft viel zu wenig.

Als ich nach Mailand kam, gab es noch Bars mit Stühlen, deren Sitze und Lehnen aus Plastikschnüren waren, Pizzerien ohne Tischdecken mit dem schlichten Angebot von Pizza Margherita, Napoli, Romana, Pugliese, Siciliana, Prosciutto, Prosciutto und Funghi, Calzone, Quattro Stagioni und seit kurzem auch Quattro Formaggi. Ein Stadtführer wies auf das hartnäckige Bestehen einiger typischer »Latterien« hin, einer Art Tante-Emma-Laden mit einigen Tischen, an denen man mittags eine einfache, warme Mahlzeit essen konnte. Vielleicht gibt es noch heute den ein oder anderen, aber in Gegenden, die ich nicht kenne. Ich habe mir die Stadt in den ersten fünfzehn Monaten von den sechs Jahren, die ich jetzt dort lebe, erobert. Das heißt, ich kenne Straßenzüge und Viertel, und ich kenne mich einigermaßen aus. Ich studierte anfangs dort und hatte ausreichend Zeit, einen neuen, vielfältigen und grenzenlosen Lebensraum zu entdecken. Damals zog ich viermal um, was meiner Stadterforschung entgegenkam, allerdings nicht die Frage beantwortet, ob sich die Stadt innerhalb zweier knapper Jahre tatsächlich so sehr verwandelt hat. Wie auch immer, als ich einige Monate nach der Beerdigung meines Vaters nach Mailand zurückkam, kam mir alles an der Stadt anders vor.

Das, was ich im Frühjahr 1985 begrenzt auf vier Straßen sah, muss erst der Anfang gewesen sein. Diese vier Straßen entwickelten sich wie eine Art Pilotprojekt: Via Marghera, Via Ravizza, Via Raffaello Sanzio wurden schleichend von

Pizzerien und Eisdielen eingenommen, von Pizza-Restaurants mit Namen amerikanischer Musicals, glänzend und bunt wie Bonbons. Von schimmernden Eisdielen, die blaue und rosa Sorten mit den Namen »Schlumpf« und »Schlumpfine« verkauften. Sie verdrängten Kurzwarengeschäfte und Schuster, Bäcker und »Latterien«, Trattorien mit festem Menü und Bars mit Plastikschnurstühlen. Einige dieser Bars eröffneten nach einem Monat Pause erneut, es fehlten eben nur diese Stühle und die Alten, die darauf saßen, und es gab eine neue, geleckte Bar mehr. Eine Bar mit zig verschiedenen belegten Brötchen und Salaten für den schnellen Mittagstisch. An einem solchen Ort erübrigt sich ein Käse-Schinken-Toast.

Wenn du darum bittest, machen sie dir auch heute noch einen, das schon. Es gibt bestimmt auch noch irgendwelche kleine Bars, in denen man dich fragt, ob du ihn mit oder ohne Remoulade haben möchtest. Und sicherlich gibt es noch den ein oder anderen Betreiber an einem verlassenen Fleckchen Erde, der das berühmte Schild »Toasts« in sein Fenster hängt. In Mailand und der näheren Umgebung aber sah ich sie Ende der achtziger Jahre nicht mehr.

Das heißt nicht, dass mir das alles fehlen würde: Toast mit Remoulade habe ich nie gekostet. Und wie sollte ich dem Gesicht einer Stadt nachweinen, das sie hatte, bevor ich hierher kam? Anfangs war ich viel zu aufgeregt und dann, wie gesagt, zu euphorisch, um in meiner neuen Stadt Zeichen des Verfalls wahrzunehmen. Dass es sie von Anfang an gab, zeigte mir Franco Mastrosimone, als er mir die Stadt zehn Jahre später mit seinen Augen zeigte.

Franco Mastrosimone lernte ich an einem Ort im Monferrato kennen, der Heimat seiner Mutter. Sein Vater kam aus dem Süden, was man schon am Namen hört. Damals hatte sich die ganze Familie in alten, teils geerbten Bauernhäusern auf den Hügeln eingerichtet. In einem dieser Häuser hatten die Brüder Mastrosimone erst vor kurzem einen touristischen Betrieb und ein Restaurant eröffnet, das erfuhr ich von meinen Freunden, bei denen ich zu Besuch war. Franco bediente an den Tischen, die antik aussahen, aber aus einem nordischen, modernen Holz bestanden: Er lud Teller, Schüsseln und Suppenterrinen darauf ab, eine Vorspeisenplatte nach der anderen, erste, zweite Gänge und Nachspeisen. Ein Dutzend Gerichte, unter denen der Schokoladenpudding »Bonet« nicht fehlen durfte, ebenso wenig Schmorbraten, hausgemachte, typische Ravioli, vor allem aber nicht »bagna cauda« und verschiedene eingelegte Gemüsesorten sowie Paprika in Essig oder gefüllt mit Kapern und Sardellen und Toma-Käse mit »Mostarda«, eine Art Traubenmostkompott.

Ein damaliger Reiseführer rühmt die Qualität der Produkte der Konservenherstellung der Brüder Mastrosimone, für die der immer freundliche Angelo zuständig war, und lobt die ehrliche Arbeit von Bruno Mastrosimone, der sowohl für den Weinberg als auch für die Küche des neu eingerichteten Betriebes die Verantwortung trug. Auch die Küche wird gelobt, sie sei zwar rustikal, aber ausgezeichnet. Der dritte Bruder im Bunde wird nicht erwähnt. Franco wäre auch eher als Student, Ex-Student, Künstler oder Kleinkünstler durchgegangen als eine mehr oder weniger – so genannte – alternative Existenz. Er wirkt wie einer der typischen Saisonkellner, die in den nordeuropäischen und nordamerikanischen Lokalen das Bild bestimmen. In Italien sieht man sie kaum, nur in den Großstädten und auf dem –

eben alternativen – meist toskanischen Land, wohin sich vornehmlich reiche und gebildete Stadtmenschen zurückziehen. Ein richtiger Kellner würde nicht mit einem so nachlässigen Gang den Nachtisch abräumen, um mit Kaffee und Digestif an den Tisch der letzten Kunden zurückzuschlurfen. Er würde nicht so salopp den Grappa auf das Haus anbieten, »ich habe hier einen mit Lakritz, der ist nicht schlecht«, so ungefähr muss sich das angehört haben: keine Bemerkung über den befreundeten Hersteller, über den traditionsreichen Destillierungsvorgang, die gute Wirkung auf die Verdauung. Er stellt jedem ein Glas vor die Nase, schenkt ein und lässt die Flasche mit dem handgeschriebenen Etikett auf dem Tisch stehen. Er kam aus der Stadt, das war offensichtlich. Niemals aber hätte er den Sinn, den Rhythmus und die Qualität des Landlebens gerühmt, nicht einmal die gute Luft. Was zum Teufel machte er also auf dem Land? War auch der jüngste Mastrosimone zu den Wurzeln zurückgekehrt, um sich auf der berühmten Gastronomie des Monferrato eine Existenz aufzubauen?

Die Brüder Mastrosimone kamen aus Mailand, waren dort geboren, aufgewachsen und hatten wahrscheinlich auch dort geheiratet. Sie alle sprachen mit diesem unverwechselbaren Akzent, und in ihrer Gestik lag etwas Geschäftiges. Aber nur Franco trug seine Abstammung mit sich herum wie einen Stempel, das Merkmal von jemandem, der sonst keines hat. Das Einzige, was ihn aber von Anfang an wirklich von den anderen unterschied, war seine Krankheit. Denn mit welcher Liebe für den Familienbetrieb soll einer Portionen fast noch unangetasteten und halb geschmolzenen Puddings in den Müll werfen, die mit einem erschöpften Blick oder einem fast gelallten »Danke, aber ich kann nicht mehr« zurückgegeben werden, wenn er diese Art Nachtisch nie essen kann, oder nur ganz wenig davon. Und wenn er den zehnten Gang vom sechsten Tisch abräumen muss, mit Krämpfen in Füßen und Händen, Krämpfe, die eines der typischsten Merkmale der jugendlichen Diabetes sind?

Nein, Franco liebte sie nicht, die Kunden aus Turin und Mailand, aus Alessandria und Casale, aus Deutschland und aus der Schweiz. Wo auch immer sie herkommen, sie schlagen sich den Bauch voll, bis nichts mehr geht, und niemand regt sich darüber auf: Er wäre froh gewesen, sie nicht bedienen zu müssen.

Und doch arbeitete er schon seit Ewigkeiten als Kellner. Obwohl er doch mit zwanzig, bevor die Krankheit ausbrach, als Erster der Brüder von zu Hause ausgezogen war. Zunächst arbeitete er in einem Restaurant, das von Maurern und anderen Arbeitern besucht wurde, die mittags nicht zu Hause essen konnten und sich mit ihren riesigen Händen über die Schüsseln frischer Pasta hermachten. Dann wurde irgendetwas mit ihm komisch, aber er kümmerte sich nicht darum. Er hatte keine Schmerzen, und wenn er sich prüfend die Hand auf die Stirn legte, war sie nicht heiß. Also dachte er nicht lange nach, nahm die fertigen Speisen und trug sie in den Saal, solange sie dampften. Danach musste er zur Toilette, dann noch einmal, und von dort zum Trinken in die Küche, pinkeln und trinken, Saal, Küche, Toilette, Küche, Toilette, Saal, trinken und pinkeln: Es ist ja klar, dass man die zu sich genommene Flüssigkeit früher oder später wieder loswerden muss. Wenn man wie ein Loch säuft, ist es logisch, dass man öfter pinkeln muss, es ist genauso logisch wie nervend. Nein, eigentlich nervt es nur, und zwar so, dass es ein bisschen peinlich ist. Vor allem, wenn man die Inkontinenz und die Schwäche in den Beinen und Armen, die nur das Gewicht einiger Teller tragen können, mit den Händen vergleicht, die auf den Tischen liegen und bloß darauf warten, Steaks oder Schmorbraten zu zerkleinern. Immer schwächer wurde er, nahm ab, denn trotz der harten Arbeit und der zur Verfügung stehenden Nahrung hatte er keinen Hunger. Der Durst war es, den er nicht mehr ertrug. Er spricht vom Durst wie über etwas, das schlimmer ist als Schmerz, wie eine Obsession, von der man nicht loskommt, ein Albtraum, eine Verfolgung. Der Durst machte ihn wahnsinnig, er trank und trank, aber der Durst ließ sich nicht stillen, er spürte nur noch diesen Durst, und wenn er die Augen schloss oder schlief, dann träumte er von Getränken, trinkbaren Flüssigkeiten und Flüssigkeiten, die man besser nicht trinken sollte. Er lebte, um zu trinken, und hatte Durst. Als er den Arzt aus dem Dorf auf der Straße traf, stellte er ihm einige Fragen, irgendwann aber konnte er nicht mehr arbeiten, ging nach Mailand zurück und bat seinen Bruder Bruno, ihn ins Krankenhaus zu bringen. Er musste sich von ihm stützen lassen, um die Stufen der Poliklinik zu schaffen. Dort wurde festgestellt, dass er bei einem Meter fünfundachtzig 49 Kilo wog, in zwei Wochen hatte er zehn Kilo abgenommen. In seinem Urin war genug Zucker, um Marmelade einzukochen, eine Menge, die fast zum Koma führt. Wenn die Bauchspeicheldrüse aufhört zu arbeiten, erklärten sie ihm, isst du nur, weil du weißt, dass du es tun musst, du trinkst, weil du nicht anders kannst, und in diesem Verlauf wirst du aufgezehrt wie einer, der verhungert.

Er hatte nie erzählt, wie das alles angefangen hatte, obwohl er ohne Umstände schon bei unserem ersten oder zweiten Treffen in Mailand fragte, ob er sich hier, sofort, Insulin spritzen könne, auf der Bank, auf der wir ein Stück Pizza aßen. Eine Sache von wenigen Minuten, sonst müsse er auf die hoffnungslos überfüllten Klos in der Uni gehen. Er zog also die Spritze aus dem Rucksack, krempelte die Ärmel hoch, und mit einem komplizenhaften Lächeln wartete er auf den richtigen Moment, sich die Spritze zu setzen. Er schämte sich kein bisschen für seine Krankheit. Weil er keine richtige Arbeit hatte, war er arm wie eine Kirchenmaus, im Dorf wohnte er bei seinen Eltern, und in Mailand kam er bei einem Freund unter. In Mailand konnte er aber immer nur so lange bleiben, wie das an einem Wochenende als Kellner verdiente Geld reichte. Und normalerweise waren das nur zwei Tage, obwohl er sparte, und wenn ihm einmal eine Frau über den Weg lief, lud er sie höchstens auf eine Pizza ein. Damals war er knapp über dreißig, heute ist er über einundvierzig. Dafür schämte sich Franco Mastrosimone, und zwar fortwährend. Ich glaube, all das lässt ihm wenig Gelegenheit, sich auch noch für die Diabetes zu schämen, denn dafür kann er nichts. Er kann nichts dafür, dass sie seine Jahre verschlingt und seine Organe zu Grunde richtet. Und die Tatsache, dass es jugendliche Diabetes ist und immer bleiben wird, ist wie eine Entschuldigung für jede andere Unreife.

Elisabeth Moosgruber, genannt Liesl, war das erste Lehrmädchen in dem Schuhgeschäft meiner Mutter und auch die Erste, die zum Jahrestag des Todes meines Vaters einen Blumenstrauß am Grab niederlegte. Im Jahr darauf kam sie nicht mehr, sie erlag einem Nierenleiden, was bei Diabetes häufig auftritt. Manchmal aß sie mit großem Genuss Diabetikerpralinen. Dank der Zuschüsse und ihrer anerkannten

Invalidität war sie vor kurzem pensioniert worden. Sie war eine energische, handfeste Frau mit den roten Wangen der bayrischen Landsleute, hatte den fülligen, welken Leib der Menschen, die mit fünfzehn anfangen zu arbeiten.

Franco aber sieht jung aus. Wenn er damals wie auch heute in der Uni die Schlüssel seines Freundes abholt, der dort arbeitet, wie immer in einfacher Jacke und Jeans, mit allem, was er in Mailand braucht in einem Rucksack, wird er nach Vorlesungen und Seminaren gefragt. Die Brille, sein ergrautes Haar und die schwarzen Zähne spielen keine Rolle, denn er sieht aus, als sei er mit Brille und grauen Haaren geboren. Sogar die vom Rauchen schwarzen Zähne fallen nicht ins Gewicht, denn neben dem Schwarz sitzt etwas Schiefes, Schräges, was den Schneidezähnen etwas Lebendiges, Jugendliches verleiht. Weil er groß und schlank ist, sich sportlich und flink bewegt, sieht er gesund aus: Wer sieht, wie er sich auf der Bank vor dem Haupteingang das Insulin spritzt, hält ihn für die übliche gescheiterte Existenz, die sich bewusst ins Verderben stürzt. Wie es scheint, ist Franco Mastrosimone »forever young«, Ironie des Schicksals oder einfach dank seines Stoffwechsels. Tatsächlich steht er da inmitten der Langzeitstudenten in der neuen Bar der Uni, wie einer von denen, die ich dort schon vor zehn Jahren sah: die falsche Zigeunerin, die Karl-Marx-Gestalten mit und ohne Brille, der echte Epileptiker, kahl und kurzsichtig, der auf dem Linoleum lag, während er nach mir trat, der Amerikaner mit dem Mormonenhaarschnitt und seiner »Kommunistic Revolution«, die er in der Eingangshalle verkaufte. Sie waren da, würden immer dort bleiben, auf den zerschlissenen, violetten Kunstlederstühlen der alten Bar, in der zu Spottpreisen Brötchen mit gekochtem und rohem Schinken verkauft wurden, Salami und Mortadella, die an den Rändern meistens schon bräunlich angelaufen war. Draußen aber verbreiteten sich Brötchen mit Namen wie »Tiroler«, »Vegetarier«, »Popeye«, »Matrikel« und »Platon«, die nicht nur die Studenten in original Daunenjacken und amerikanischen Boots kauften, sondern jeder, der es sich leisten konnte. Kaffee trank man dann in der üblichen Bar.

In meiner ersten Zeit in Mailand und auch, als ich nach der Beerdigung meines Vaters wiederkam, waren die Stände und Plätze der Uni so etwas wie mein Zuhause, die Bänke und Tische, die draußen vom Piazza Santo Stefano bis hin zum Largo Ricchini standen, vor allem aber die Unibar, sommers wie winters. Als ich mich zu Anfang noch nicht über die Via Larga hinauswagte, war die Gegend um die Uni mein ständiges Ziel. Fluchtartig verließ ich den »Residence Garden«, der zwar »in einem Wohngebiet lag«, an dessen Rückseite aber die Bahngleise des Bahnhofs Mailand Bullona entlangliefen. Der Tisch in der Küche eignete sich für mich nicht besonders zum Lernen, und meine Mutter tat sich schwer, in der Enge mit Telefon und Notizblöcken auf und ab zu laufen, verzweifelt, weil sich keine gescheite Wohnung finden ließ. Jedes Geräusch drang durch die Gipswände dieser Zweizimmerwohnung, und ganze Tage lang wurde alles von dem Geruch fertiger Minestrone beherrscht, die im Gegensatz zu Linas Minestrone voller Wirsing war. Ich machte mich also davon, aber nicht besonders schnell, denn die Straßenbahn war eine der ältesten und langsamsten in Mailand. Wenn ich an der Haltestelle wartete, dachte ich jedes Mal, sie käme nie. Ich vergrub meinen Kopf in dem Mantelkragen, betäubt von der Grausamkeit dieser feuchten Kälte, die ich nicht kannte und die über der grauen Leere vom Corso Sempione herrschte. Heute sieht dieser Mantel mit dem Fischgratmuster aus, als gehöre er einem Stadtstreicher, so abgenutzt ist er. In meiner Not hatte ich ihn im Rinascente-Kaufhaus erstanden, weil ich aus Deutschland kein Kleidungsstück mitgebracht hatte, das warm genug gewesen wäre. So trug ich ihn jeden Tag.

Franco hingegen trug eines Tages einen Kamelhaarmantel. Den hatte sein Vater schon getragen, aber das sah man nur, weil der Mantel offensichtlich eine Maßanfertigung war. Hoch gewachsen und schlank wie sein jüngster Sohn, hatte Nicola Mastrosimone zu Zeiten des Mantels großen Wert auf eine elegante Erscheinung gelegt. Sie wohnten damals noch in Bahnhofsnähe, in der Via Pola, doch das als Steuerberater verdiente Geld reichte schon aus, um es der norditalienischen, auf einer Reise eroberten Frau an nichts fehlen zu lassen. Ebenso wenig den Kindern, alles Jungs, 1959 wurde mit Franco der vierte geboren: Kleidung, Spielzeug, Auto und Urlaub, Restaurantbesuche bei den Toskanern im Viertel waren üblich. Der Erfolg in den darauf folgenden Jahren erlaubte den Umzug in die vornehme Via Bandello, und auch dort ließ es das Familienoberhaupt an nichts fehlen. Mofas, Motorräder und Autos wurden gekauft, die Kinder bekamen Ski-, Tennis-, Gitarrenunterricht und Nachhilfestunden, besuchten nur die besten Mailänder Schulen, wie das Collegio San Carlo, wo Franco rausflog. Nicola Mastrosimone stellte perfekt den arbeitsamen Vater dar, der in Mailand sein Wirtschaftswunder gefunden hatte. Erst als er die letzten Ersparnisse in Immobilien und Maschinen für die Konservenherstellung von Angelo und Bruno investiert hatte, blieb ihm nichts anderes übrig, als sich in das von seiner Frau geerbte Bauernhaus auf dem Land zurückzuziehen. Von seiner

Umtriebigkeit erschöpft und schon weit über siebzig, fuhr er von dort aus trotzdem noch regelmäßig nach Mailand, um seine treuesten Kunden zu versorgen.

Franco passt dieser Mantel aus den Zeiten des Wirtschaftsbooms wie angegossen. Er trägt ihn einfach über seiner jugendlichen, zerschlissenen Kleidung, so unbefangen, wie sich nur ein Erbstück tragen lässt. Vielleicht findet sich hier ein anderer Grund, weshalb der finanzielle Niedergang der Familie Mastrosimone an ihm vorüberging, ohne ihn tatsächlich zu berühren. In der Tat kann man nicht behaupten, er habe irgendwelche Ambitionen oder Wünsche. Nein, nicht im Geringsten, Franco passt sich an; auch das Dorf hat seine Vorteile. Franco ist neugierig; wenn ich ihn jetzt in Mailand mit in eines dieser neuen fremdländischen Restaurants nehme, tue ich ihm einen großen Gefallen. Früher gab es sie nicht, und nun möchte er sie alle ausprobieren. Es spielt keine Rolle, ob sie chinesisch, thailändisch, indisch, mexikanisch, arabisch oder afrikanisch sind, Hauptsache, sie gehören zur billigeren Kategorie, deshalb oft auch zur schlechteren. Dennoch gießt er sich sorgfältig Sojasoße über eine Frühlingsrolle, auch wenn sie nur mit Kohl gefüllt ist und in Öl frittiert wurde, nach dessen Herkunft und Alter man besser nicht fragt. Unbefangen macht er sich an die Linsengerichte des singhalesischen Buffets mit festem Preis. Er tunkt einen Finger in die scharfe Soße des *zigini*, leckt ihn dann sorgfältig ab und sagt, dass es anders schmeckt, sogar gut, und er wiederholt, dass es ihm wirklich schmeckt, nicht nur, weil er einmal etwas anderes essen wollte als selbst gemachte Ravioli, denn dann hätte es auch ein McDonald's getan, und den lehnt er dankend ab.

Franco würde niemals sagen »Ich liebe Mailand«, er nennt sie nicht einmal »meine Stadt«: Und doch trägt er sie in sich, wie man nur etwas in sich tragen kann, was körperlich zu einem gehört, ohne dass man sich dessen bewusst ist. Wegen seiner Familiengeschichte, des Geldmangels, der ihn zu Fuß die Stadt durchstreifen lässt, und natürlich seiner Krankheit. Neben Franco Mastrosimone durch Mailand zu laufen war, wie das alles zum ersten Mal zu sehen.

Vielleicht ist ein kranker Menschenkörper dem eines Tieres ähnlicher als ein gesunder. Jeder Schritt, den Franco tut, wirkt sich auf ihn aus, geht ihm ins Blut über, und darauf muss er achten, ob er will oder nicht. Und genau hier liegt der Unterschied zu Danielas Leiden, die, welch Zufall, in der gleichen Straße wohnt wie Francos Freund, bei dem er oft Unterschlupf findet, wenn er in Mailand ist. Wer weiß, wie oft sie sich über den Weg gelaufen sind, etwa wenn Daniela die Brioches für Abdu holte oder vor der Bar eine Zigarette zwischen dem ersten und dem zweiten caffè macchiato rauchte, bei ihrem Kaffeekonsum in der Bar nicht unwahrscheinlich. Vielleicht haben sie sich auch in einem Lokal gesehen, was sowohl ihre Bekannten besuchen, Models und Fotografen, als auch die Freunde von Franco, Journalisten und Kreative. Falls sie den großen, breitschultrigen Mann gesehen hat, der den Kaffee trinkt wie sie, nämlich mit Süßstoff, hat sie ihn vielleicht sogar als Gelegenheitsmodel in Betracht gezogen. Auf jeden Fall aber wird ihr seine gerade Haltung aufgefallen sein, die Haltung eines Menschen, dem es wichtig ist, in Form zu bleiben, und dem es offensichtlich gelingt. Sollte sie Franco jemals zu Gesicht bekommen haben, muss er ihr aufgefallen sein, sogar in der Zeit, die sie mit Abdu verbrachte, doch auch in der traurigen Zeit danach, als sie so viel zunahm. Denn Daniela taxiert zwanghaft die Körper von anderen, vor allem, wenn diese Körper Substanzen zu sich nehmen, die Kalorien enthalten könnten, es aber nicht tun: auch deshalb ist sie krank, nur deshalb, weil sie es übertreibt, Dingen zu viel Wert gibt, die mittlerweile von allen, Männern wie Frauen, als normal angesehen werden, so wie Süßstoff im Kaffee. Außerdem war sie es, die mir von den vielen männlichen Kunden erzählte, die nicht nur wegen Sonnenbank und Massagen kommen, sondern auch Maniküre und Pediküre machen lassen, und als ich nachfragte, sagte sie, ich schwöre, die sind nicht alle schwul. Weder Daniela noch ihren Freundinnen käme in den Sinn, dass Süßstoff in Francos Kaffee das Zeichen einer anderen Krankheit sein könnte. Einer körperlichen Krankheit, die ausbrach, als er zwanzig war, und unheilbar ist. Wenn Franco nicht um den Gebrauch von Süßstoff herumkommt, versucht er ihn so unauffällig wie möglich zu benutzen, fast heimlich. Er schämt sich seltsamerweise für den Süßstoff, deshalb trinkt er den Kaffe manchmal sogar schwarz, obwohl er ihn so nicht mag. Mein Speck und ich, wir verkörperten da etwas anderes, eher Daniela Ähnliches. Dieser Speck, in den sich – trotz der Bewegung – die ganze Via Ripamonti und der Rest der Straße verwandelt hatte, bis zur Uni hin. Das erste Mal in meinem Leben nahm ich diesen Speck nicht in seiner Fülle wahr, weil keine Waage da war, weil es mir egal war und weil es mir sogar fast gefiel, die Stadt Gramm für Gramm und Kilo für Kilo greifbar auf meinen Rippen zu tragen.

Denn Franco Mastrosimone treibt weder Hunger noch Lust in eine Bar, der Bar-Besuch ist schlicht obligatorisch. Er hängt von den Entfernungen ab, von Kälte oder Hitze, davon, wie viel er bei seiner letzten Mahlzeit zu sich genommen hat. Hatte Franco einen längeren Weg zurückgelegt, schaute er sich regelmäßig um: nach einer Bar, oder noch besser einer Konditorei oder Eisdiele, je nach Jahreszeit. Einmal eingetreten, wählte er sorgfältig ein Stück Gebäck aus, aß es ohne Umstände und überlegte, ob er noch ein zweites essen dürfe. Oder er ließ seinen Blick über die Eisvitrine gleiten und sagte schließlich mit sicherer, glücklicher Stimme, Schokolade und Vanille. Das Mindeste, was er in einer Bar zu sich nahm, war ein Kaffee mit richtigem Zucker. Er rührte die zwei gehäuften Löffelchen in seinen Kaffee, bis sich auch das letzte Körnchen aufgelöst hatte. Fiel der Zuckerwert noch mehr, erlaubte er sich eine Schokolade, sogar mit Sahne.

Ich weiß nicht, in wie vielen Bars ich ihn habe rufen hören, eine Schokolade mit Sahne. In den alteingesessenen Cafés in der Galleria oder im San Carlo, Namensvetter der Schule, die ihn hinausgeworfen hatte, wo nicht nur die Tischdecken, Gardinen und Schürzen, sondern auch die Kellner wie ein Stück gestärkte Spitze aussahen, denen noch der scharfe Geruch der Bleichlauge anhaftete. Dort wirkte Franco nahezu wie ein besserer Penner. In den unzähligen glänzenden Bars mit belegten Brötchen und Fertiggerichten wie in denen, die zu Franco Mastrosimone passten. Bars mit oder ohne Tabakverkauf, Lotto, Billard, Kicker oder Videospielen, Bars, in denen die Bestellung von Schokolade mit Sahne etwa so wirkte, als würde ein Outlaw die Saloontüren aufstoßen und laut nach Whisky verlangen.

Franco kümmert das nicht, Franco passt sich keinem Lokal an und scheint sich nirgendwo unwohl zu fühlen, auch dort nicht, wo er eigentlich fehl am Platze ist. Er nimmt seine Tasse, setzt sich an einen Tisch und löffelt die Schokolade mit ruhigen, gleichmäßigen Bewegungen aus. Er sitzt viel zu entspannt da, als dass irgendwer sich an ihm stören könnte, und passt sich einfach dem Bild der Trinker um ihn herum an. Tatsächlich ist es ganz natürlich, dass die Territorien Franco Mastrosimones durchzogen und markiert von Bars sind, einige übergangsweise und austauschbar, andere wesentlich: die Bar in der Nähe der Via Ravizza mit den festen Essenspreisen, die in der Via Vespri Siciliani im Sozialwohnungsblock, wo Franco einige Monate zur Untermiete wohnte. Außerdem die Bar in der Nähe seiner alten Wohnung in der Viale Montenero mit den karierten Tischdecken und der Zinktheke, zu deren Eingang man zwei Stufen hinabsteigen musste. Außerhalb der normalen Essenszeiten wirkte sie wie ein Relikt vergangener Tage. Franco verbrachte ganze Nachmittage lang in dieser friedlichen, eigenen Welt. Er las und trank, wechselte ab und zu einige Worte mit dem Wirt aus dem Monferrato oder zufällige Blicke mit dem anderen Stammkunden. Der war ein Ex-Champion im Mittelgewicht und nun zu alt für Wettkämpfe. Aus unerfindlichen Gründen verbrachte er seine Zeit in dieser Stadt und diesem Lokal. Sein Italienisch reichte gerade aus, um Wein, Grappa und Whisky zu bestellen, dann war er aber meist zu betrunken, bestellte einfach *something more to drink.*

So müssen sie früher alle gewesen sein, die typischen Weinlokale in Mailand. Bis zu den Zeiten, als Nicola Mastrosimone kam, der als junger Großgrundbesitzer aus dem Süden auf der Suche nach Glück und Glanz der Großstadt war und sie nicht besucht haben wird. Und ich gebe zu, eine fast abstrakte Sehnsucht nach dieser Stadt der alten Weinhäuser zu haben, nach den »Latterien«, den Bars mit Tabakverkauf, den Bars mit warmem Essen. Nach der Stadt, von der ich gerade noch einen Einblick gewinnen konnte, als sich schon Rucola, Carpaccio, Krebsfleisch und Palmherzen verbreiteten. Nach den letzten Resten, zu denen mich Franco Mastrosimone führte, während die neuen Bars und Pizzerien schon wieder von Bonbonrosa zu Holzbraun übergingen und traditionelle Dinkelsuppen, Palmherzen und Krebsfleisch verdrängten.

Denn das war die Stadt, in der wir in meiner Kindheit Halt machten. Mailand bestand für mich nur aus der Via Paolo Sarpi, denn dort wohnte ein Freund meiner Eltern, der uns jedes Mal abholte. Er lud uns zum Mittagessen ein und brachte uns dann wieder zum Bahnhof: Vittorio Katzelstein, polnischer Ingenieur, den es im Krieg nach Italien verschlagen hatte. Seine Frau war Italienerin, sie kam aus Mantova wie Aurelia, neigte aber dazu, Pasta zu verkochen. Überhaupt überzeugte ihre Kochkunst nicht besonders. Das beeinflusste den guten Hunger ihres Mannes nicht, ihr Sohn aber weigerte sich standhaft, ihre Pasta zu essen, und forderte stattdessen ein Steak. Er ähnelte seinem Vater sehr, obwohl er es rigoros abstritt: groß, dünn und ziemlich schlaksig. Dass Vater und Sohn keine Minute stillhalten konnten, hätte man fast auf ihre Größe schieben können. Sie waren beide nervös, dass sagten sie selbst, zu dem Ingenieur mit der langen, rot zugespitzten Nase und dem Harlekingesicht passte diese rein körperliche Nervosität. Er versuchte, mich zum Lachen zu bringen, erschreckte mich aber selbst mit dem altbekannten Spielchen der geklauten Nase zwischen den Fingern. Wahrscheinlich drückte er zu fest zu, oder aber seine langen Hände waren mir unheimlich, die ständig irgendeinen Halt suchten, sei es auch nur an meinem so genannten Näschen.

Als er starb, und zwar innerhalb weniger Monate an einem Tumor in der Leber, fuhr mein Vater heimlich zu der Beerdigung. Ich lernte gerade für meine Abiturprüfungen und erfuhr erst alles, als er wiederkam. So lernte ich den jüdischen Teil des Friedhofes von Musocco fast rechtzeitig kennen, um ihn bald mit dem Münchener vergleichen zu können. Der einzige Friedhof, den ich bis dahin wirklich kannte, war der Cimitero Monumentale. Wenn wir daran vorbeifuhren, machte uns der Ingenieur jedes Mal mit so großer Begeisterung darauf aufmerksam, als sei der Friedhof zusammen mit dem Dom das einzige Monument Mailands. Ich kannte wirklich keine anderen, er vielleicht auch nicht. Aber für ihn als überschwänglichen Menschen und Ingenieur muss dieser übertriebene Bau tatsächlich etwas sehr Besonderes gewesen sein. Ich sah den Friedhof immer nur aus dem fahrenden Auto, und besonders gefiel er mir nicht. Für mich symbolisierte er nur die endlose Fahrt entlang seiner Mauer, wenn es in der Nachmittagshitze weiter zum See ging.

Meist ist es zu spät, wenn man endlich versteht, dass es auch schön und nicht nur langweilig war, dass Dinge sich immer wiederholten oder nicht änderten: geklaute Nasen, abgewiesene Teller Pasta, »und hier ist der Friedhof Monumentale«, die kilometerlange Steinmauer, die Tankstelle am Ende der Viale Certosa, die Schlange bei der Autobahn-Mautstelle, der stehende Verkehr auf der Brücke über dem Tessin, der stockende auf dem Stück »Strada statale del Sempione« kurz vor dem See.

In der Bar am Campingplatz standen dann die Plastikschnurstühle, es gab einfache Toasts oder solche mit Remoulade, aber das war nichts Besonderes. Niemals hätte man gedacht, dass das Landhaus einmal teuer verkauft werden könnte, nur um dann sich selbst überlassen und von Unkraut überwuchert zu werden. Nach dem Tod von Renzo Biolchi leerte es sich langsam, als aber auch Donata auszog, die noch Jahre vor Aurelia Witwe wurde, begann es zu verfallen. Ich erinnere mich, dass Antonio mir sagte, sein Vater habe wegen seiner Lunge den Job an den Hochöfen in Turin kündigen müssen. Giuliano hatte auf mich auch als Jungendliche immer jung gewirkt, deshalb weiß ich nicht mehr, wann ihn seine Lunge dahinraffte – auf jeden Fall aber, bevor ihm Renzo folgte –, wie viel Jahre, bevor auch Aurelia starb und es ihr dadurch erspart blieb, ohne das Bein aufzuwachen, das man ihr hatte amputieren müssen. Zuletzt hatte sie mit Dorina in einem Appartement mit Heizung gewohnt, und die schwarze Katze, die sie vom See mitgenommen hatte, konnte frei auf der Wiese vor dem Haus herumlaufen. Es ist sinnlos, den Tagliatelle, dem Messer, dem pane-biscotto und Aurelias Ofen nachzutrauern, es waren ihre Sachen, sie gehörten zu ihr, und es ist fast gerecht, dass sie zusammen mit ihr verschwanden. Vielleicht fehlen mir deshalb eher die Golias und der Chinotto, die ich mir auch kaufen könnte, es aber wegen meiner Linie, der Gesundheit und aus Gewohnheit nicht tue. Oder der Toast mit Remoulade, die Stühle der Bar, die im Sommer klebrig und das ganze Jahr über schmutzig waren, und andere banale, kleine Dinge, die ich kurze Zeit später auch noch in Mailand fand.

Franco Mastrosimone hat mit dem Ganzen wenig zu tun. Franco kann sich diese Art Sehnsüchte gar nicht leisten, Sehnsüchte, die nur ein wenig ausgefeilter sind als das allgemeine Seufzen nach der guten alten Zeit beim Anblick selbst gemachter Marmelade, die eine der Einnahmequellen seiner Brüder ist. Mit Francos Hilfe und unter seiner Führung gelingt es mir, Raum und Zeit zu ordnen; was man aber leicht vergisst, ist, dass es für ihn in den zahlreichen Mailänder Bars um das reine Überleben geht. Es reichte, ihn nur ein einziges Mal diese Quelle nicht erreichen zu sehen. Wir waren in einem Büro, wo Franco eine Gelegenheitsarbeit für eine wohltätige Freundin abliefern wollte, »setz dich noch einen Moment, ich mache noch schnell etwas fertig, und dann gehen wir in eine Bar«, sagte sie. Franco hatte die Bar mit der ausgezeichneten Konditorei gut in Erinnerung und machte seine Rechnung mit Zuckerspiegel und Wartezeit. Die Minuten aber verstrichen unbemerkt, so wie sie es tun, wenn man ganz in die Arbeit vertieft ist, und dann wurden es zu viele, zumindest zu viele für Franco. Er saß unbeweglich auf dem Stuhl, schlief aber nicht. Er war regungsloser, als man es im Schlaf ist, ganz regungs- und lautlos. Der Schlaf lockert wenigstens einige Körperteile und entspannt. Er reagierte nicht mehr auf seinen Namen, man konnte ihn anschreien, ihn schütteln, und die Atmung war nicht mehr zu spüren. In einem solchen Moment verliert man nicht das Zeitgefühl, man bringt es durcheinander: Ich betrachtete den fremden Körper von Franco Mastrosimone und hoffte, dass mein Blick irgendetwas mit ihm machte, die Freundin aber rannte auf den Flur und schrie gegen die geschlossenen oder angelehnten Bürotüren: »Hat jemand ein Stück Schokolade, einen Keks, Bonbons, Kuchen?«.

Sie kam zurück mit einem Paket gelierter Früchte aus der Konditorei, auf die Franco zu lange gewartet hatte. Er hörte nichts, öffnete nicht die Augen und regte sich auch nicht, wenn man ihn anfasste. Aber er nahm das erste Stück in den Mund, nahm eines nach dem anderen, sehr langsam und gleichmäßig, mit fast ferngesteuerten Bewegungen. Als auch das letzte Stück weg war, senkte sich die Hand auf die leere Schachtel im Schoß und blieb dort still liegen. Alles war wie vorher, genauso, und ich konnte kaum glauben, dass ich gerade erst mit eigenen Augen der Mahlzeit eines Geistes zugesehen hatte. Oder dass der Zucker, den Franco konsumiert hatte, ihn wieder aufrichten würde, sobald er in die Blutbahn trat. Und dass ein hypoglykämisches Koma auf Dauer zwar den Organen schadet, aber reversibel ist, das hatte er mir doch gesagt.

Das Koma ist tatsächlich nach einigen Minuten reversibel, allerdings ist er auch schon mal gegen einen Pfahl gefahren oder übersät mit blauen Flecken im Krankenhaus aufgewacht, weil man ihn für einen Junkie gehalten und getreten hatte. Häufig wirkte er auch betrunken, richtig besoffen, obwohl er es nicht war, oder er redet wie ein Idiot, mit gelallten, zusammenhangslosen Worten, als ginge ihm nicht in den Kopf, dass er sofort Zucker zu sich nehmen müsste – Scheiße, Franco, hörst du mich? –, aber irgendetwas lässt ihn meistens doch rechtzeitig reagieren. Diesen Umständen ist es zu verdanken, dass Franco Mastrosimone Mailand im Blut hat.

Eines Tages lief er an den staubigen Bäumen der Viale Umbria entlang und spürte mit einem Mal, wie sich ihm eine Schwere auf die Brust legte. So schwer, dass er unmöglich die nächste Bar betreten konnte, er schaffte es gerade noch, ein paar Weintrauben zu kaufen, denn die Obstläden haben ihre Ware draußen vor dem Geschäft, und man zeigt einfach nur auf das, was man möchte, ohne reden zu müssen. Er ging noch ein paar Schritte mit der Tüte in der Hand, um einen geeigneten Platz zum Sitzen zu finden, denn dieses

Bleigewicht fing an, ihm die Luft abzudrücken. Vielleicht setzte er sich deshalb auf einen Stein, den so genannten *Panettone* eines Mailänder Künstlers von Weltruhm. Er steckte eine Traube nach der anderen in den Mund, versuchte, nur Hand und Mund zu bewegen, um das letzte bisschen Energie zu sparen. Wie durch einen Schleier sah er die fahrenden Autos und Menschen zu beiden Seiten an ihm vorbeieilen, unwirklich und bedrohlich nah. Immer schwerer, atemloser wurde ihm zumute, und irgendetwas in ihm wusste, dass der Fruchtzucker wirken würde, aber langsam, viel langsamer als purer Zucker. Er nahm die einzelnen Trauben und dachte über die Dinge nach, die er im Leben falsch gemacht, vernachlässigt hatte oder die schief gegangen waren. Ließ seine Misserfolge, jeden seiner Fehler Revue passieren, und das alles ergab, dass alles umsonst war, dass er schlicht und ergreifend im Leben gescheitert war. Ich bin unfähig, wankelmütig, ein Dummkopf, und ich werde mich nie ändern, wiederholte er abschließend, völlig klar nahm er das wahr, obwohl ihm der kalte Schweiß auf der Stirn stand und ihn der Schmerz kaum atmen ließ. Er blieb mit dem Traubengerippe in der Hand auf dem Stein sitzen und fühlte die Beklemmung, eine furchtbare, reine Angst, wie er sie nie zuvor gehabt hatte. Gelähmt von dieser Angst saß er da, bis der Fruchtzucker anfing, in seiner Blutbahn zu zirkulieren. Ich weiß nicht, ob sein Blick dann auf dieses Traubengerippe fiel, das er unbeholfen in der Hand hielt wie einen Totenkopf, ich weiß nicht, ob er diese Assoziation hatte, die in ihm die Frage hätte aufbringen können, dass vielleicht alles, Sein und Nichtsein, Angst oder Glück, nur ein Spiel der chemischen Elemente ist, die sich im Körper bewegen: Wenn du rechtzeitig die Zuckermoleküle von den Weintrauben auflöst, bist du auf der sicheren Seite, bei klarem Verstand, ein menschliches Wesen, Herr deiner selbst. Sonst bist du nichts mehr. Er stand auf, machte die ersten Schritte neben den staubigen Pappeln der Viale Umbria, und vor Schwäche und weil er das alles kaum glauben konnte, zitterten seine Beine noch ein wenig. Ihm war schlecht, vielleicht wegen der Abgase, die er direkt abbekommen hatte, oder aber wegen des Urteils, dem er gerade eben noch entronnen war.

IM LADEN WIRD MIR GESAGT, Daniela sei krank. Vielleicht heißt das nichts anderes, als dass sie über den Inhalt ihres Kühlschrankes hergefallen und nun nicht in der Lage ist aufzustehen oder dass sie es einfach nicht zur Arbeit schafft, weil sie sich zu sehr schämt. Oder sie hat einen Auftrag, schminkt Models in irgendeinem Fotostudio, und sobald sie damit fertig ist, rennt sie zum Arzt, um sich ein Attest ausstellen zu lassen. Ich habe keine Ahnung, was sie dem erzählt. Vielleicht macht sie es, wie viele andere auch, gibt an, keinen Urlaub mehr zu haben, und sagt, dass sie diesen einen Tag braucht. Oder sie erzählt ihm von Bauch- oder Kopfschmerzen und, um glaubwürdiger zu erscheinen, auch von einem Fressanfall. Vielleicht weiß der Arzt von ihrer Krankheit, aber das spielt keine Rolle, er wird ihr Migräne attestieren, und damit hat sich die Sache. Die Besitzer vermuten oder wissen vielleicht schon, dass Daniela krank ist, es sich aber nicht um Fieber, Grippe, Migräne oder Ähnliches handelt, um nichts, was ihr ein Kassenarzt attestiert. Dass es hier vielmehr um eine Krankheit geht, gegen die ein normaler Internist kein Mittel verschreiben kann. Vielleicht gibt es gar kein Mittel gegen diese Krankheit, weshalb es eigentlich ungünstig ist, sie als Angestellte zu behalten. Besser wäre es, sie zu überführen, zu beweisen, dass hinter den Attesten und Behandlungen etwas ganz anderes steckt, nämlich eine Krankheit, die sie nicht behandeln lässt. Davor hat Daniela Angst. Wenn sie wirklich Bauch- oder Kopfschmerzen hat, Bronchitis, Grippe oder sogar Fieber über achtunddreißig, geht sie deshalb trotzdem arbeiten. Wenn ich also höre, dass sie krank ist, kann ich eigentlich sicher sein, dass sie es nicht ist.

Eines Tages wäre sie fast in Ohnmacht gefallen. Ich weiß nicht mehr, ob ich schon bei der Begrüßung ihre Blässe unter der Schminke bemerkte, aber als ich hinter ihr die Treppen hochstieg, fielen mir ihre wackligen Schritte auf und später auf der Liege die schwachen Hände. Daniela massierte mir fast nur die Fesseln, der einfachste Teil der Massage, und irgendwann hörte sie auf, lächelte mich etwas schief an und entschuldigte sich, es tut mir Leid, mir ist ein wenig schwindelig, ich mache nur eine kurze Pause, dann geht es schon wieder.

Es ging aber nicht wieder: auch nicht mit den drei Kaugummis, die sie sich auf einmal in den Mund stopfte und mit großem Eifer kaute. Es ging nicht, weil Daniela, den achtundvierzig Kilo schon bedeutend näher gerückt, am Tag zuvor drei Stunden im Fitness-Studio verbracht und den ganzen Tag über bloß ein Kilo Pfirsiche gegessen hatte. Es ging nicht, denn es waren schon frühmorgens siebenundzwanzig Grad, es war schwül und kein Sauerstoff in der Luft, und zu guter Letzt ging es nicht, weil ihre Kaugummis wie immer ohne Zucker waren.

Ich bin nach unten gegangen und habe ihr einen Eisbecher gekauft: den kleinsten mit den wenigsten Kalorien, einen Becher, damit ich ihn in der Tasche verstecken konnte. Erst bei ihr oben holte ich ihn heraus und sagte, dass ich die kalorienärmsten Sorten genommen hätte, Zitrone und Pfirsich. Danke, sagte sie, wie nett, aber das wäre doch nicht nötig gewesen, und sie lächelte mich und das Eis an, danke, ich esse es später.

Essen Sie es aber auch, es wird Ihnen gut tun.

Ich fürchte, sie hat es weggeworfen oder einer Kollegin geschenkt, falls es nicht vorher schon geschmolzen ist. Stur wird sie ihr Päckchen Kaugummis gekaut und noch ein paar Tassen Kaffee mit Süßstoff getrunken haben. Sie wird tief durchgeatmet haben, um ihren Kreislauf anzuregen, und aus dem gleichen Grund hat sie vielleicht irgendwelche Dehnübungen gemacht, bei denen sie aufpassen musste, nicht zu stürzen. Schließlich ist sie doch zu ihrem Chef geschwankt. Es ging ihr nicht gut, sicher, sie musste zum Arzt. Sie konnte sich ja kaum auf den Beinen halten, die Kosmetikerin, warum bloß?

Kürzlich schlugen ihr die Ladenbesitzer vor, nicht mehr angestellt, sondern selbstständig weiterzuarbeiten. Sie können die Kosmetikabteilung hier unabhängig weiterleiten, sonst schließen wir sie. Es stimmt ja, sagt Daniela, die Einrichtung hat schon bessere Tage gesehen, das sehen Sie ja selbst, bei einer Massage blendet das Neonlicht, und die Musik von unten schallt laut herauf. Die Konkurrenz schläft nicht, sogar hier im Hof gibt es ein Sonnenstudio mit Palmen, und an der Theke steht ein hübsches Mädchen. Zu uns kommen meistens nur Jugendliche, und wenn mal eine Gesichtsbehandlung oder Beinenthaarung anfällt, ist das schon viel. Aber ich habe hier immer gute Arbeit geleistet, ich habe meine Kunden, und zu denen pflege ich ein gutes Verhältnis. Ich mache eine Maniküre, während die Farbe in die Haare einwirkt, das ist doch ein guter Service, wenn wir den nicht mehr anbieten, dann kommt die ein oder andere vielleicht nicht mehr, meinen Sie nicht auch?

Daniela hat ausgerechnet, was sie monatlich kostet und durchschnittlich einbringt. Heraus kommt, dass der Laden an ihr verdient, nicht viel, aber immerhin. Und das, ohne ihre Hilfe beim Haarewaschen zu berechnen oder die Außentermine als Visagistin, zu denen sie geschickt wird, wann immer es den Inhabern passt, ganz zu schweigen von den Anfragen der Moderatorinnen. Und deshalb kann ihr niemand einfach so mit der Behauptung daherkommen, sie arbeite schlecht.

Anscheinend haben sie aber doch Unmut geäußert.

Sie hat mit ihrer Mutter darüber gesprochen, mit Freunden, mit einer Frau der Gewerkschaft. Mich hat sie auch schon mehrfach um Rat gefragt, denn wie sie behauptet, kenne ich den Laden, die Verhältnisse, und könnte eine Vorstellung davon haben, was die Besitzer vorhaben, glauben Sie, die wollen mir wirklich kündigen?

Das weiß ich nicht, wie könnte ich es wissen. Daniela erzählt mir alles, das Einzige, was sie auslässt, ist das Problem, das vielleicht die Wurzel allen Übels ist, allen tatsächlichen oder vorgeschobenen Unmuts. Auch die Besitzer haben das Thema bei ihr nicht angeschnitten. Ich frage sie aber auch nicht, ob ihre Chefs über die so genannte Essstörung im Bilde sind, ob sie meint, dass jemand etwas bemerkt oder ein Kollege nicht dichtgehalten hat.

»Was sagen denn die von der Gewerkschaft?« frage ich.

Während Daniela immer betont, dass sie ablehnen müsse, höflich ablehnen, denn so einfach ist da nichts zu machen, die können sie ja nicht auf die Straße setzen, denke ich, dass es tatsächlich nur eine Frage der Kosten und des Gewinns ist. Danielas Berechnungen müssen falsch sein, vielleicht stimmen die Berechnungen einer Angestellten aber auch nie mit denen eines Inhabers überein. Die interessieren sich doch einen Dreck für ihren gesundheitlichen

Zustand oder irgendwelche anderen Probleme, die sie über drei Ecken erfahren. Hauptsache, die Angestellte bringt genügend ein.

Die andere Daniela, die Friseurin, die ist doch auch völlig abgemagert. Für jeden, der sie nur ab und zu sieht, ist die Magersucht offensichtlich. Kann die vielleicht nicht in Ruhe weiterarbeiten? Was sollten die Inhaber schon tun, die Gewichtsschwankungen ihrer Friseure kontrollieren? Ihrer Angestellten, die nach einiger Zeit in diesem Laden zur Unförmigkeit neigen, und wenn sie sich die Haare grün oder violett färben, werden sie meistens gleichzeitig schön pummelig, keine Ahnung, ob es da irgendeinen Zusammenhang gibt. Und Drogen, wer weiß schon, ob sie Drogen nehmen, Disco-Drogen, das wäre doch nahe liegend. Denn ich wüsste nur zu gern, wo sie hingehen, die Angestellten eines Trendfriseurs mit einer Filiale an der Adria, die immer bis spätabends geöffnet ist. Mit einem solchen Outfit, mit den Piercings und Tätowierungen, wohin sollte es sie nach Feierabend verschlagen, wenn nicht in eine Diskothek? Was ist mit einem Aidstest, ob die Inhaber sich den bei der Einstellung eines männlichen Friseurs zeigen lassen, denn die meisten sind ja homosexuell. Muss der Test dann alle paar Monate wiederholt werden? Nein, das glaube ich kaum, nicht nur, weil es gesetzlich verboten ist. Entweder sieht man die Probleme in der Arbeitszeit von neun bis sieben, oder es gibt sie nicht.

Schließlich war es Daniela, die um ein Gespräch bat, sie bedankte sich für das interessante Angebot, das sie momentan leider nicht annehmen könne. Danach haben sie ihre Anstellung als Kosmetikerin verlängert. Stolz erzählte sie mir das. Die haben ja nicht damit gerechnet, dass ich als

Erste zu ihnen käme. Sicher, Daniela, dann sehen wir erst einmal weiter, danke. Das war alles.

Am Tag zuvor aber hat sie entweder gefressen oder ihr komplettes Repertoire an Tricks angewandt, um das nicht zu tun: bis zehn Uhr abends im Fitness-Studio bleiben, ihre Mitbewohnerin mit der Bitte anrufen, an diesem Abend zu Hause zu bleiben, oder alles aus dem Kühlschrank wegzuwerfen, den Vorratsschrank abzuschließen und den Schlüssel mitzunehmen. Ich weiß nicht, seit wann ich dieses Bild im Kopf habe; es ist kein verschwommenes Traumbild, allerdings kommt Daniela selbst darin nicht vor, es muss aber ihre Hand sein, die den Hebel der Slot-Machine hinunterdrückt, und jedes Mal fallen unten entweder Äpfel oder Hähnchen heraus, Äpfel und Hähnchen, Hähnchen und Äpfel, kein Geld. Es ist ein sehr konkretes Bild. Wenn ich den gerade geöffneten Laden betrete, sie oben alleine antreffe, wo sie sich schminkt, sieht sie ganz anders aus. Zu dieser Uhrzeit sind die Inhaber fast nie da, aber es reicht schon, Daniela zu sehen, es reicht, ihr Gesicht zu sehen, egal, ob es blass und grau vor Hunger ist oder aufgedunsen und gerötet wegen eines Fressanfalls. Es spielt keine Rolle, ob die Augenringe Zeichen von acht Stunden Arbeit und drei Stunden Fitness-Studio sind oder die einer unermesslichen Fresserei und dem darauf folgenden bleiernen Schlaf, falls sie überhaupt geschlafen hat. Aber all das verschwindet. Verschwindet unter einer Schicht Make-up, das Gesicht wird glatt und gewöhnlich, hört auf, ein wirkliches Gesicht zu sein. Mit zwei Pinselstrichen sind Wangenknochen und Rouge wiederhergestellt, der Mund bekommt einen leicht rosa Anstrich, und auch die Augen kommen schließlich wieder zur Geltung. Dieses neue Gesicht sieht fast immer gleich aus, Verzicht und Fresserei können ihm nichts anhaben. Mit dieser Maske spielt es keine Rolle, ob es am Tag zuvor Äpfel oder Hähnchen gegeben hat, und ich bin sicher, dass sie genau mit diesem Gesicht ihre Chefs um das Gespräch bat. Daniela versteht etwas von ihrer Arbeit.

Man sagt, dass sich Frauen zurechtmachen, um sich selbst zu gefallen. Dass ihre Kleidung Ausdruck ihrer Persönlichkeit sei. Dass nur Frauen ohne Persönlichkeit ihr Aussehen nach anderen Menschen richten, in der Hoffnung, ihnen zu gefallen. Es wäre schön, denke ich, wenn man das nur aus Liebe tun würde. Oder wenigstens, um denen zu gefallen, die uns wichtig sind, uns selbst inklusive. Was aber tun wir, wir richten uns nach denen, die uns nichts bedeuten, wenigstens tun wir alles, um unsere Verletzbarkeit nicht zu zeigen. Und unser Geschmack ist lediglich Ausdruck der Persönlichkeit, die uns am besten schützt: Vielleicht kommt sie uns darin am nächsten. Du gehst also perfekt verkleidet aus dem Haus, vielleicht gerade, um dich zur Schau zu stellen, passt mit Mühe deine Bewegungen Kleidern, Haaren und Make-up an. Wenn das gelingt und die anderen dir sagen, wie chic du bist, gut siehst du aus, wenn man dir sagt, man sieht, dass es dir gut geht, geht es dir nur aus Freude darüber gut, sie an der Nase herumgeführt zu haben.

Ich glaube nicht, dass sich Daniela jemals Gedanken darüber macht. Sie schminkt und kleidet sich möglicherweise so, wie andere Leute sich die Zähne putzen: Es ist reine Gewohnheitssache. Für mich ist das nicht so. Mein Vater erzählte mir, dass es ein jüdisches Gebet gibt – wenn ich mich richtig erinnere, betet man es jeden Tag –, in dem es heißt, gelobt seist du Herr, dass du mich als Mann erschaffen hast. Und dieses Gebet fand ich nicht beleidigend, leider konnte ich es schon verstehen, denn ich dachte oft: Wäre ich ein Mann, müsste ich jetzt keine Diät halten, mich nicht um das Älterwerden sorgen, müsste den nervigen Typ da nicht anlächeln, ich könnte zu Fuß durch den Park laufen, könnte das tun, was mir passt. Wenn ich ein Mann wäre, wäre ich ein freier Mensch. Eines Tages aber schaute ich nur kurz mein Gesicht im Spiegel an, ein müdes Gesicht, müde wegen zu wenig Schlaf, wegen Angst oder Trauer, und dann dachte ich, jetzt lasse ich dich verschwinden. Es war kein klarer Gedanke, doch ich tat nichts anderes, während ich blindwütig den ersten Klecks Make-up verteilte. Als ich mit ruhigerer Hand dann den Lidstrich zog, mein Gesicht schon ein ganz anderes war, stellte sich dieses Gebet umgekehrt ein: Gelobt seist du Herr, dass du mich als Frau erschaffen hast.

Aber nein, ich fürchte, das versteht Daniela nicht. Ich glaube, sie legt mit der gleichen Selbstverständlichkeit ihre Schminke auf, nimmt ab, bekämpft die ersten Altersanzeichen im Gesicht und am Körper, wie andere Leute essen: weil es Zeit ist, weil der Tisch gedeckt ist, weil es normal ist. Alles normal, auch die Arbeit, alles wie vorher. Ich kann das nicht glauben, und das macht mir Angst. Eine Angst, die sich Daniela jetzt nicht eingesteht. Ich fürchte, sie hat sich verändert, seitdem ihr dieser Vorschlag oder diese Drohung gemacht wurde. Abdu und das ganze Durcheinander, das er auslöste, haben damit gar nichts zu tun, und das ist noch beunruhigender. Vorher ging sie arbeiten, weil sie es musste, weil sie sich dem Laden gegenüber verpflichtet fühlte, nicht aus Angst. Sie gab nicht vor, krank zu sein, um dann woanders einen Job zu erledigen. Jetzt raunt sie mir sofort aufgeregt zu, wo sie war, wenn sie mich sieht, was sie gemacht hat, an jenem Tag, als alle im Laden glaubten, sie sei krank.

Denn, sagt sie, es interessiert sie nicht mehr, null, es schert sie null, wiederholt sie und hält nur mit Mühe ihre Stimme gedämpft. Das beunruhigt mich ebenfalls. Denn Daniela tut so, als hätte sie keine Angst, und spielt dabei mit dem Feuer.

Das könnte eines Tages reichen, um die Dinge wirklich gegen sie zu wenden. Deshalb drehe ich mich auch nicht auf dem Absatz wieder um, wenn ich in den Laden komme und mir gesagt wird, Dani ist heute nicht da, sie ist krank. Nein, lauthals verkünde ich, das macht nichts, meine Spitzen müssten wieder geschnitten werden, ist denn Daniela Friseurin da?

Ich glaube, ich könnte ein kleiner Grund sein, der Kosmetikerin nicht zu kündigen oder wenigstens noch einmal darüber nachzudenken, ich bin doch eine gute Kundin, eine, die sich hier wohl fühlt. Denn auch Daniela Friseurin erzählt mir von sich. Eines Morgens wusch sie mir die Haare, obwohl das nicht mehr zu ihren Aufgaben gehört, und erzählte, dass ihre Katze gestorben sei, ein Kätzchen. An ihren zitternden Händen an meinem Kopf merkte ich, dass sie weinte. Wahrscheinlich wusch sie mir nur das Haar, um mir von dem Kätzchen zu erzählen. Dort, in der Ecke mit den Waschbecken, hinter dem Kunden und über seinen Kopf gebeugt, kann man wahrscheinlich recht unbemerkt weinen. Sie weiß nicht, warum das Kätzchen starb, es war doch gesund, vielleicht hat es irgendwo Gift gefressen. Bevor sie das Haus verließ, hat ihre Mutter versprochen, das Kätzchen im Garten zu begraben. Daniela Friseurin wohnt bei ihren Eltern, draußen in Turbigo. Sie nimmt den Zug, und abends bleibt sie müde bei den Eltern zu Hause. Sie möchte nicht alleine wohnen, schon gar nicht in Mailand.

Bei gutem Wetter kann sie in Turbigo den Sonntag am Fluss Tessin verbringen.

Als sie noch mit Daniela Kosmetikerin befreundet war, blieb sie oft in Mailand und übernachtete bei ihr. Deshalb ist Daniela so sicher, dass sie fast nichts isst. Ich glaube, sie erzählte mir einmal etwas von einem Jungen, einer unglücklichen Liebe, oder einem Exfreund, auf jeden Fall bemerkte sie, dass es Daniela Friseurin immer schlechter ging, geistig wie körperlich, geradezu Besorgnis erregend. Wenn sie also bei ihr in Mailand war, ging sie mit ihr aus, auf Partys oder sonst wo hin, machte sie mit anderen Leuten bekannt, das Mindeste war ein Kinobesuch.

Sie konnte einem Leid tun, wie sie so groß, knochig und steif in ihren hohen Schuhen umherstakste. Das ausgezehrte Gesicht sah durch die übertriebene Schminke und die lederne Sonnenbankbräune aus wie das eines Götzen, verziert mit Ringen und Steinchen, und ausdruckslos rannen die Tränen darüber. Mir tat das mit der Katze auch Leid. Es tat mir ziemlich Leid, denn Daniela sah aus wie eine Mager- oder Drogensüchtige oder wie sonst ein Problemfall, aber nicht wie eine, der die Mutter versprechen muss, die gestorbene Katze im Garten zu begraben, weil sie selber zur Arbeit muss. Sie sieht nicht aus wie eine, die sonntags spazieren oder picknicken geht oder mit dem Fahrrad am Tessin entlangfährt. Ob sie diese Plateauschuhe dann wohl auch trägt, frage ich mich.

Ob es die magersüchtige Daniela war, die Daniela Kosmetikerin bei den Inhabern anschwärzte? Als die beiden noch befreundet waren, schusterte ihr Daniela den ein oder anderen Job als Haarstylistin zu, wenn sie bei einer Modeproduktion die Models schminkte. Sie zerstritten sich in den Ferien, wegen Geld und anderer Nichtigkeiten, an die ich mich nicht mehr erinnere. Daniela Kosmetikerin erzählte mir alles nach ihrer Rückkehr, und wie enttäuscht sie war. Mir war das alles sehr unangenehm, denn Daniela Friseurin war immer sehr freundlich zu mir, wenigstens nach dem Tod ihrer Katze. Die Extrajobs kann sie jetzt vergessen, sagt Daniela Kosmetikerin. Ich verstehe ihre Verbitterung, verstehe ihre Angst, verraten zu werden. Denn die andere Daniela weiß alles. Ich versuche, ihr Mut zuzusprechen, sage, dass man oft erst auf engem Raum einen Menschen wirklich kennen lernt, und viel zu oft benimmt er sich dann völlig daneben. Ich rede beruhigend auf sie ein, nicht den Teufel an die Wand zu malen. Sie ist ja auch zehn Jahre jünger und viel unreifer, gebe ich zu bedenken: unreif, ohne Manieren, unglücklich. Und vom Unglück muss keiner besser und dankbarer werden: eher nur verbittert und gemein. Als ich mir das denke, sage ich nichts mehr. Schließlich kommt mir der Gedanke, die Kollegin habe ihr die ganze Suppe eingebrockt. Daniela hat nichts davon gesagt. Denn wer weint schließlich nicht wegen einer toten Katze?

Links auf der Viale Monza in Richtung Loreto ist eine große, schmierige, verrauchte Bar mit Tabakverkauf, die ausschließlich von Männern besucht wird. Ich hatte sie immer gemieden. Aber eines Tages öffnete ich in Höhe der Bar auf der Straße einen Brief, der von München aus länger als einen Monat gebraucht hatte. Er enthielt die Nachricht, dass einer Schulfreundin ein Blutgefäß im Kopf geplatzt war. Sie konnte nicht mehr gerettet werden.

Ich blieb mitten auf dem Bürgersteig stehen, der Brief baumelte in meiner Hand wie eine unförmige Verlängerung des Armes. Ich wollte zum Corso Buenos Aires auf der anderen Seite, um dort eine Pause einzulegen. Aber dann fiel mir ein, dass ich keine Zigaretten hatte. Ich musste sofort welche kaufen, in dieser Bar da. Normalerweise kaufte ich meine Zigaretten vor der Uni. Das war zu weit. Es mussten ganz starke sein. Camel ohne Filter. Damit mir übel würde, es in Hals und Lunge schmerzte, um das schlichte körperliche Unwohlsein zu empfinden.

An der Kasse war eine kurze Schlange, die nur langsam vorrückte, vielleicht nahmen sie hier auch Lottoscheine an: Ich wartete also und hatte dabei das Gefühl, dass aus dem hinteren Raum alle zu mir herüberschauten, sie saßen an den Tischen oder standen im Raum und hefteten ihre Blicke in aller Ruhe auf den weiblichen Fremdkörper. Ich erinnere mich an das lang gezogene Lokal, das schon am Morgen überfüllt war, an die Dichte der Blicke, und das war das

Einzige, was ich wahrnahm. Keinerlei Unbehagen oder Angst. Während ich in der Schlange wartete, dachte ich, wie hirnrissig es wäre, so starke Zigaretten zu kaufen, von denen mir ohnehin nur schlecht würde. Als ich dran war, sagte ich: Camel. Ohne Filter konnte ich noch unterdrücken. Zu mehr war ich nicht in der Lage.

Draußen riss ich das Päckchen auf, sog systematisch und aggressiv den Rauch ein. Und es funktionierte, leichter Schwindel und Übelkeit machten sich bemerkbar und vor allem der leere Magen. Ich spürte den Rauch die Magenwände hochkriechen, das Brennen, als würde ich fasten. Bald würde die Säure Luftröhre und Zunge erreichen und sich dank der Tabakkrümel in einen bitteren Geschmack verwandeln.

Seitdem ist die Nachricht für mich von dichtem Qualm umgeben: ein Nebel aus hässlichen Gesichtern, eine Zigarettenmarke, eine Reihe von Details, die mehr oder weniger in meiner Erinnerung hängen geblieben sind. Dinge, die ich mit der seltsamen Klarheit wahrnahm, die mit Panik einhergeht. Mit einer Panik, die im Kopf explodiert und Zeit und Angst auslöscht. Diese Einzelheiten sind es, die ich in meiner Erinnerung wiederfinde, nicht das, worum es wirklich ging, nämlich die Nachricht über ihren Tod in dem Brief.

Ich weiß nur noch, dass sie an »Iktus« starb. Genauer an »zerebralem Aneurysma«. Nie gehört. Vielleicht hatte ich auch »Iktus« noch nie gehört, gehört wahrscheinlich schon, aber nicht bewusst. Ich kannte bloß den »Schlag«, der dich so plötzlich wie der Herzklaps trifft. Aber das waren nur blumige Ausdrücke, überliefert in Verwünschungen aus alter Zeit. Sie haben nichts mit uns zu tun, mit unserer Wirklichkeit. Nicht wenn man zwanzig ist. Ich weiß nicht, ob mir das tatsächlich durch den Kopf ging, ich hatte mir nie Gedanken darüber gemacht, und nach diesem Brief konnte ich es noch viel weniger. Scheinbar normal: Niemand denkt in diesem Alter an den Tod.

Aber mit der Schulfreundin, die diesen Iktus erlitt, hatte ich schon auf dem Gymnasium in München daran gedacht. Auch das ist wohl normal. Jugendliche und alte Menschen interessieren sich für den Tod, entweder weil sie es tun müssen oder weil sie die Zeit dazu haben: die Zeit, ihrer Toten zu gedenken. Und die, die den Jugendlichen etwas bedeuten, sind meistens jung gestorben. Junge Menschen bringen sich auch öfter um als ältere. Mag sein, es sind so viele, weil sie sich nicht bewusst sind, dass sie für immer tot bleiben. Ich habe aber keine Ahnung, welches Bewusstsein man bloß durch das Altwerden erlangt. Tatsache ist, dass man allein in jungen Jahren glaubt, dem Tod nur aus eigenem Antrieb begegnen zu können.

Das dachten wir aber nicht, meine Schulfreundin und ich. Wir hatten weder Selbstmord im Kopf, noch liefen wir herum und betranken uns sinnlos, wir nahmen keinerlei Drogen. Jung gestorbene Persönlichkeiten stellten für uns keinerlei Mythos dar. Wir schätzten nur Georg Büchner, der das alles schon aufs Korn genommen hatte: Prinz Leonce will ins Wasser gehen, weil er so glücklich ist, dass er das Leben keine Sekunde länger aushält. Dann hält er es aber doch aus, heiratet und wird König.

Wir hatten in der Schule »Dantons Tod« gelesen, in dem die Girondisten Witze über Sinn und Unsinn der Existenz und der Geschichte machen, während sie auf die Guillotine warten, die erzählen sie ihren Zellengenossen. Dann erwacht einer zitternd aus einem Albtraum, stumm und halb wahnsinnig vor Angst, und der andere muss ihn wie eine Mutter im Arm wiegen. Büchner war zweiundzwanzig, als er das schrieb, konnte das Drama gerade noch abschicken und flüchtete dann über die Grenze. Seine Kameraden der Revolution, die ohne ihn in Vergessenheit geraten wäre – vier Studenten, ein Denunziant und ein Pfarrer –, vermoderten oder verreckten im Gefängnis. Wir mit unseren noch nicht achtzehn Jahren diskutierten im Unterricht, ob Büchner ein Vorläufer des Nihilismus oder der kommunistischen Revolutionen sei.

Der Buchrücken war durchgedrückt, der Einband zerknittert und die Seiten mit dem erstbesten Stift voll gekritzelt. Es mag sein, dass ich die hässlichste aller Taschenbuchausgaben habe. So hässlich wie der Autor selber, mit den glupschigen Froschaugen und dem, trotz seines jungen Alters, dürftig behaarten Schädel. Auf dem Einband in stumpfem Silber ist eine ausdruckslose Zeichnung, aber nie würde ich auf den Gedanken kommen, eine neue Ausgabe zu kaufen. Wen interessiert schon die Ausstattung einer Pflichtlektüre, man nimmt die erstbeste, die billigste. Wenn man sie dann atemlos verschlingt, unter der Schulbank, an der Haltestelle, in der Bahn auf dem Nachhauseweg, interessiert es einen noch weniger. Keinen Autor, den wir in der Schule lasen, liebte ich so sehr wie Georg Büchner. Leider klingt »lieben« viel zu abgedroschen, denn schon selten genug verspürt man bei einem Buch eine einfache Bewegtheit, noch seltener stellt sie sich beim Lesen jedes Mal von neuem ein, und zwar, weil es einen immer wieder begeistert, nicht, weil es das einmal tat.

Büchner starb mit dreiundzwanzig Jahren, meine Schulfreundin mit zweiundzwanzig. Beide eines natürlichen Todes. Daran denkt man nicht, wenn man jung ist: woran man sterben kann. Nicht abstrakt und auch nicht, wenn es um jemanden geht, der dir etwas bedeutet. Du kannst das Werk eines frühzeitigen Genies lesen, die Größe begreifen und dir vorstellen, was er noch alles hätte schreiben können, wenn er nur länger gelebt hätte. Was du aber nicht verstehst, ist, dass irgendeine Körperfunktion versagt und man daran sterben kann. Das schockt dich mit neunzehn, umso mehr, wenn dieser Tod so früh eintritt. Deshalb läufst du darauf los und rauchst, rauchst, um nicht zu essen und um nicht zu weinen, und vor allem, damit es dir nicht besser geht. Später im Leben gewöhnst du dich daran, beginnst es zu akzeptieren. Dann fällt dir auf, dass du eine harte Haltung bewahren wolltest, dich aber gerade wie ein Kind verhieltest, denn immer und überall darf oder soll man bei einem Trauerfall weinen. Man kann wahre oder falsche Tränen vergießen, und fast immer, ob man möchte oder nicht, wird einem auch etwas zu essen angeboten.

Meine Schulfreundin und ich redeten über Büchner und über anderes, wir redeten in der Klasse vor oder nach einer Stunde: Während des Unterrichts tauschten wir manchmal ein Heft aus, in das wir Kommentare schrieben. Ich besitze diese Hefte heute noch, ich weiß nur nicht, wo sie sind. Manchmal redeten wir in der Pause, auf dem Flur oder im Sommer draußen auf dem Hof, auf einer Bank vor der nahe gelegenen Sankt-Anna-Kirche oder auf der großen Wiese des Englischen Gartens, das war weiter weg. Sehr selten blieben wir nach der Schule etwas länger dort. Die ausgefallenen Stunden kommen noch dazu; wenn ich ihr aber vorschlug, eine zu schwänzen, um weiterzureden, lehnte sie ab. Das war auch schon alles: Wir haben uns nie nachmittags oder abends verabredet.

Wir sprachen über den Tod, das Leben, über die Existenz und die Vorstellung Gottes. Über die innere Harmonie und die des Kosmos, über das Wahre, Schöne und Gute, wir griffen ohne Umschweife diese Themen auf, ernsthaft und sicher. Wir formten große und kleine Gedanken, unvollständige Zitate, ein undefinierbarer Wust wurde daraus, wie ein wiederholter Beweis dafür, wie dumm man doch ist, wenn man glaubt, als junger Mensch mehr als andere zu denken. Aber vielleicht bleibt dieses Bedürfnis, große Gedanken zu formulieren und sich der Illusion ihrer Bedeutung hinzugeben. Und in der Illusion wird man noch pathetischer, als man es vorher schon war.

Noch nie war ein so freundliches Mädchen in meiner Klasse gewesen. Sie war es immer, zu Mitschülern wie Lehrern, niemals steif oder nervös, nie aggressiv, mürrisch oder traurig. Ihr ganzes Wesen war voller kleiner Aufmerksamkeiten und höflicher Gesten, die ein ganz natürlicher, liebenswerter Teil von ihr zu sein schienen, ihr klares Lachen war nie zu laut oder übertrieben. Sie kam erst in der Oberstufe zu uns, weil sie ein Jahr wiederholt hatte, um aufs Gymnasium zu kommen. Deshalb war sie etwa zwei Jahre älter, die Jahre, die zwischen sechzehn und achtzehn viel bedeuten. Der Unterschied wirkte aber noch größer, diesen Eindruck gewann man auf den ersten Blick, auch wenn sie noch nichts gesagt hatte. An ihrer Kleidung oder Haltung gab es jedenfalls nichts, was sie älter gemacht hätte, bis auf die Brille, die sie wegen eines leichten Sehfehlers trug: Sie wirkte einfach so. In der Klasse verhielt sie sich wie eine Erwachsene oder wie es ein Lehrer als gutes Beispiel getan hätte, der Part der Schülerin passte einfach nicht zu ihr. Vor allem aber war sie uns in Takt und Schliff überlegen: nicht nur uns Sechzehnjährigen. Man merkte es daran, wie die Lehrer sie behandelten: nicht etwa gleichrangig oder bevorzugt, aber immer mit besonderer Aufmerksamkeit. Alle mochten sie, und sie war jedem gegenüber offen, aber mit niemandem eng befreundet.

Ob sie diese Art Diskussionen nur mit mir führte, weiß ich nicht. Ebenso wenig, wie lange es dauerte, bis mir dämmerte, dass sie uns alle mit ihrer viel gepriesenen Freundlichkeit auch auf Distanz halten wollte. Aus ähnlichen Gründen verspürte sie wohl nach unseren abstrakt-vertraulichen Gesprächen das Bedürfnis, wieder auf Abstand zu gehen. Denn trotz unserer Umsicht waren wir doch manchmal auf Persönliches gekommen. Ich war diejenige, die damit anfing. Etwas verschämt und stockend erzählte ich ihr von früheren Schuljahren, von meiner Familie, ihrer Geschichte, erzählte, was mich so abgesondert hatte. Sie aber gab keinen Kummer preis, ihre Worte hielten immer Maß, ihre ruhige, klare Stimme bewahrte immer einen leichten Fluss. Das nützte ihr allerdings wenig, denn ein Teil ihrer Geschichte stand ihr ins Gesicht geschrieben.

Sie war halb Äthiopierin, hatte das Haar und die Figur der Schwarzen: ausladend und fest. Ihre Nase aber war noch breiter als eine so genannte »negroide« Nase. Viermal war sie operiert worden, aus Knochenstücken und Knorpel von anderen Körperteilen hatte man eine neue Nase geformt. In Äthiopien war sie mit einer Hasenscharte geboren worden. Auch das sah man. Sie musste oft zum Arzt, denn die hohen Mengen an Betäubungsmitteln, die man ihr noch im Wachstum verabreicht hatte, hatten ihrem Körper zugesetzt.

Das erzählte sie jedem, den es interessierte, wenn auch nur aus Neugier oder Höflichkeit. Ebenso, dass ihr Vater Regierungsbeamter von Haile Selassie gewesen war, dann ins Gefängnis kam und schließlich ins englische Exil ging. Dort hatte auch sie einige Jahre verbracht, bevor sie nach Deutschland gekommen war. Erst hatte sie in Hamburg, der Geburtsstadt ihrer Mutter, gelebt, wo es kälter, aber nicht so regnerisch war wie in London. Schließlich war sie nach München gekommen. Weiter erzählte sie, ihre Eltern seien seit langer Zeit geschieden. Man konnte ruhig nachfragen: Sie sprach über diese Geschehnisse, auch die Haft des Vaters, als seien es völlig normale Dinge, gerade einmal exotisch genug, um dem Zuhörer etwas Nervenkitzel zu bieten. Der fragte dann nicht weiter.

Ich vermute aber, dass nicht viele von uns über eine scheinbar normale Sache im Bilde waren: das schlechte Verhältnis zu ihrer Mutter. Die hatte sie nach der Realschule arbeiten geschickt. Als meine Schulfreundin dann volljährig war und verkündete, sie wolle das Abitur machen, drohte die Mutter, sie hinauszuwerfen. Das tat sie nicht, aber die guten Leistungen und die Achtung, die der Tochter überall zuteil wurden, interessierten die Mutter nicht. Vielmehr berechnete sie, wie viel die Tochter ihr für den unvorhergesehenen Unterhalt schulde. Mehr weiß ich nicht: Ich erfuhr das in drei Jahren ausholender Gespräche nebenbei. In kurzen Abschweifungen, die sie unterbrach, sobald das Gespräch Gefahr lief, außer Kontrolle zu geraten. Eigentlich war es sehr einfach: Ihre Mutter liebte sie nicht. Soweit ich verstanden hatte, brachte sie ihr auch keinen Hass entgegen. Sie wollte sie nur schlicht und ergreifend loswerden. Aber wie hätte meine Schulfreundin das in ihrer ruhigen, höflichen und fröhlichen Art aussprechen können? Und was hätte ich schon erwidert – »Tut mir Leid, verstehe«? Ich hätte es damals so wenig wie heute verstanden.

Also flüchteten wir uns in die großen Themen. In der Schule waren wir gut, manchmal nur wurden uns Punkte wegen der Rechtschreibung abgezogen. Ihre war katastrophal. In einem der wieder aufgetauchten Hefte ist Dostojewskij mindestens auf drei verschiedene Arten geschrieben: Deutsch, Englisch und in einem Gemisch aus beidem. Es wimmelte nur so von Bindestrichen und Ausrufezeichen, Pfeilen und Abkürzungen. Ihre Aussprache war vom Norden geprägt und viel besser als unsere bayrische, aber es war wohl schwer für sie, korrekt in einer erst spät erlernten Sprache zu schreiben. Aber sie sprach vollkommen sicher und korrekt. Man musste also reden: reden über die Dinge im Allgemeinen, die kleinen persönlichen Gefühlswallungen totreden, damit keine persönlichen Dinge einer so genannten großen Geschichte an die Oberfläche drangen. Ich weiß nicht, ob das auch für sie galt, aber mir fiel es immer leicht, über das Leben und den Tod zu reden, denn als die Letzte einer noch vor meiner Geburt ermordeten Familie hatte ich noch nie einen Verlust erlitten. Sie war mein erster.

Sie starb zu früh. Wenn ich das sage, weiß ich nicht, was ich damit anfangen soll, und versuche fiebrig, mich an alles zu erinnern. Wie gut sie mit der Gitarre die englischen Balladen begleiten konnte, die sie sang. Was sie mir alles aus Äthiopien erzählte. Und nach einer Weile höre ich ihre fremdländische Stimme, der Klarheit nach europäisch, dem Klang nach afrikanisch.

Einmal sagte sie lachend, dass wir wegen der großen Liebe zwischen ihrer Königin von Saba und meinem König

Salomon fast verwandt seien. Amharisch, sagte sie, ist eine semitische Sprache. Oder ist nur das Alphabet dem Hebräischen ähnlich? Dem Arabischen vielleicht? Die Äthiopier sind Kopten, eigentlich Christen, orientalische Christen, aber monophysitisch, nicht orthodox. Die, die wegen eines »Jota« vernichtet wurden, das waren die Arianer, die Anhänger des Arius. Die Monophysiten sind die anderen, die nur an die göttliche, nicht aber auch menschliche Natur Christi glauben. Auch die wurden verfolgt, ich weiß nicht, wann, auf jeden Fall aber nach dem Konzil von Nikäa. Das lernte ich später, nicht von ihr. Ich habe sie niemals diesen oder einen anderen Glauben bekennen hören. Am Hals aber trug sie ein sehr gelbes, koptisches, filigranes Kreuz, es war ihr einziger Goldschmuck. Es wäre das alleinige Zeichen einer anderen Kultur gewesen, wenn indische Kleider und Schmuck – die wir alle damals trugen – es nicht verdeckt hätten. Sie mochte Bach, Mozart und Schubert, natürlich *Siddhartha, Ode to a Nightingale*, die kleinen Bilder von Klee, die Zen-Steingärten, Goethe, den Göttlichen.

Einmal lud sie mich zum Mittagessen zu sich nach Hause ein. Wie ihr das in den Sinn kam, weiß ich nicht. Alles war so, wie ich es mir vorgestellt hatte: ein kleines Haus in einer Reihenhaussiedlung. Es war Winter, an den Straßenrändern, auf den Dächern und in den Gärten war der Schnee mittlerweile gefroren. Auf dem Weg von der U-Bahn-Station bis zum Haus war niemand zu sehen. Meine Hände steckten in Handschuhen in den Jackentaschen, aus meiner Nase stieg der Atem in weißen Wölkchen empor: Der Weg war glücklicherweise nur kurz. Ihre Mutter war in Urlaub. Sie arbeitete bei Siemens, fuhr allein in Urlaub und wohnte in einem Reihenhaus: Auch das wusste ich. Von dem Haus sah ich dann nur die Treppe und den Flur. Sie führte mich direkt in ihr unerwartet großes Zimmer, was aber eingerichtet war wie ein typisches »Jugendzimmer«. Dort setzte ich mich auf das Bett, sie nahm meine Jacke und meine Mütze und verschwand in der Küche. Nach einer Weile kam sie mit der Überraschung wieder: ein Topf mit einem warmen, blutfarbenen Brei. Bei uns, sagte sie, isst man mit den Händen direkt aus dem Topf und sitzt auf dem Boden. Wir setzten uns also gegenüber auf den groben, grau melierten Teppich, den Topf in der Mitte. Die kalte Wintersonne schien hell zum Fenster herein.

Ich weiß nicht, ob ich diesen Brei mochte. Es war eine sehr ärmliche, scharfe Speise, deren Geruch ich nicht kannte, und sie schmeckte nach unzähligen fremden Gewürzen. Weder hustete ich, noch trank ich nach jedem Bissen einen Schluck grünen Tee. Ich sagte nicht, ist das aber scharf, noch fragte ich, wo sie das Mehl für diese Speise eingekauft hatte, die »bei ihnen« alltäglich sein mochte, dabei war sie in Äthiopien seit Kindheitstagen nicht mehr gewesen. Ich sagte, dass ich schon immer gerne mit den Händen gegessen hätte: Leider war das meistens nicht möglich. Also tunkte ich die rechte Hand in den Brei und leckte die Finger ab. Sie erzählte, dass in ihrem Land die Menschen freundlicher seien, wärmer, gastlicher, wie meine Mutter, wenn sie über Polen sprach oder ich von Italien. Ich sagte, dass ihr Land mich an das erinnere, wo ich einmal hin wollte. Wir schienen uns wohl zu fühlen, alle beide. Wir saßen auf dem grauen Teppich und aßen aus demselben Topf ihre so geschätzte afrikanische Pampe. Ich begriff, dass man mit den Händen gar nicht wie ein Ferkel essen kann, ich begriff auch, dass sie mich mit diesem Essen ehrte, aber nicht, ob mich diese Ehre auf die Stufe einer Freundin erhob oder sie mir lediglich als Delegierte eines verwandten Volkes zuteil geworden war. Ich kann mir sehr gut den fast scherzhaften Ton vorstellen, in dem sie mir bei einer weiteren Tasse Tee hätte sagen können: »Weißt du, Italien ist während des Faschismus in mein Land einmarschiert und hat es besetzt.« Das tat sie aber nicht. Wir haben danach nie mehr zusammen gegessen, trafen uns auch nach der Schule nicht mehr wieder. Nach einigen Monaten begriff ich, dass ich zu den Verwandten gehörte.

Ich sah sie nur einmal außerhalb der Schule wieder, als wir das Gymnasium schon abgeschlossen hatten, in einem Café im Zentrum. Uns beiden war es noch nie so gut gegangen. Ich war in Mailand, weg aus Deutschland. Sie war an der Universität eingeschrieben, Ethnologie und Semitische Sprachen, hatte ein Stipendium bekommen. Sie lebte jetzt allein. Den ganzen Sommer lang war sie in »ihrem Land« umhergereist. Nach fünfzehn Jahren hatte sie ihren Vater und andere Verwandten wiedergesehen. Ich glaube, sie stand vorher gar nicht mit ihnen in Kontakt, weder brieflich noch telefonisch, wenigstens nicht von dem Haus ihrer Mutter aus. Vielleicht täusche ich mich, aber damals redete sie fast nie darüber, dass er irgendwo existierte, aber wenn sie doch einmal »mein Vater« sagte, war ihr freundliches Lächeln einen Augenblick lang von anderer Intensität. Jetzt lächelte sie dieses Lächeln. Sie sah fast jünger aus. Mit der Brille und der blassen Narbe an der Lippe hatte sie schon immer wie eine Lehrerin gewirkt, jetzt aber hatten ihre Augen und ihr Körper etwas Neuartiges, vielleicht afrikanisch Weiches gewonnen. Wir sprachen über nichts anderes. Dann verabschiedeten wir uns: beide glücklich, dass jede ihr ganz eigenes Leben führte, überzeugt, uns bald wiederzusehen. Zwei Wochen später starb sie.

Der Brief erreichte mich drei Monate nach diesem Treffen. Dreieinhalb Monate, nachdem ich sie in München gesehen hatte. Auch das war absurd, absurd und hinterhältig. Ich zündete noch eine Camel an, ging weiter bis zum Piazzale Loreto, überquerte ihn. Zu dem Zeitpunkt wusste ich nicht, dass man dort den Duce an den Füßen aufgehängt hatte, der zehn Jahre, bevor er dort baumelte, »alle Kriegsmittel – alle – aus Luft und Boden« in Äthiopien autorisiert hatte. Ich wusste auch nicht, dass es in den Straßen zu meiner Rechten einige Restaurants mit Namen wie Samson, Massawa und Asmara gab. Dort hätte ich auch den Brei bekommen, den sie damals für mich gekocht hatte, und ähnliche Speisen, die im Hals mehr gebrannt hätten, als die Zigaretten es taten. Hätte ich das gewusst, wäre ich in eines hineingegangen, vielleicht hätte ich husten müssen wegen der scharfen Gewürze, und ein Blick auf meine vom Brei roten Finger hätte mich zum Weinen gebracht, vielleicht hätte ich auch erst später geweint, viel später, aber mit vollem Magen. Ich hätte mich nicht mehr fremd und fehl am Platz gefühlt, in Mailand und überhaupt. Es wäre mir egal gewesen, nicht auf ihrer Beerdigung gewesen zu sein, auf der man vermutlich protestantische Gesänge angestimmt hatte, solche, die wir am Grab unserer Biologielehrerin mit dem Chor vorgetragen hatten, »Mitten im Leben sind wir vom Tod umfangen«. Nach der Beerdigung waren alle zu Sahnetorte und Kaffee eingeladen, die harmlose und abgespeckte Form eines Leichenschmauses für Schülerinnen und Lehrer. Schon die wortwörtliche Bedeutung dieses Brauches spricht Bände, und doch ist er noch immer nicht wegzudenken, es wird ihn also auch bei ihrer Beerdigung gegeben haben. Vielleicht ist ihre Mutter mit den Kollegen von Siemens in ein Gasthaus gegangen, wo für Bier, Schweinsbraten und Würstel gesorgt war. Ich ging also zu Fuß bis zur Piazza San Babila, abends war ich auf einer Party in einem Keller im Quarto Oggiaro eingeladen, ich betrank mich nicht, ich dachte nicht, dass der Schmerz, wie Büchner sagt, einen Riss in die Schöpfung macht von oben bis unten.

Sie hatte einen Vers von Shakespeare auf eines meiner Hefte geschrieben: »Things without remedy shall be without remorse«. In ihrem Fall stimmt das nicht. Ihr unwiderrufbarer Tod ist für mich leichter zu ertragen, wenn ich mir vorwerfe, was nicht zu ändern ist. Hätte ich ihr doch die Lobeshymnen auf das italienische Volk erspart. Ich kann ja nichts dafür, dass sie es für eine Vertrauensüberschreitung hielt, mir von den Giftgasangriffen der Flieger zu erzählen, vom Gemetzel an den Barden, Weissagern und am Klerus, von Vergewaltigungen, Plünderungen und Menschenhatz. Doch wie konnte ich ihr nur stotternd von meiner einsamen Kindheit als armes Judenkind erzählen. Gerade ihr, mit diesem Gesicht, mit dieser Mutter. Ich hatte mir ihre Mutter oft vorgestellt, ich weiß nicht, was ich dadurch zu verstehen glaubte: eine kalte, blonde, sachliche deutsche Frau, die ihre Tochter wie eine Negerin behandelte, ohne sich dessen bewusst zu sein. Die wiederum schleuderte ihrer Mutter als einzigen, vorsichtigen Ausdruck des Hasses die ganze Kultur und Zivilisation des Morgen- und Abendlandes entgegen, weil ihre barbarische Mutter es zu dieser Kultur nie bringen würde.

Als ich danach in München war, bat mich eine ihr sehr nahe stehende Lehrerin, sie zum Friedhof zu begleiten. Nach der Beerdigung war sie schon einige Male dort gewesen und hatte ein paar Fotos gemacht. Sie schaute die Aufnahmen mit ihren hellen, geröteten Augen an, unsere blonde lutheranische Lateinlehrerin, und wollte mir einige davon schenken. Ich wollte sie nicht, die Fotos von dem Grab: Ich nahm zwei, um sie nicht zu kränken. Wo sie sind, weiß ich nicht. Auf dem hellen, niedrigen, rohen Grabstein, der vielleicht nach einem koptischen Kreuz geformt ist, stehen die Daten und die vier Buchstaben ihres Namens. Es sieht aus wie ein Kindergrab.

Daniela ist mittlerweile höchstens noch ein-, zweimal wöchentlich im Laden. Die Inhaber selbst schicken sie jetzt in Fotostudios oder quer durch Italien und die ganze Welt mit Film- und Fernsehproduktionen. Sie haben sich geeinigt mit ihrer Kosmetikerin, die es jetzt nicht mehr nötig hat, heimlich für Modeproduktionen zu arbeiten, denn nun ist sie mit einem Rahmenvertrag fast frei. Daniela ist aufgestiegen, sie spricht jetzt von Booking, verschiedenen Bookings, die sie noch in die Wege leiten muss, von Demos, von ihrem gelungenen Gratis-Make-up bei der Marcucci, oder auch von der halben Millionen Lire, die sie an einem Tag für die Arbeit bei einer großen Scala-Diva verdient. Sie redet aber auch von ihrer neuen Diät, zusammengestellt von einem berühmten Spezialisten, den sie sich nun leisten kann. Eine neue Welt hat sich ihr eröffnet, bestehend aus Eiern, Fleisch, Fisch und einmal in der Woche sogar einer ganzen Pizza. Davon, was die Psychologin in ihrer Therapiegruppe für Essgestörte sagt, redet sie auch. Seitdem sie dort hingeht, wirkt sie auch viel freier. Aus eigener Initiative suchte sie erst die Psychologin auf, dann den Diätspezialisten, auch wenn die Erste nichts von Diät wissen will, denn sie beharrt darauf, dass das Essen nicht das eigentliche Problem sei. »Bei den Sitzungen reden wir nie über Diäten, Figurprobleme oder davon, was wir gegessen haben, und wenn doch eine damit anfängt, fragt die Psychologin nur trocken, ob sie nichts anderes zu erzählen habe.«

Wenn sie das erzählt, glänzen Danielas Augen ein bisschen, sie hat schon vieles verstanden, behauptet sie, ist schon viel weiter als andere, die das gleiche Problem haben. Ganz zu schweigen von den Magersüchtigen, den bemitleidenswerten Seelen, was für halsstarrige Personen das doch sind, das sagt auch die Psychologin manchmal. Mir fällt etwas ganz anderes dazu ein, denn seitdem ich mich für diese Problematik interessiere, habe ich einiges darüber gelesen, unter anderem, dass Bulimikerinnen nicht sehr viel anders sind, sondern ebenso ums Bravsein bemühte Mädchen, die nur etwas weniger Charakterstärke und Willenskraft als Magersüchtige besitzen. Es freut mich also umso mehr, dass Daniela eines Tages auch dort aus der Rolle fiel. Nein, sagte sie, dass mir bloß niemand mit innerer Schönheit kommt, dass es reichen würde, sich so zu akzeptieren, wie man ist, und der ganze Kram. Meiner Erfahrung nach, und ich habe nicht wenig, gibt es auf der Welt keine einzige Frau, die sich nicht für ihre körperliche Erscheinung interessiert.

Deshalb weiß ich manchmal nicht, wie ich es finden soll, wenn sie sagt, wie sehr ihr geholfen habe, was sie in der Gruppe »die Tiefenarbeit an der Weiblichkeit« nennen. Damit schlägt sie den Bogen dazu, wie sehr sie sich habe gehen lassen, wie sie in ihrer Bulimie das Gefühl für sich selber verloren und zugesehen habe, wie ihr Leben den Bach runterging. Jetzt aber möchte sie eine ernsthafte, konstruktive Beziehung mit jemandem führen, dem sie vertrauen kann, was in der Praxis etwa bedeutet, nicht nach der vierten oder fünften Verabredung für Kino, Restaurant oder Bar miteinander ins Bett zu gehen. Das dürfte ihr nicht schwer fallen, denn, wie sie sagt, gefällt ihr keiner der neuen Verehrer so sehr wie Abdu damals, nicht im Entferntesten, und mit Abdu, sagt sie trocken, habe ich abgeschlossen, Ende, aus.

Das Beeindruckendste ist, dass man ihr glaubt. Es gibt einen Unterschied zwischen dieser neuen Daniela und der mit ein paar Kilo weniger vor nur einigen Monaten. Die hatte wieder Kontakt zu Abdu aufgenommen und war kopfloser denn je. Glücklich und ohne nachzudenken, verfiel sie Abdu noch einmal, trotz der Gerüchte darüber, dass er seine Familie mit dem Einkommen als Stripper ernähre.

Es ist also nichts dagegen einzuwenden, dass ihre Aussagen über eine konstruktive Beziehung nicht ganz überzeugend klingen. Es gehört schon etwas dazu, die einzige Beziehung im Leben abzubrechen, an der einem etwas liegt, Bulimie hin oder her. Und die Bulimie hat ja nichts damit zu tun, den richtigen oder auch falschen Mann zu treffen, eben den, in den man sich verliebt.

Eines Tages aber hat Daniela wieder dieses aufgedunsene Gesicht und den unsteten Blick, diesen Post-Fressanfall-Ausdruck. Ihre Hände haben Mühe bei der Massage, und schon habe ich Abdu im Verdacht. Dann aber rückt sie damit heraus, sie mache sich Gedanken über einen Test, es schade ja nicht, und dann könne sie sicher sein. Aber auf einmal bekam sie es mit der Angst zu tun, und das sagt sie jetzt, wo ich ihr nur von unten und aus zu großer Entfernung ins Gesicht schauen kann. Während sich ihre Hände wieder an die Arbeit machen, vielleicht nur, um mich dort auf der Liege zur Ruhe zu zwingen, sagt sie, eigentlich ist es völliger Blödsinn, sie müsse sich keine Gedanken machen, sie benutze immer ein Präservativ, mit Abdu erst recht, aber vielleicht ist doch etwas daneben gegangen, und sie habe es nicht bemerkt, ob das schon reichen könnte?

Da müsste viel Pech im Spiel sein, sage ich, denke aber genau das Gegenteil, ich denke, dass ihre übertriebene Aufregung möglicherweise genau daher kommt, dass sie eigentlich ein Kind möchte, aber nichts davon weiß, von wegen Tiefenarbeit an der Feminität. Und ich höre mich mit viel zu unsicherer Stimme fragen, wie lange sie denn schon drüber sei.

Aus meiner Perspektive, die die Proportionen seltsam verzieht, sehe ich den oberen Teil ihres ungläubigen Gesichts, und sie sagt, nein, nein, das haben Sie falsch verstanden.

Das habe ich offensichtlich, und vielleicht habe ich vieles andere auch falsch verstanden, etwa glaubte ich, dass sie sich beim Sex mit Abdu hätte gehen lassen können, ob mit oder ohne Präservativ, darüber habe ich mir nie Gedanken gemacht. Ich dachte, es seien Freude, Energie, Lust und Befriedigung, die sie selbst zwei Tage später noch wie berauscht wirken ließen. Aber durch Angst gelangt man auch dorthin, ihre Erregung war von Angst durchtränkt, und jetzt, wo sie tatsächlich mit Abdu abgeschlossen hatte – ja, ich bin diejenige, die etwas falsch verstanden hat –, blieb ihr nur die nackte Angst.

Ich versuche also, das Ganze ins Lächerliche zu ziehen, sage, dass es, soweit ich weiß, zum Glück noch unwahrscheinlicher ist, sich mit ein paar daneben gegangenen Tropfen Aids einzufangen als ein Kind.

Wissen Sie das von Ihrem Mann, der ist doch Arzt?

Ja, sage ich, denn ich weiß, dass sie das beruhigt. In Wahrheit aber weiß ich das, seitdem ich mich mit dem Zustand von Andreas beschäftige und weil die Leute aus Venetien die schlimmsten Hypochonder ganz Italiens sind, das hat mir mein Mann erklärt, der Arzt.

Tatsächlich ist sie jetzt ein wenig entspannter, und nachdem ich mich nach ihren Anweisungen auf den Bauch gedreht habe, schweigt sie. Doch noch während ich versuche, mich von der Unwahrscheinlichkeit des Ganzen und der Unangemessenheit ihrer Furcht zu überzeugen, greift die Panik auf mich über.

Kürzlich bekam Andreas abends wieder Fieber, obwohl er es morgens nun endlich losgeworden war. Der Arzt verabreichte ihm Spritzen, die auch wirkten, aber er muss immer noch im Bett bleiben, darf das Haus nicht verlassen, denn er könne immer noch eine Lungenentzündung bekommen: Noch zwei Tage, dann sind wir über den Berg.

Als ich mit ihm telefonierte, hatte er schon morgens achtunddreißig, dann stieg das Fieber trotz der Medikamente bis vierzig, vielleicht noch höher, und er sagte es bloß nicht. Er ging ans Telefon, wenn er es bis dorthin schaffte. Sonst informierte der Anrufbeantworter darüber, dass er aus gesundheitlichen Gründen nicht drangehen könne. Das hörte man der Stimme an. Ich hatte sie am Tag zuvor und schon andere Male gehört, bevor ich ihn endlich an die Strippe bekam. Aus Angst, ihn zu wecken, hatte ich nie auf den Anrufbeantworter gesprochen, vielleicht wusste ich auch einfach nicht, was ich hätte sagen sollen. Man sagt nicht, ich habe Angst um dich, ruf mich zurück: einem Tonband noch viel weniger.

Als er endlich abhob, hätte ich aus Erleichterung fast losgeschrien, ich sagte, dass ich ihm eine Hühnerbrühe vorbeibringen würde, *a gitn joech*, aber von Mailand aus dürfte sich das etwas schwierig gestalten.

Huhn hat mir gerade noch gefehlt.

Er lachte los, bis er husten musste. Als er sich langsam beruhigte und der Husten abklang, sagte er als Erstes, ich könnte in dieser Scheißstadt verrecken, ohne dass es ein Schwein merken würde.

Er wohnt jetzt in Leipzig, seit wann, weiß ich nicht mehr, und findet die Stadt unerträglich. Er schimpft über das feuchte, ewig graue Klima, die vom Sozialismus verpestete Luft, den käsigen Teint und den stumpfen Akzent der Bewohner. Er schimpft über die Gaststätten, in denen er jahrelang fettige Reststücke vom Schwein mit Unmengen der immer gleichen Soße hinunterwürgen musste, dieser realsozialistischen Kantinensoße, die von der Geschichte verschont blieb. Anfangs hatte er noch keine Wohnung und lebte ohne Telefon und mit Kohleofen zur Untermiete. Da musste er immer in diese von Schweiß, Bier, Fett und Sauerkraut stinkenden Lokale, wo er mitten unter den besoffenen Sachsen hockte, die ihn anstarrten wie einen Außerirdischen oder einen Besatzer. Es dauerte eine Ewigkeit, bis die Bedienung kam, denn hier ist man langsam, zum Sterben langsam. Und wenn er jetzt an einem McDonald's vorbeigeht, kommt es ihm hoch, obwohl er ihm zunächst als eine schmackhafte, ja sogar angenehme Alternative erschien.

Außerdem hasst er an Leipzig die Nazis, die berühmtberüchtigten Naziskins, von denen er schon zweimal überfallen wurde. Einmal machten sie sich erst gar nicht die Mühe, sein Portemonnaie mitzunehmen. Außerdem schlitzten sie ihm die Autoreifen auf, demolierten die Fahrertür, schlugen die Scheiben ein. Ob kahl geschoren oder nicht, sie wissen also, dass der blaue Trabant ihm gehört, dem Wessi, der ihnen einen Arbeitsplatz wegnimmt. Und es beweist, dass sie ihm nachspionieren, im Viertel und im Haus, so wie sie es seit jeher getan haben, angefangen bei Hitler bis zu den Stasizeiten, und jetzt tun sie es immer noch. Das belegen einige Briefe an ihn im traditionellen »*Juden raus*«-Stil. Jetzt wartet er nur noch darauf, dass sie das Ganze mit Hilfe eines Kollegen richtig stellen und im nächsten Brief »*degenerierte, schwule Judensau*« steht. Wenn sie ihn das nächste Mal krankenhausreif schlagen wollen, könnte er doch fragen, sorry, schlagt ihr mich zusammen, weil ich Wessi, schwul oder Jude bin?, vielleicht würde er damit Verwirrung stiften und könnte den Moment nutzen, wenigstens einem die Zähne auszuschlagen oder sein Tränengas zu versprühen, was eigentlich eine Frauenwaffe ist, also auch eine für Schwule.

Wenn er so redet, erkenne ich ihn nicht wieder. Ich weiß nicht, ob er das selber glaubt oder nur Dampf ablässt. Eine Wut herauslässt, deren Intensität und Ausmaß ich nicht kenne, ob diese Wut mit der Angst wächst, ob sie das Gegenstück dazu ist. Er hat mehr Wut als Angst, ich weiß nicht, seit wann. Früher war das nicht so. Früher hatte er unzählige verschiedene Befürchtungen und Ängste bis hin zur tiefsten Beklemmung. Vielleicht muss er sich jetzt auf eine einzige Angst beschränken, und auch die darf nicht einfach so über ihn kommen.

Daniela hat sich beruhigt, sie lacht über unser Missverständnis, findet es nett und amüsant, schüttelt den Kopf, als ich sage, nein, obwohl mein Mann Arzt ist, habe ich noch keinen Aids-Test gemacht, und außerdem verhüte ich mit der Pille. Wir kennen uns nun schon so lange, aber ich glaube, sie hört nicht mehr zu, ihr Gesicht hat den verzückten Ausdruck von jemandem angenommen, der gerade einer märchenhaften Geschichte gelauscht hat. Und während ich wieder mein Blut durch die Adern pulsieren spüre, gestehe ich mir ein, dass ich sie nicht verstehe. Ich verstehe diese Furcht von Daniela nicht, die sie wahrscheinlich ihr ganzes Leben lang mit sich herumschleppen wird, die sie in jede stabile, konstruktive Beziehung mit einem Mann tragen wird, der ihr Vertrauen einflößt. Ein anständiger Mann, der ihr eines Tages ein Kind machen wird, nachdem er den Aids-Test gemacht und die lange Probezeit mit Präservativ überstanden hat. Ich verstehe auch die Wut von Andreas nicht, sie macht mir Angst, Angst vor dem Unbekannten und Fremden. Sie ist so anders als die Angst davor, am Telefon noch einmal seine jetzt so brüchige Stimme zu hören.

Da fällt mir der Film ein, der Andreas vielleicht zum Ruhm verholfen hätte, wäre seine Schwester nicht gestorben: *Angst essen Seele auf.* Nicht »zerstören« oder »verschlingen«, einfach »essen«. Seelenruhig und mühelos, weil es schlicht in der Natur der Angst liegt. Vielleicht ist es also besser zu essen, sogar den Inhalt ganzer Kühl- und Vorratsschränke, wie Daniela es tut. Nicht, weil sie liebes- oder sexhungrig wäre, das glaube ich jetzt verstanden zu haben, sondern aus purer Angst. Zu essen, bevor ihr die Angst an die Seele geht, sie aufisst. Oder ist es das Gleiche? Ist das alles ein Teufelskreis, und man isst nur, um nicht gegessen zu werden? Allein die nackte Todesangst kann diesen Kreislauf durchbrechen. Die, die alle anderen Ängste aufisst. Von der du weißt, dass sie dich bei lebendigem Leibe essen würde, wenn du nicht all deinen Mut zusammennimmst und sie bekämpfst. Aber kann man so viel Mut nur aufbringen, wenn es sonst nichts mehr gibt, was einem Angst macht? Dann ist es aber kein richtiger Mut, dann geht es nur darum, jemanden mit ins Verderben zu stürzen. Möglicherweise einen, der dich lieber tot als lebendig sieht, einen Naziskin aus Leipzig, oder wenn so einer gerade nicht da ist, eben den Nächstbesten. Vielleicht ist es dennoch Mut, ein Mut, den ein Gladiator braucht, weil es seine einzige Chance ist. Oder dieser Mut hat einen ganz anderen Ursprung, den Drang nach Freiheit, danach, seine Ängste und seine Vergangenheit loszuwerden. Ist man nur so mutig, wenn einem der Tod im Nacken sitzt und man ihn als solchen erkennt? Oder ist Mut immer gleich, immer frei und immer auch an Tod und Angst gebunden – gegen die er sich stur auflehnt?

Ich kann Daniela immer noch raten, diesen gesegneten Test zu machen, Sie werden sehen, Dani, es wird schon gut gehen, und dann kann sie ernsthaft mit Abdu abschließen, ihn vergessen und noch einmal neu anfangen. Ich weiß auch, was ich tun muss, wenn sie mit ihrer Massage fertig ist, die mir heute viel zu lange dauert. Wenn ich in Eile nach Hause gelaufen bin, werde ich zum Telefon stürzen, um zu hören, ob Andreas noch am Leben ist in seinem Bett in der Mitte des einzigen geheizten Zimmers. Denn die Decken sind zu hoch, die Wohnung zu groß, und wie kann er in seinem Zustand schon Kohlensäcke aus dem Keller nach oben schleppen? Dennoch ist die neue Wohnung von Andreas schön, hat glänzendes Parkett und alte Kachelöfen, die sogar noch funktionieren. Sie ist so schön, wie es Leipzig war, als ich ihn dort besuchte und wir in einem Park spazieren gingen, in dem nichts an Naziskins erinnerte. Er zeigte mir einen Glockenturm, schau mal, dort unten, das ist die Thomaskirche, die von Bach, vielleicht gehen wir ja später dorthin. Dann gingen wir aber nur am Piquet-Haus vorbei, wo unter der Traufe eine Elefantenprozession über den goldenen Boden trottet, bepackt mit Sänften und Waren, große, kobaltblaue Elefanten, die fast die Inschrift zertreten. Und Andreas sagte, dass den Elefanten weder die Bomben noch der Kommunismus mehr als einige verlorene Mosaiksteinchen hatten beibringen können. Man hatte sie nur gesäubert, im Gegensatz zu den großen Geschäften, den Banken, den Patrizierpalästen, die auf dem Weg zum neuen chinesischen Restaurant wieder aufgebaut wurden. Er hatte einen dieser niedrigen, separaten Tische reserviert, die es heute nur noch in orientalischen Nobelrestaurants gibt. Mit der Entschuldigung, dass man es in China eben so macht und ich die Speisen nicht kenne, bestellte er ziemlich viel, was dazu führte, dass ich mich nach einem ersten Bier auf grünen Tee beschränkte, während Andreas es nicht bei einem Reisschnaps auf das Haus beließ. Später auf dem Nachhauseweg war er so glücklich und kindlich beschwipst, wie es nur Abstinenzler sein können.

Ich ziehe mich an, nehme die angebotene Zigarette, umarme Daniela und sage, ich rufe auf Ihrem neuen – für Freiberufler obligatorischen – Handy an, falls wir uns bis nächste Woche nicht mehr sehen.

Kopf hoch, sage ich noch einmal, wenn Sie es erstmal hinter sich haben, fühlen Sie sich besser.

Mit Andreas werde ich, wie immer, wenn er krank ist, über irgendetwas anderes sprechen, fragen, ob er etwas von der Frau aus dem Secondhandladen gehört hat, wie sich ihre späte Karriere entwickelt und wie es ihr sonst so geht. Leider ist sie unsere einzige gemeinsame Freundin, und mit anderen Fragen kann man Andreas in einem solchen Zustand nicht ködern. Vielleicht werde ich ihn um Rat beim Kochen fragen, nach einem Rezept, oder ich höre mir noch einmal alte Geschichten an, wie die über den Prager, New Yorker oder mexikanischen Strudel, oder seine vielleicht liebste Geschichte, die mit der Melone.

Sie waren schon schlecht gelaunt und müde in San Gimignano angekommen, mit nur noch ein paar Lire in der Tasche und dem klammen Gefühl einer langen Reise in den Knochen. Dann fingen sie an zu streiten, warum, weiß niemand mehr. Stritten sich wütend auf der schönsten Piazza von San Gimignano, der Piazza Cisterna, und jeder bekam es mit. Der Streit artete so aus, dass sie beide im Brunnen landeten, er mit der gerade gekauften Melone unter dem Arm, die eigentlich als Erfrischung gedacht war. Die anderen Touristen lachten, und das nicht einmal heimlich. Sie beide nicht, auch nach dem Sturz ins Wasser war ihnen nicht zum Lachen zumute. Er stand da, das faulige Wasser tropfte an ihm herunter, die Melone hatte er noch immer unter den Arm gepresst. Da kam er in seiner kalten, sturen Wut darauf, sie allein und jetzt sofort zu essen. Er setzte sich auf den Brunnenrand, holte ein nasses Schweizer Messer hervor und bemühte sich, seine Gesichtszüge wieder unter Kontrolle zu bringen. Denn die Anstrengung, das Publikum um ihn herum zu ignorieren, hatte ihn ganz verkrampft. Trotzdem hörte niemand auf zu kichern, oder vielleicht doch, weil keiner verstand, was das sollte, was macht der denn jetzt, isst seelenruhig eine Melone? Mit dem ersten Bissen im Mund hob er den Kopf, um zu kauen, denn mit gesenktem Kopf kann man nicht kauen und schlucken, und plötzlich sah er die Türme. Er erkannte die Zwillingstürme, und der Blick auf die Stadt und der Geschmack der Melone im Mund brachten ihn plötzlich weit weg von seinem Freund und dem Streit.

Eine Melone mit gleichem Geschmack hat er nie wieder in die Hände bekommen. Was auch immer danach passieren mochte, es berührte ihn nicht mehr. Das sagte er, als er mir die Geschichte erzählte, und während er redete, hustete er weniger, seine Stimme wurde lebendiger, und es schien ihm fast nichts auszumachen, dass der Freund aus der Geschichte schon längst tot war. Tot, nachdem er monatelang bei Andreas im Bett gesiecht hatte. Denn es war, als könne er in diese Erinnerung hineinbeißen, sie und die Angst mit den Zähnen festhalten und die aus der Angst entstandene Wut hinunterschlucken. Also soll er erzählen, erzählen, bis auch diese letzte Bronchitis ausgestanden ist. Und wenn er wegen des Hustens unterbricht, dann hat das nichts zu bedeuten, es ist nur eine dumme Bronchitis, nichts weiter.

Mein Vater starb gegen Mitternacht, vielleicht etwas früher, denn er schaffte es noch, meine Mutter zum Münchener Bahnhof zu bringen, wo um 23:30 Uhr der Zug nach Mailand abfährt, und nach Hause zurückzukehren. Das gehört zu den wenigen Dingen, die ich mit absoluter Sicherheit und in jedem Moment weiß. Niemals hätte ich erwartet, dass mein Gedächtnis so viele Lücken und Löcher in diese Begebenheit reißen, dass es so viele Dinge verschleiern und die Erinnerung daran verweigern würde. Es fängt schon damit an, dass meine Mutter mich jedes Jahr an den 12. Dezember erinnern muss, sonst würde ich es an dem Tag selbst sicher vergessen. Es fällt mir zwar schon schwer, drei Geburtstage im Kopf zu behalten, an dem Tag und nicht einen davor oder drei danach daran zu denken. Aber ich sollte es wenigstens schaffen, an den *Jortog*, den Todestag, zu denken, an dem für meinen Vater zwei Kerzen angezündet werden. Es stimmt zwar, dass ich keine Lust mehr habe, diese Kerzen anzuzünden, zu denen ich nichts sagen kann als ein kurzes persönliches Gebet oder eine nicht stimmige hebräische Floskel. Wenn ich nach dem Essen ein Glas Wasser aus der Küche hole, stört mich das Licht der Kerzen, das sich in riesigen Schatten über den Küchentisch ergießt. Ich mag ihre Anwesenheit an diesem zufälligen Ort nicht, wo sie nur aus Sicherheitsgründen stehen, um in wenigen Stunden herunterzubrennen. In diesem Haus werden nie Kerzen angezündet, es sei denn bei Stromausfall. Hier brennen weder am Sabbath, zur Chanukka, noch im Advent oder an Weihnachten Kerzen, nicht einmal auf Geburtstagstorten gibt es sie mehr. Das fällt mir erst jetzt auf, fünfzehn Jahre später, und dennoch habe ich sie angezündet. Aus der gleichen Gewohnheit heraus gehe ich am Jom Kippur wieder in eine Synagoge. Nur um das Gebet für die Verstorbenen zu hören, das für mich in der fremden Sprache schwierig herauszuhören ist, nicht etwa um wenigstens einmal im Jahr dem Klang des *Shofar* zu lauschen, der Ankündigung der Erlösung. Nächstes Jahr müsste ich genügend Mut aufbringen, es einfach zu lassen. Ja, ich bin ihn leid, diesen Todeskult, der zu festen Zeiten die Erinnerung beleben soll an die, die nicht mehr sind, aber doch nur den Schmerz der Hinterbliebenen erneuert oder auch bloß die Leere. Ich sollte aufhören, meinem Vater eine so götzenhafte Funktion zu geben, wie es Abergläubische, Primitive und Ungläubige bei ihren Toten tun. Es wäre besser, ihn ganz zu vergessen, als ihn so zu vereinnahmen, als sei er eine Versicherung gegen abrufbaren Schmerz.

Am 12. Dezember 1984 parkte mein Vater den grauen Golf verbotenerweise auf dem kleinen Parkplatz, der für den Zoll reserviert ist, an der Seite des Hauptbahnhofes. Er begleitete meine Mutter zu den Schlafwagen mit den verschiedenen Zielorten Florenz, Venedig und Mailand, die hintereinander dem Zug angehängt wurden. Der Zug fährt immer von demselben Bahnsteig ab, ganz links, wo sich die Bahnhofsmission und die Bahnpolizei befinden. Er war meiner Mutter mit dem Koffer behilflich, wartete, bis sie es sich im Abteil bequem gemacht hatte, verabschiedete sich und fuhr zurück. Um diese Zeit schaute ich mir ein Drama von Botho Strauss an, wobei ich weder den Text noch die

Darbietung des erfolgreichen Mailänder Theaterensembles mit alternativem Ruf besonders mochte. Aber nicht aus dem Grund ging ich nie wieder dorthin. Ich weiß nicht, ob mich Freunde zurück zur Residence Pasteur brachten, oder ob ich ein Taxi nahm. Ich weiß nicht, ob mein Vater, bereits während er den Koffer meiner Mutter zur Tür des Waggons trug, den ersten Schmerz verspürte. Vielleicht hatte der Schaffner des Schlafwagens sich auch des Koffers angenommen, ein Herr, der die Mitglieder unserer Familie oft mit der distanzierten Herzlichkeit, die treuen Kunden zusteht, begrüßte. Bevor ich mich hinlegte, stellte ich den Wecker, um am nächsten Morgen pünktlich um halb neun am Hauptbahnhof zu sein, obwohl die beiden Waggons aus München an einen Zug aus Verona gekoppelt werden, der immer mit kleiner oder großer Verspätung in Mailand einfährt. Seit mehr als achtzehn Jahren ist das so, der einzige Unterschied ist, dass die Waggons nach München früher der italienischen Eisenbahn unterstanden und heute der deutschen. Allen Behauptungen zum Trotz, die jenseits der Alpen einen besseren Service beschwören, sind die Abteile nun alt und aus dunklem Holz, die Schaffner sind weniger hilfsbereit, aber ebenso geneigt, Trinkgelder anzunehmen. Auf jeden Fall weiß ich weder, ob der Direktzug aus Verona am 13. Dezember 1984 mit seiner gängigen Verspätung von zehn Minuten am üblichen Bahnsteig einfuhr, noch, auf welcher Höhe ich meine Mutter begrüßte und ihr das Gepäck abnahm. Und ich erinnere mich nicht mehr an die Schlange am Taxistand, den Straßenverkehr, nicht, ob meine Mutter in Mailand bleiben und mein Vater nachkommen wollte, da Weihnachten vor der Tür stand.

Als wir in der Residence Pasteur ankommen, werden wir, wie es in guten Häusern üblich ist, informiert, dass das Büro meiner Mutter angerufen hat und um Rückruf bittet. Wir gehen nach oben in die Wohnung, legen die Mäntel ab, den Koffer aufs Bett, wahrscheinlich machen wir uns beide ein wenig frisch, vielleicht bereitet eine von uns das Frühstück zu. Meine Mutter ruft im Büro an, und die italienische Sekretärin sagt in ihrer Muttersprache, Signora, Ihr Mann ist gestorben. Die Haushaltshilfe Frau Strigl fand ihn, als sie zum Putzen kam. Ab diesem Punkt erinnere ich mich nicht mehr, oder nur bruchstückhaft und verschwommen. Meine Mutter muss losgeschrien haben, natürlich hat sie geschrien, ich weiß nicht, wie lange es dauerte, bis es aus ihr herausbrach. Diese Reaktionszeit kann ich nicht bemessen, ich weiß nicht einmal, ob dieser nur durch Atmen unterbrochene Schrei, der sich stoßweise wiederholt, ob man diese Art Weinen Reaktion nennen kann, oder ob nicht etwas irgendwo im tiefsten Inneren auf eine solche Nachricht wartet, die den Schrei explodieren lässt. So hat meine Mutter geweint, ich erinnere mich aber nur verschwommen daran. Irgendwann sah ich aus dem Schlafzimmerfenster, von dem man vielleicht eine andere Mauer sah, oder eine Mauer mit anderen Fenstern, oder vielleicht ein Stück der Dächer und des Himmels. So ist es im Gedächtnis geblieben: Es tat einfach gut, den Kopf zu drehen und hinauszuschauen. Hinausschauen, gleichmäßig atmen, so nah wie möglich am Fensterbrett stehen und weinen, ohne gesehen zu werden. Oder immer wieder vor sich hin zu murmeln, er ist tot, er ist tot, er ist tot, wie eine beruhigende Litanei. Ich bin nicht sicher, ob ich das wirklich tat, weder das eine noch das andere. Ich hätte Lust gehabt, die Wohnung durch das Fenster zu verlassen, irgendwie, nicht springen, einfach nur hinausgehen. Ich kenne das grausame Gefühl, aus dem

Fenster springen zu wollen, auch wenn es einem nicht wirklich ernst damit ist. Nichts wäre mir fremder gewesen, es wäre das Letzte gewesen, was mir in den Sinn gekommen wäre. Ab diesem Moment habe ich nur noch versucht, den Schmerz auszuhalten, nichts anderes, ihn zu ertragen, wie es Tiere tun. Die Trauer ist so, wie sie immer beschrieben wird, eine Last, die man tragen muss, sonst nichts, nichts Personenbezogenes. Tatsächlich könnte man meinen, sie werde einer Gruppe zugeteilt nach Kriterien wie Charakter, Rolle und Alter: Ich war zwanzig, also stand mir das Leben noch bevor, und ich musste meine Mutter stützen, denn sie war sechzig, und als Zwanzigjährige glaubte ich, sie habe keine große Zukunft mehr vor sich. Meine Mutter weinte also hemmungslos, mit allem, was ihre Stimme und ihr Körper hergaben, dieser Körper, der sich von einem auf den anderen Tag nur noch langsam und gebeugt bewegte. Gebeugt unter der Last der Trauer, die etwa so schwer wog, als wäre sie auf einen Schlag zehn Jahre gealtert. Demnach musste ich beherrscht weinen, leise, abgeschieden, am besten heimlich; sonst hätten wir uns gegenseitig in einen maßlosen Zusammenbruch getrieben. Es muss aber auch das Ausmaß der Trauer in Betracht gezogen werden. Ich bezweifle zwar, dass die Trauer immer genauso groß ist wie die Zuneigung für die verlorene Person, oder nur wie die Leere, die der Verlust hinterlässt; je größer die Leere, desto wichtiger ist es, nicht stehen zu bleiben, mit kleinen, vorsichtigen Schritten weiterzugehen. Denn wie sollte Trauer auf so unsicherem Boden wie der Reinheit und Tiefe der Gefühle fußen. Ich fürchte vor allem, dass auch die liebevollste, die verzweifeltste Trauer nichts anderes ist als ein Motor, der uns weitertreibt, und auch deshalb, weil sie uns verwandelt, tut sie weh. Während wir trauern, glauben wir zwar, wir böten all unsere Kraft gegen das Vergessen auf, aber sie führt uns doch genau dorthin. Das, was am Ende einer Trauer von einem verlorenen Menschen bleibt, ist ein Restbestand seines Lebens, etwas, das nicht totzukriegen ist.

Irgendwann, während wir Dinge erledigten, ohne bei der Sache zu sein, telefonierten und immer wieder weinten, klopfte Signora Livia, die hier putzte. Kommen Sie später wieder, sagte meine Mutter, wir müssen jetzt sofort weg, mein Mann ist gestorben. Signora Livia, eine wasserstoffblonde Frau mit schiefen Augen und breiten Wangenknochen, einem kleinen, kompakten, fast slawisch anmutenden Körper, kam näher, und bevor sie sich wieder zur Tür drehte, umarmte sie uns beide. Bei unserer Rückkehr wartete ein Berg von ihr gestärkter und gebügelter Wäsche am Ende des Sofas neben dem Eingang auf uns. Wenn jemand stirbt, bekommen auch kleine Dinge einen ungeahnten Wert, selbst ein Stapel Wäsche auf einem Sofa kann die Person, die ihn dorthin legte, unwiderruflich ins Gedächtnis gravieren.

Der Golf, mit dem wir losfuhren, war das gleiche Modell, mit dem es mein Vater gerade noch in die Garage geschafft hatte. Diesen Wagen brauchten wir nur in den Ferien, und meine Mutter fuhr damit die Schuhfabriken im Mailänder Umland ab. Jemand anderes hatte ihn nach Italien gebracht, da meinen Eltern nun schon seit längerem nicht mehr nach einer so langen Reise im Auto zumute war. Mag sein, dass ein guter Freund von mir damit auf dem Hinweg die Alpen überquert hatte, er fuhr auch jetzt. Seit mehr als einem Jahr arbeitete er als Arzt in einem Dorf im Varesotto. Bevor er zu uns stieß, führte er sicherlich noch einige Telefonate, um eine

Vertretung für die Praxis aufzutreiben, die wegen der Jahreszeit von Bronchitis- und Grippe-Kranken aus allen Nähten platzte. Als mein Vater wegen eines Termins alleine in Italien war, nahm er ihn mit nach Gallarate zum Mittagessen im Hotel an der Piazza, Hotel Astoria. Dort bediente ein Kellner mit weißem Hemd und schwarzer Fliege routiniert Berufstätige und Junggesellen in dem von Teppichen und weißen Gardinen gedämpften Saal. Ich stelle mir die farblose Atmosphäre vor, hier wurden die Mahlzeiten nur aus Hunger eingenommen, diese anonyme Stille, in die die Stimme meines Vaters störend eindrang, viel zu lebhaft, um zu jemandem zu gehören, der gerade an einem »Arbeitsessen« teilnahm. Seine Stimme, die nur ein wenig unsicher bei den Konsonanten schwankte, wie es den meisten Slawen eigen ist, eine direkte und warme Stimme. Und jedes Mal fragte er, wie viele Patienten er denn jetzt betreue, und versprach, ein Fest zu geben, wenn er einmal bei tausend angelangt wäre. Wenn sich nach dem Essen die Gelegenheit ergab, ließ er ihn Auto fahren: Ich glaube, er neidete ihm den Beruf als Arzt, den er selbst hatte aufgeben müssen, außerdem bewunderte er seinen eleganten und sicheren Fahrstil so übermäßig, wie es nur Menschen tun, die selbst kein Händchen fürs Autofahren haben. Das half meiner Mutter in ihrer Verzweiflung wenig, trotzdem beruhigte es sie, jetzt einen so vertrauenswürdigen Fahrer zu haben. Das Auto blieb trotzdem bei Rovereto liegen. Es blieb nicht plötzlich stehen, aber irgendwie funktionierte gar nichts mehr. So verloren wir in einem kleinen, kaum bewohnten Vorort weit weg von der Autobahn eine Menge Zeit: Lagerhallen, Wohnhäuser in der Ferne, ein weiter, aber milchiger Himmel, der mit seinem Licht alles niederdrückte. Daran erinnere ich mich und an ein Plakat oder Schild einer Fabrik, die einen Joghurt herstellte, den ich manchmal kaufte. Der Platz vor der Werkstatt war trichterförmig, eingerahmt von flachen Bergen mit schneelosen, staubigen Spitzen, bräunlich und hässlich. Bei meiner Rückkehr nach Italien sollten jedoch genau von dort Schneemassen von katastrophalen Ausmaßen herunterkommen, heute noch bekannt unter »dem Schneefall von '84«.

Nur weil mir die anderen Menschen vertraut waren, weiß ich noch, wie wir auf diesem Platz herumstanden, ich irgendwo mit dem Blick ins Leere, während der Fahrt saß ich alleine hinten, meine Mutter neben dem Fahrer. Seltsamerweise kam die in München eingeschriebene Studentin, wegen der er das erste Mal mit einem Freund in diese Stadt gekommen war, ausgerechnet aus Rovereto. Nach der Beerdigung hockte er neben mir, dem anderen Mädchen aus München, auf einer Tagesdecke, die perfekt mit der blaugeblümten Laura-Ashley-Tapete ihres Mädchenzimmers harmonierte, und versprach liebevoll der Zwanzigjährigen, die so erwachsen wie möglich sein musste, einem Sohn den Namen ihres Vaters zu geben. Es ist Ironie des Schicksals, dass diese verzweifelten Zukunftspläne nicht in die Tat umgesetzt werden konnten, weil nicht einmal der Vorname meines Vaters sein echter war. Das erfuhr ich zwei oder drei Tage nach dem Versprechen, als wir die Grabinschrift festlegten.

Ich gab mir alle Mühe, erwachsen zu sein: Das war der Beweis dafür, wie wenig ich es war, nicht nur in dieser Situation, sondern überhaupt für meine zwanzig Jahre. Rufe ich mir aber nur eine Erinnerung wieder ins Gedächtnis, weiß ich, dass ich es aber doch versuchen musste, und zwar schnell. Als wir in München in der Gemeinschaftsgarage aus dem Wagen stiegen, ging ich los, ohne auf die anderen zu warten. Ich ließ die beiden Stahltüren zwischen Eingang und Garage zufallen, und als ich hörte, dass sich hinter mir noch nichts regte, lief ich los, ich rannte fast, nahm auf der Wendeltreppe zur Wohnung zwei Stufen auf einmal und wurde erst auf dem Treppenabsatz langsamer, um die Schlüssel zu suchen. An der Tür klebten die Siegel der Polizei, das wusste ich, einfache Papiersiegel mit Aufschrift und Wappen der bayrischen Staatspolizei, sie klebten zwischen Tür und Rahmen. Wird ein Toter alleine zu Hause aufgefunden, müssen sie sich darum kümmern, auch eine Autopsie muss dann vorgenommen werden. Ich wusste, dass sie ihn fortgebracht hatten, deshalb kann ich mir die verbiesterte Hetze nicht erklären, mit der ich versuchte, so schnell wie möglich in die Wohnung zu kommen. Ohne zu zögern, riss ich die Siegel auf: erst die Alarmanlage ausschalten, dann das Hauptschloss öffnen, und jetzt reichte schon ein leichter Stoß gegen die Tür.

Mein Vater war nicht mehr da, aber seine Sachen lagen auf dem Boden: der grüne Lodenmantel unmittelbar hinter dem Eingang, mit dem Kragen dicht am Ausklapptisch des barocken Sekretärs, der Schotten-Schal, mit einer Spitze schon im Flur, und vor dem Arbeitszimmer schließlich sein Hut, sein lächerliches, weiches Hütchen aus beigem Tweed. Ich sah die Sachen, riss sie in einer panischen Geste an mich und schaffte es gerade noch: Sie verschwanden, noch bevor meine Mutter hereinkam, und so, wie man die Toten vor Blicken verbirgt, fanden auch seine Sachen zu ihrem Platz im Schrank zurück. Ich schaffte es aber auch noch, der letzten Spur meines Vaters zu folgen, sie mir einzuprägen, während ich sie verwischte. Seine Atemlosigkeit, seine Eile dorthin zu gelangen, wohin er sich immer zurückgezogen hatte, um alleine Zeitung zu lesen. Zu dem alten, gestreiften englischen Sofa, wo ihn die Haushaltshilfe fand und von wo ihn die bayrische Polizei wegtrug. Dank Mantel, Schal und Hut – die wie leblose Körper auf dem Teppich seinen genauen Weg nachzeichneten – sah ich den Abdruck, den sein Kopf in den Kissen hinterlassen hatte, und richtete auch die wieder her. Ich glaube, meine Arme schmerzten dabei und meine Hände kribbelten. Der Hörer des Telefons auf der Schreibtischecke, direkt neben der Sofalehne, auf der sein Kopf geruht hatte, war aufgelegt: Er hatte es nicht mehr geschafft, ihn abzuheben, oder wusste nicht, an wen er sich hätte wenden sollen, seine Frau saß im Zug, seine Tochter war in Mailand, und einen Krankenwagen hätte er nie gerufen. Oder er hatte gedacht, dass es schon vorübergehen würde, wenn er sich nur auf dem Sofa ein wenig ausruhte, und dann, ja dann konnte er nicht mehr telefonieren. Hätte er mit dem Gedanken gespielt, einen Krankenwagen zu rufen, hätte er das direkt am Eingang tun können, von dem Telefon auf dem Nussbaum-Sekretär aus. Meine Mutter hatte uns wegen dieses wertvollen Stücks in ein Schlösschen geschleift, das Antiquitäten ausstellte, und der staubige Geruch und unsere Erschöpfung brachten sie schließlich dazu, es zu kaufen. Wir hassten die gediegene Opulenz des protestantischen Barocks, der uns sonntäglich durch matschige Schneefelder im katholischen Bayern trieb. Deshalb konnten wir ihrem gesegneten Schreibschrank nichts abgewinnen, doch ich hoffe, das wird kein Grund gewesen sein, nicht das nächste Telefon zu benutzen. Vielleicht hatte auch die Staatspolizei den Hörer aufgehängt, nachdem das

Protokoll geschrieben war, obwohl sie die Sachen auf dem Boden nicht angerührt hatte. Vielleicht war das zulässig, was weiß ich. Als ich mich vom Sofa abwandte, das nun wieder ein normales Sofa war, wusste ich noch nicht, dass die Betroffenen bei einem Infarkt wie am Spieß schreien. Das behauptet jedenfalls Franco Mastrosimone, der will es in der Poliklinik gehört haben, als bei ihm Diabetes festgestellt wurde. Ich wusste nicht, dass die Frau Strigl, wie mir Cilly zufällig erzählte, meinen Vater mit einem so schönen, ruhigen Gesichtsausdruck auffand, dass sie sich noch heute daran erinnert, und nun weiß ich nicht, ob das etwas zu bedeuten hat: Aber ich weiß, dass das letzte Ziel meines Vaters sein Sofa war. Er starb alleine, und ich werde niemals wissen, wie, aber er starb nicht im Auto auf dem Nachhauseweg vom Bahnhof, nicht in der Garage, in der Eingangshalle, im Aufzug oder auf der Treppe. Er starb nicht auf der rustikalen Bank gegenüber der Wohnungstür, noch stürzte er irgendwo auf den Teppich; er starb mit dem Kopf an der Lehne, die Knie leicht angezogen, im Liegen, fast zusammengekauert auf seinem grüngelben Zweiersofa. Und als ich in einer ungewollt panischen Geste seine Sachen an mich riss, über seine Kissen strich, war das mein ganz persönliches Begräbnis.

Denn was wusste ich schon von jüdischen Bräuchen, außer dass man, wie er mir erklärt hatte, in der Wohnung keine Schuhe trägt? Ich war nie auf einer jüdischen Beerdigung gewesen. Außerdem bin ich nicht sicher, ob nicht vielleicht sogar jemand von der Gemeinde meine Mutter daran erinnerte, dass der Tote innerhalb von drei Tagen beerdigt werden müsse, von denen der erste leider schon mit Reise und Autopanne verstrichen war. Wir mussten ihn noch rechtzeitig vom Rechtsmediziner zurückbekommen, und ich erinnere mich, dass meine Mutter, als das Problem aus der Welt war, sofort losrannte, um auf dem Friedhof das Grab zu bestellen.

Ich wusste nicht, dass die Toten in ein Leintuch gehüllt und erst in moderner Zeit in einen Sarg gelegt werden. Ich wusste nicht, dass meine Mutter für den *Minian*, bei dem zehn Männer die Gebete sprechen, zusätzlich zu den zwei aus den Vereinigten Staaten angereisten Neffen noch die anderen acht auftreiben musste, einige kannten wir überhaupt nicht, sie würden den Sarg auf ihren Schultern tragen und ihn, die *Mizvah* befolgend, auch in die Grube hinablassen. Ich wusste nicht, dass diese Grube ein ganzes Jahr lang nur mit Kies bedeckt bleiben muss, nicht, dass *Kaddish* nicht »Totengebet«, sondern »heilig« bedeutet, vielleicht generell »gesegnet«. Ich wusste nicht, weshalb meine Mutter und ich ein Tuch am Kragen befestigen sollten, nicht, dass wir einen Teil der Zeremonie in einem überdachten Raum verbringen mussten, in einem Bau nah beim Friedhofseingang. Dort sollten wir auf einer Steinbank, deren Kälte durch unsere Mäntel drang, nebeneinander den Gebeten lauschen. Ich wusste auch nicht, dass der Rabbi den Mantelkragen in Höhe des Herzens eingerissen hätte, hätten wir die Tücher nicht getragen. Man musste den Riss mit der rechten Hand bedecken und dem Rabbi eine Segnung nachsprechen: Wenigstens die hatte ich schon einmal gehört.

Am Tag der Beerdigung regnete es, so viel ist sicher, und zwar in Strömen. *Schnürlregen* heißt es im Dialekt, wenn das Wasser gleichmäßig und reichlich, aber nicht heftig fällt. Ein angemessenes Wetter, hätte man meinen können, auch wenn das vielleicht nichts bedeutete, denn solche Dinge, die einem zwangsläufig durch den Kopf spuken, sind doch Dummheiten. Aber irgendetwas musste man von Zeit zu Zeit schließlich denken, wenigstens den aufdringlichsten Anstößen nachgeben. Wichtiger als die Gedanken waren aber die Regenschirme. Man musste sie öffnen, festhalten, schließen, sie sich an den Arm hängen, und dann tropfte es auf Beine und Schuhe hinab. Bis jetzt hatte ich Regenschirme immer gemieden, ich war jung und kam aus München, dort regnet es nicht nur von Oktober bis April, es schneit und friert auch. Ich hasste Regenschirme, für mich waren sie der Inbegriff des Spießbürgertums. Stattdessen trug ich Mützen und Hüte, die abwechselnd auf der Garderobe trockneten. In jenen ersten Herbst- und Wintermonaten in Mailand aber war ich oft die Einzige mit geöffnetem Schirm unter einem Torbogen, oder immer die, die beim Verlassen der Metrostation nass wurde. Wie auf ein geheimes Kommando öffneten sich die Schirme vor mir genau dann, wenn die Rolltreppe das Freie erreichte. Die Mailänder schienen mit Schirm geboren zu sein, und nichts war typischer für sie als die exakte, lässige Handhabung ihrer Regenschirme inmitten von Menschenmassen. Ich bediente mich weiterhin irgendwelcher Ersatz-Kopfbedeckungen, um mir die Demütigung zu ersparen.

Aber bei der Beerdigung meines Vaters war nicht daran zu denken. Es regnete so stark, dass wir sogar für jeden einen Schirm dabeihatten. So hatte jeder etwas in den Händen, einen Stock, den man so fest umschließen und drücken konnte, wie man wollte, einen Schild, einen Schirm für jeden. Damals fand ich heraus, dass er nicht nur vor

Regen schützt. Bei einer Beerdigung sind viele Menschen, die du nicht kennst, doch du merkst, wie sie ihre Blicke auf dich heften, du spürst körperlich, dass sie sehen wollen, wie sich die Tochter des Verstorbenen verhält, ob und wann sie weint; Menschen, die du niemals zuvor gesehen hast, umarmen dich bei der Beileidsbekundung, flüstern dir zu »Wie ist das nur passiert?« und rücken dir viel zu dicht auf den Leib, nur um dir besser ins Gesicht schauen zu können: Dann ist es ein Segen, dass ein Regenschirm durch seinen Umfang eine natürliche Distanz herstellt, dass die Hände nicht zittern, weil man sie zu Fäusten um den Knauf ballen kann und niemand das merkt. Es ist tröstlich, dass ein Regenschirm die peinliche Unbeholfenheit, das Geschmacklose dieser unnatürlichen Nähe so schonungslos offenbart.

Vielleicht blieben mir aus diesem Grund die Schirme und mit ihnen der Regen so lebhaft in Erinnerung. Die Freunde aus Italien haben keine und werden trotzdem nicht nass. Vater und Sohn stehen da mit geröteten Augen und verzogenen Lippen, die Gesichtszüge angespannt in dem Bemühen, Haltung zu wahren. Das macht sie nur noch würdevoller, ihre mageren Gesichter, in denen die gleiche, an drei von vier Söhnen vererbte Adlernase unter der geborgten *Kippah* zum perfekten Ausdruck einer orthodoxen, nein chassidischen Rabbinerfamilie wird. Der Vater ist tatsächlich Italienisch-, Latein- und Griechischlehrer, seine Frau unterrichtete Mathematik, die Kinder haben die Universität allesamt summa cum laude abgeschlossen. Außer dem Jüngsten, der auch von der Nase verschont blieb, war die ganze Familie spindeldürr. Sie machten sich nicht viel aus Essen, weshalb es leichter war, sich die paar Dinge zu merken, wonach sich der Professor die Finger leckte: eingelegte Früchte aus Cremona und Pflaumenkuchen von meiner Mutter. Einige Jahre später erfuhr ich nämlich, dass seine Frau eines Morgens im Badezimmer gestorben war. Als ich ihn danach zum ersten Mal besuchte, brachte ich einen Obstkuchen mit, um nicht mit leeren Händen vor ihm zu stehen, wenn mir doch schon die Worte fehlten. Davor hatte ich einen Kuchen für seinen Schwager gebacken, der mit Lungenkrebs in einem lichtdurchfluteten Zimmer im Krankenhaus von Gallarate lag, in dem er vorher als Chefarzt gearbeitet hatte. Für einen derart geschwächten Mann musste es ein leicht verdaulicher Kuchen sein, und ich dachte, dass er vielleicht gar nichts davon essen würde, wo er doch immer mit so vorbildlicher Zurückhaltung gegessen hatte, nie gierig. Trotzdem schlug ich Eiweiß um Eiweiß zu einer festen Masse: Biskuit geht sonst nicht auf, und es ist der einzige Kuchenteig ohne Fett. Außerdem trat ich das erste Mal nach dem Tod meines Vaters einem mir nahe stehenden Menschen entgegen, mit dem es zu Ende ging, der erste Krebskranke. Und es war viel leichter, mit etwas in den Händen ins Zimmer zu kommen und sagen zu können: »Hallo Onkel, ich habe dir einen Kuchen mitgebracht«, als nervös und mit kribbelnden, leeren Händen herauszubringen: »Hallo Onkel, wie geht es dir?«. Nur aus diesem Grunde finde ich es noch immer nicht zum Himmel schreiend absurd, für einen Sterbenden Kuchen zu backen, obwohl er nicht ganz so erschreckend aussah, wie ich befürchtet hatte; zwar dürr, kahl und schwach, aber weder ausgezehrt noch vom Schmerz zerfressen: kein anderer Mensch. Auf der Beerdigung meines Vaters war er noch ganz der ansehnliche, vornehme Italiener gewesen, der seine alte, unzeitgemäße Schönheit mit lässiger Eleganz trug. Und das ganze jüdische Begräbnis passte so wenig zu »Onkel« und zu »Tante«, dieser schlanken, unkomplizierten Frau aus der Lombardei, blond und blauäugig. Nach dem »ein oder anderen Gläschen« hatte sie mit meiner Mutter oft auf den Tischen getanzt: fremdartiger noch als mein dunkelhäutiger Freund aus Italien, der unter der *Kippah* wie ein Israeli oder Sepharde aussah. Ich suchte ihn mit meinen Blicken, um Halt zu finden, und als ich ihn entdeckte, dachte ich, wie jüdisch er doch wirkte. Aus dem Bedürfnis, eine Distanz herzustellen, oder auch aus der ohnehin vorhandenen Distanz heraus wirkten auch meine Mutter und ich wie verkleidet. Es war das einzige Mal, dass meine Mutter an einer hebräischen Zeremonie teilnahm und dabei ihren Kopf bedeckte, wie es der Brauch von verheirateten Frauen verlangt.

Es wirkte aber nicht künstlich, wie meine Mutter da stand, gekrümmt und verkrampft unter ihrem schwarzen Tuch, das man ihr vorher eingerissen hatte. In Jahrhunderten hat sich dieses Bild nicht verändert, Witwen in Schwarz, deren Beine ihren Dienst versagen, deren Stimme sich überschlägt, wenn der Mann in die Grube hinabgelassen wird oder wenn sie die Hand voll Erde darauf werfen müssen: Als meine Mutter die Erde fallen ließ, schrie sie auf, und einen Moment lang schwankte ihr kraftloser Körper nach vorn, mit der freien Hand hielt ich sie fest und zog sie wieder zurück. Die Neffen meines Vaters waren da, die »Familie aus Amerika«. Es waren die einzigen richtigen Verwandten, und das konnte man sehen. Nein, eher noch fühlte ich es, denn rein äußerlich sahen sie meinem Vater nicht ähnlich, es sind andere Dinge, weniger greifbare, wie

Blicke, Gesten und Bewegungen, und das alles zusammengenommen erinnerte ungemein an meinen Vater. Normalerweise bemerkt man es nicht, auch nicht, wenn man gerade mit etwas weniger Beanspruchendem beschäftigt ist als mit der Beerdigung des eigenen Vaters. Aber gerade auf der Beerdigung meines Vaters reichte schon die Nähe einer der beiden aus, um die Blutsverwandtschaft zu spüren. Ich hatte die Neffen im Leben keine zehn Mal gesehen, und jedes Mal lagen Jahre dazwischen: Einer, der ältere, hatte die einsame Art meines Vaters, der andere seine Überschwänglichkeit; alle beide etwas von seiner Präsenz, denn mein Vater war ein Mann, der durch seine Gesten und Bewegungen mehr Raum eingenommen hatte als andere.

Diese Erinnerung ist lückenhaft und verschwommen, doch ich entdecke, dass es noch ein anderes Gedächtnis gibt, eines, das aus dem Leeren schöpft, der Abwesenheit meines Vaters in Fleisch und Blut. Auf dem Schotterweg am Friedhofseingang waren Pfützen, auch auf der Wiese davor, wo sich bei mildem Wetter die Hunde tummelten, und das hohe Gras bog sich unter dem Regen. Als wir den Hauptweg entlanggingen, knirschte der Kies dumpf unter unseren Schritten, von Zeit zu Zeit knackte es. Der vom Rabbi zerrissene Stoff explodierte mit einem trockenen Zischen, die kalte Steinbank betäubte die Beine, die Füße waren nass, zuerst nass und dann kalt. Die Grube roch nach nasser Erde, und die Erde, die wir hineinwarfen, blieb an den Händen kleben. Der Sarg roch nach Spanholz, er fühlte sich rau an wie eine Obst- oder Gemüsekiste, und als er hinuntergelassen wurde, rutschte Erde mit. Der in Bächen darauf fallende Regen durchnässte alles, und ich weiß nicht, wann auch der Körper dort drinnen nass geworden wäre. Aber die Hecke und die Bäume in der Nähe des Grabes rochen nach Piniennadeln, und auch ich fügte meine warmen, salzigen Tränen dem Wasser zu, als ich unbeweglich weinte. Und als ich die Leute umarmte, erreichte mich ihre Wärme nur im Oberkörper, nicht im Kopf oder in den Füßen, und das war wohltuend oder auch egal.

Als ich zu Hause die Schuhe auszog, beruhigte ich mich, eigentlich beruhigte mich die Erinnerung an meinen Vater. Vor diesem anderen, ordnenden Gedächtnis sind die Dinge gleich. Ob sie eine Minute oder Jahrzehnte her sind, es unterscheidet nicht zwischen Lebenden und Toten, und deshalb hilft es. Ich lief zwischen Küche und Wohnzimmer hin und her und half meiner Mutter, sie musste den Männern vom Minian danken, die in der Trauerwoche für meinen Vater beten würden. Ich wusste, was ich zu tun hatte, dankbar jetzt über meine noch starren Füße in den feuchten Strümpfen, er hatte mir ja erklärt, wie man sich bei einer Schiwe verhält. Eine kleine Erfrischung, einen Imbiss, den man mit einem Schluck Wodka hinunterspült. Nachdem meine Mutter auf dem Friedhof alles in die Wege geleitet hatte, musste sie auf dem Rückweg bei einem Fischhändler oder in einem Delikatessengeschäft Halt gemacht haben. Keine Ahnung, wo, und wahrscheinlich war die Quelle auch dieses Mal nicht koscher. Ich weiß nicht, ob sie von alleine darauf kam oder ob die Neffen meines Vaters sie darauf brachten: Matjesheringe mit Zwiebeln, Brot und Butter – denn was konnten diese Orthodoxen in unserem Haus wohl essen, was mochten die Juden denn so sehr wie *a git stikele Hering?*

Nicht, dass es bei uns vorher nie Hering gegeben hätte, aber so gut wie sicher war er nicht öfter als vier-, fünfmal auf den Tisch gekommen: Zum Teil war das meine Schuld, denn ich probierte ihn nicht einmal. Vielleicht war er das Letzte, was ich mich zu essen weigerte, dieser fette, rohe Fisch mit dem säuerlichen Geruch und der unheilvollen Farbe: Der Bauch schlaff und grau, die Haut silbrig glänzend. Aber was schert einen das nach der Beerdigung des Vaters. Man trägt keine Schuhe, also trägst du keine. Man verhängt die Spiegel: Du verhängst die Spiegel. Man isst Hering: Du isst Hering. Du schluckst *a stikele hering* hinunter und kippst ein Gläschen eiskalten Wodkas hinterher, er brennt in der Kehle und mildert den bitteren, starken Geschmack dieses rohen Fleisches von gleichzeitig nachgiebiger und fester Konsistenz, die rohem Fisch eigen ist. Aber der Geschmack breitet sich trotzdem aus, reißt dich aus deiner Stumpfheit, die mit der feuchten Kälte und der mit dem Tod entstandenen Leere über dich kam. Mein Vater schickte mich Pantoffeln holen, wenn ich barfuß in die Küche kam. Mein Vater war mit *a git stikele hering* aufgewachsen. Wäre ich nicht gewesen, hätte meine Mutter öfter Hering für ihn gekauft als diese fünf oder zehn Mal. Bei dem samstäglichen *kiddush* in den Versammlungssälen der Synagogen und in den Speisekarten der amerikanischen »Deli« fehlt es nie an Hering. Neben Lachs, Stör und verschiedenen Brötchen findet man sie sogar auf den Hochzeitsbuffets und *Bar-Mizwas*, die in den Hilton-Hotels gefeiert werden, und normalerweise wird davon nichts in die Küche zurückgetragen. Denn unter den Dingen, die sie essen durften, als sie noch in Russland, Polen und der Ukraine die mediterranen Regeln der *kashrut* auf Kraut, Rüben, Gerste und Kartoffeln anwenden mussten, waren Salzheringe einzigartig. Inmitten dieser blassen, teigigen und süßen Speisen, die nach einem fremden Land schmeckten, schmeckte der salzige, kühle Hering einfach nach Meer.

Das ist die erste postume Lehre meines Vaters.

BLOODY COW

Eine Art moralischer Epilog

Jetzt versucht man also herauszubekommen, was dahinter steckt, jetzt, da in diesem Land zwölf oder dreizehn aufgetaucht sind. Zwölf wahnsinnige Rinder, und das ist amtlich. Aber so genau weiß man es nicht, wahrscheinlich wissen nicht alle, dass man zwölf wahnsinnige Rinder gefunden hat, bestätigt wahnsinnig: das erste definitiv, das zweite möglicherweise, möglicherweise das dritte und vielleicht auch das vierte. Diese vier sah man im Fernsehen, im öffentlich-rechtlichen und im privaten Fernsehen, sie brachten es auf den Titelseiten der Tageszeitungen. Jedes neue Rind aber rutschte ein wenig weiter in den Hintergrund, in den Mittelteil, an den Rand, in die unteren Zeilen in immer kleineren Lettern, und irgendwann redet niemand mehr darüber. Diese wahnsinnigen Rinder verschwinden, und langsam machen sich von neuem Wurstscheiben und Carpaccio in den Supermarkttheken breit. Packung für Packung werden sie Pferdefleisch verdrängen, werden Huhn, Truthahn, Kaninchen und Schwein den Platz streitig machen, bis Pferdefleisch wieder ganz von der Bildfläche verschwindet und Schweinefleisch wieder zu fett oder trocken und ohnehin ungesund ist.

Jetzt fragen sich einige, wer dahinter steckt, vehementer, als die Zeitungen es tun, denn irgendjemand muss schließlich hinter diesem Dutzend Milchkühe stecken, die jedenfalls nie auf unseren Tellern gelandet waren: Sind es die multinationalen Soja-Gen-Konzerne, ist es die Lobby der Geflügelzüchter oder vielleicht doch die imperialistische Hand der Amerikaner, die gegen Europa und seine Währungssteigerung ausholt? Die Geflügelindustrie in Italien ist sehr mächtig, sie deckt den kompletten nationalen Markt ab und exportiert auch noch. Das stimmt, ich habe es erlebt. Einmal war ich in München auf der Suche nach einer Hühnerbrust, um eine schöne Suppe zu kochen, vielleicht auch einen kleinen, ganz leichten Geflügelhackbraten für meine kranke Mutter, die damals nicht kauen durfte. Die gab es aber nicht in dieser riesigen, luxuriösen Lebensmittelabteilung, wo es grüne, daumengroße Bananen aus Afrika gibt, wo Austern und französischer Champagner zum Probieren angeboten werden. Es gab dort keine einzige Hühnerbrust, die nicht aus Italien kam. Hier nicht, sagte mir die Verkäuferin an der Fleischtheke, hier gibt es nur Rind und Schwein aus Bayern, da hinten finden Sie die Geflügelprodukte, und sie zeigte auf ein Schild mit der Aufschrift »Gutes aus Italien«.

Im Ausland gibt es nur Gutes aus Italien, zum Essen oder zum Kaufen, meine ich. Nicht die Mafia, das versteht sich von selbst, auch keine Arbeitskräfte so wie damals, Arbeitskräfte, die früher in München *Katzelmacher* genannt wurden; nein, das, was an Gutem aus Italien kommt, sind Lebensmittel. Unter dem Schild lagen in diesem Fall Hühnchen, Truthähne und Kaninchen. Kaninchen, die in München zu anderen Zeiten als Katzen der italienischen *Katzelmacher* durchgegangen wären. Jetzt aber pries man sie als gute italienische Kaninchen an. Die gleichen Hühnchen, Truthähne und Kaninchen gibt es auch in den italienischen Supermärkten, es gab sie schon lange, bevor das erste offiziell bestätigte Rind auftauchte. Immer schon schmeckten sie gleich, nämlich nach einem Produkt, das auch noch im

Ausland verkauft wird, nur etwa doppelt so teuer. Jetzt heißt es, dass zu viel davon im Umlauf war, das verstehe ich. Es reicht nicht, ein Schild mit der Aufschrift »Gutes aus Italien« über eine Gefriertruhe in München zu hängen oder ein zweites in einer anderen Filiale der gleichen Kette in Deutschland oder irgendeinem anderen Land der Europäischen Union, um die Frage eines Angebotes zu lösen, das größer ist als die Nachfrage. Denn das ist ein wesentliches Marktproblem. Da liegt die Vorstellung doch auf der Hand, hier habe ein Eingriff in Form von dreizehn geopferten Rindern stattgefunden, geopfert zum Schutz der nationalen Geflügelzüchter. Grandios wäre es, wenn kein einziges wirklich wahnsinniges Rind einen stärkeren Fall als fünfzig Prozent auslöste und so den Markt für Hühnchen, Truthahn, Kaninchen und Schwein ankurbelte, in Schwung brächte und ihm ein übermäßiges Comeback bescherte, ganz wie es sich auch zugetragen hat. Kompliment! kann ich da nur sagen, ein Kompliment an die Signori der Geflügelzucht-Lobby oder auch an die multinationalen Konzerne unseres Hühnchens, wenn es denn stimmt, dass unsere Hühnchen manchmal so italienisch sind wie Nike-Turnschuhe eben amerikanisch. Ein dickes Kompliment, wenn diese Aktion tatsächlich auf eurem Mist gewachsen ist und ihr sie mit euren Druckmitteln abgewickelt, die Information und somit die öffentliche Meinung gelenkt habt, die Öffentlichkeit erst in Panik versetzt und sie dann in diesem Zustand in die Supermärkte geschickt habt.

Manchmal sah man sie dann wie gelähmt vor der Fleischtheke stehen, die in Panik versetzte Öffentlichkeit in Gestalt der Käufer. Es kam vor, dass sie dort verwirrt hin und her guckten, vom Huhn zum Schwein. In einem solchen panischen Moment trafen sich mitunter die Augen von, sagen wir einmal, einer robusten Hausfrau und einer dünnen Signora Typ Boutiquebesitzerin, und dann brach es aus der einen, nicht immer der ersten, heraus, Signora, was nun, wo wir kein Fleisch mehr essen können?

Fleisch, das sagten Hausfrauen, Männer, Freunde und Kollegen, Fleisch essen wir nicht mehr. Andere erhoben aber auch die Stimme, während die Kassiererin die Familienpackung Fleisch eintippte, also wandten sie sich vielleicht nicht an die Kassiererin, sondern an diejenigen hinter ihnen in der Schlange, wir haben keine Angst, Fleisch zu essen, wir haben schon immer Fleisch gegessen.

Immer schon? Fleisch? Namenloses, in Scheiben geschnittenes Rindfleisch, schlicht und ergreifend »fettina«, Scheibchen, genannt? Bestimmt aßen sie ihre Rinderscheiben schon lange vor dem Einzug des Hamburgers, denn Steak und Roastbeef fanden etwa gleichzeitig den Weg in die italienischen Küchen, kamen aus Großbritannien und wurden aufgenommen in kleinerer, unblutiger Form. Nein, in Massen kamen sie nie nach Italien, die riesigen triefenden Stücke, die einen ganzen Teller einnehmen. Niemand hätte jemals gewagt, vor den Augen seiner Gäste einen halb rohen Braten zu tranchieren. Das erledigte der Metzger, er schnitt gleichmäßig schöne, rosige Scheiben, kalt und so dünn wie Schinken; nein, in Italien isst man seit vierzig Jahren ein vom Metzger geschnittenes Roastbeef und vor allem mickrige Steaks. Unblutige Steaks ohne Geschmack, ein schnelles Essen für die Mittagspause, reich an Proteinen, für die Figurbewussten mager, für Jugendliche und Kinder nahrhaft. Und nach vierzig Jahren finden wir heraus, was dieser harte graue Lappen, unsere italienische »bistecca«, dieser etwas eitle

Abklatsch des englisch-amerikanischen Steaks, tatsächlich ist. Jetzt, wo man es nicht mehr essen kann, offenbart sich uns, was er war, bleibt und was aus ihm geworden ist. Er ist zu Fleisch schlechthin geworden.

Wer weiß denn noch, dass man früher ein Rinderstück mit mehr Knochen als Fleisch in die Suppe für das Weihnachtsessen gab und den Rest in die Füllung der Tortellini und aus Sparsamkeit vielleicht sogar noch in von Brot aufgequollene Frikadellen? Oder dass man in anderen Gegenden faserige Stücke in der Tomatensoße stundenlang weich kochte, damit wenigstens die Männer ab und zu etwas Fleisch bekamen? Das konnte Schwein wie Hammel sein, während Fleisch, einfach nur Fleisch, etwas ganz anderes war. Es war der Wunsch nach Fleisch, schwaches Fleisch oder Blut von meinem Blut, Fleisch von meinem Fleisch, es war unser Fleisch.

Sicher ist es angebracht, von einer Kollektivpsychose zu sprechen. Das taten die Zeitungen schon, bevor das erste italienische Rind infiziert war. Was machen die Italiener bloß, sie kaufen kein Fleisch mehr, gar kein Rindfleisch, obwohl in unserem Land noch kein Fall aufgetaucht ist, obwohl die Regierung sagt, es bestehe kein Grund zur Besorgnis. Die Italiener, die machen einmal wieder das genaue Gegenteil von dem, was die Regierung sagt. Jetzt nimmt die Zahl der wahnsinnigen Rinder zu, und die Italiener wissen es nicht und wollen es gar nicht wissen, sondern allem Anschein nach hören sie jetzt allmählich auf, sich zu sorgen. Genau, eine Kollektivpsychose, aber nicht nur in Italien, nicht typisch italienisch, nein, eine europäische Psychose ist das, sogar eine Krise aller Steak- und Hamburger-Fresser, eine weltweite Hysterie. Ruhe bewahren, es wird behauptet, es habe nur sieben Tote gegeben, auch wenn es hundert wären, wollen wir die etwa mit den Verkehrsopfern vergleichen, mit denen, die an Drogen, Alkohol oder Tabak, an Krebs, Infarkt oder Aids sterben?

Bloß keine Aufregung, vielleicht gehen wir sogar zum Grillfest der Metzgerinnung, die Armen, auch an die muss gedacht werden, oder wir verfolgen die Versteigerung unseres gelobten, landeseigenen, blutigen Steaks, der »bistecca fiorentina«, durch den Künstler-Metzger, zu dessen Kunden sogar Bruce Springsteen gehört. Während der Künstler Scheiben heruntersäbelt, rezitiert er auswendig Verse von Dante und bringt das erste Stück für über zehn Millionen Lire unter den Hammer. Das perfekte, leuchtend rote Steak mit dem Knochen der edlen Chianina-Rasse wird einem Geschäftsmann aus Moskau zugeschlagen, das zweite geht nach Tokio, und an das dritte erinnert sich schon niemand mehr.

Zugegeben, ich erinnere mich weder an die Höhe der Summe, für die das Fleisch wegging, noch an die Gesichter oder Worte derer, die im ganzen Land das Fleisch gehortet und ihre Kühltruhen damit voll gestopft hatten. Stolze, herausfordernde Worte waren es sicher, zu einem Florentiner T-Bone-Steak gehört der Knochen, so ein Steak ist heilig, so heilig wie die Nationalmannschaft, die Fußball-Nationalmannschaft, und die ist noch heiliger als der Präsident, also ist es momentan auch das Steak.

Das hätte man sich denken können, so etwas weiß man vorher. Genauso wie man hätte wissen müssen, dass hier die Panik genau mit dem Verbot anfängt abzuflauen. Und während sich die Panik wieder legt, breitet sich ein Schwarzmarkt für Steaks mit Knochen aus, anders als der amerikanische zu Zeiten Al Capones, von wegen speak easy, keine versteckten Grills im Hinterzimmer einer Eisdiele mit wenigen Tischen, Kerzenlicht und Musik, die die Geräusche der Lüftung übertönt, oder so etwas. Nein, da ist nur der Metzger deines Vertrauens, die Trattoria an der Ecke, die ihre treuesten Stammgäste bewirtet und vielleicht auch die anderen, nachdem die auf die Teller der Nachbarn geschaut haben. Außerdem wird auch mit illegalem Fleisch gehandelt, schwarzgeschlachtet und schwarzverhökert, und es ist altbekannt, dass dreist dieselbe Menge gesetzwidrig mit Knochen verkauft wird wie das, was man als kontrolliertes Fleisch unter die Leute jubelt. Denn der Kunde ist absoluter König für den Schwarzmarkt; wenn also über kurz oder lang einer draufgeht, ist es nicht weit hergeholt, dass er sich in Gesellschaft dieser Fleischkäufer wiederfindet, zwischen denen, die Bescheid wissen, oder auch denen, die es nicht wissen oder so tun, als wüssten sie nichts.

Achtung, hieß es, in unserem Land zirkuliert eine unbekannte Menge illegalen Fleisches aus illegalen, unbekannten Schlachtereien, von denen sich eine ungenaue Anzahl in Kampanien befindet. Wir sahen das Begräbnis der »bistecca fiorentina«, aber diese Schlachtereien zeigte uns niemand, die geprüften aber auch nicht, wenn wir mal ehrlich sind, und manch einer glaubt ja nur das, was er sieht. Es fällt schwer, sich so eine illegale Schlachterei vorzustellen, die niemand bemerkt. Nicht die Schlachterei von innen, die möchte man erst gar nicht sehen, sondern das Schlachthaus von außen, mitsamt seiner verborgenen Illegalität. Wie soll das gehen: Man sieht keine Tiere, hört keine Schreie, es hängt weder der Gestank von Blut und Abfällen in der Luft, noch locken der Dreck und das Verdorbene Mäuse, streunende Hunde, Fliegen, Parasiten oder Bazillen an?

Ich gebe ja zu, dass niemand beim Anblick eines Stück Ochsen denkt, es sei illegal, noch weniger würde man auf den Gedanken kommen, dass die Rinder auf dem eben überholten Lastwagen geschmuggelt sein könnten oder dass es schlimmen Gestank ohne guten Grund gäbe, die Welt ist voll von entsetzlichem, doch hundertprozentig legalem Gestank und Ausdünstungen. Aber die Vorstellung einer solchen Schlachterei, mit all den Menschen, die drum herum wohnen und behaupten, ihr Name sei Hase, ist schon seltsam. Ich stelle mir das wenigstens so vor, dass da Menschen wohnen, denn die verborgendsten Dinge sind zwischen den alltäglichsten am besten aufgehoben. Im vollen Leben oder im Durcheinander fallen sie am wenigsten auf. Also sind die Küchen von Fliegen bevölkert, das Leitungswasser muss abgekocht werden, die Fenster bleiben im Hochsommer geschlossen, werden dann aber doch geöffnet, weil es stickig ist und der Gestank ja doch nicht draußen bleibt. Ich stelle mir eine Mutter vor, die seit nahezu einer Stunde im Wartezimmer der Ambulanz mit einem schreienden Kind im Arm auf und ab geht. Das Kind hat die ganze Nacht geweint, weil es wieder einmal hohes Fieber hat, und der Doktor verschreibt einmal mehr ein fiebersenkendes Mittel und Antibiotika. Und er fragt, Signora, warum ist Ihr Kind schon wieder krank? Und dann wiederholt er seine Ratschläge, und die Mutter zuckt nur wieder mit den Achseln und antwortet in unendlicher Müdigkeit, ich weiß nicht, Herr Doktor. Wenn sie dann nach Hause geht, schiebt sie vielleicht alles auf den Arzt, das Arschloch, der sie behandelt wie eine Idiotin. Vielleicht fängt sie dann an zu schreien, da wären mir ja Drogen noch lieber, wenn sie hier vor dem Haus Heroin verticken würden, scheißegal wäre mir das, aber nein, ausgerechnet uns mussten sie dieses Drecksloch vor das Haus setzen, diese scheiß Schlachterei. Und dann sagt vielleicht ihr Mann, die Schwester, die Nachbarin oder irgendwer anders, was regst du dich auf, sie hätten uns hier auch eine Müllkippe hinsetzen können, und dabei wäre gar nichts für uns herausgesprungen.

Das alles entspringt meiner Fantasie, es ist mein ganz eigener Film, aber ich stelle mir vor, dass die Leute, die in der näheren Umgebung einer illegalen Schlachterei wohnen, als Ausgleich etwas Fleisch zugesteckt bekommen. Ich weiß auch, warum ich mir so etwas vorstelle, weil ich gelesen und gehört habe, dass die Mafia Arbeit gibt, oder aber die Camorra. Sie gibt uns zu essen. Ich nehme das einmal ganz wörtlich, die Camorra gibt uns zu essen, und ich kann gar nicht anders, als mir eine Art Werbekampagne vorstellen mit dem Titel: »Iss das Fleisch der Camorra! Die Camorra gibt dir zu essen!« Und in dem Spot ist kein anderer das Zugpferd als Pasquale Barra, die Camorra-Legende, alias »das Tier«, nicht zuletzt, weil er sich ausschließlich von Fleisch ernährte, von blutigen, fast rohen Steaks.

Ich glaube, Barra ist tot. Keine Ahnung, wann, wo und ob er ermordet wurde. Also doch kein Spot, wenigstens wird es dann kein Abklatsch der Rana-Tortellini-Kampagne mit einer falschen oder toten Marilyn Monroe. Das Marketing erledigt die Camorra selbst, die können auf die blühende Fantasie, die Vorurteile und Mafia-Filme, die einer Einwohnerin aus Gallarate im Kopf herumspuken, verzichten. Pendelt man aber mehrmals in der Woche von Gallarate nach Mailand, und der Himmel ist noch grauer, als es die Zement-Schornsteine sind, die Luft dringt beißend durch die Zugfenster, dann erlaube ich mir, die Camorra als gutes Beispiel anzuführen. Als gutes Beispiel für Firmen wie Esso, Agip, Shell oder wem auch immer die Raffinerien in Rho gehören. Denn soviel ich weiß, dachten die noch nie daran, den ein oder anderen Liter Benzin den Einwohnern dieser Stadt zu schenken, und einigen Statistiken zufolge hat Rho die höchste Luftverpestung ganz Europas.

Und die richtigen Schlachtereien? Die öffentlichen, legalen, wo sind sie, die legalen Schlachthöfe? Entschuldigung, wissen Sie, wo der Schlachthof ist, höre ich mich schon die Passanten in der Mailänder Innenstadt fragen, die, einer nach dem anderen, den Kopf schütteln oder nur ein einfaches, perplexes Nein antworten. Entschuldigung, wo ist der Schlachthof, von welchem Sender sind Sie, steht hier irgendwo eine versteckte Kamera, kann ich meinen Freund grüßen?

Bestimmt liegt er außerhalb, denke ich und sehe ihn vor mir, genauso wie ich in meiner Fantasie irgendwelche Menschen auf der Via Torino befrage, obwohl ich keinen Fuß dorthin setze. Das denke ich, weil ich glaube, dass kein normaler Mensch weiß, wo der Schlachthof ist, doch da fällt mir just ein Freund ein, der es ganz sicher weiß, und tatsächlich, in Calvairate, sagt er prompt. Der Mailänder Schlachthof ist also in Calvairate, in der Nähe eines Bus- und Bahndepots neben einem Gemüsegroßmarkt. Gegenüber stehen Sozialwohnbauten, da wohnt ein Freund von ihm, und das Muhen und der trockene Blutgestank dringen schwach durch die Fenster.

Siehst du, denke ich, während der Freund noch redet: Alles klar, der Name reicht schon, Calvairate, das Depot, der Markt und vor allem die Sozialwohnungen, das alles reicht, um einen imaginären Jemand in meiner Vorstellung dort ankommen zu sehen. Er kommt aus San Giovanni a Teduccio oder sonst einem Vorort von Neapel, er findet eine Arbeit, keine Festanstellung, aber doch legal, und schließlich kann seine Familie nachkommen, denn endlich hat man ihm eine Wohnung zugewiesen, eine Sozialwohnung. Also ziehen alle von San Giovanni a Teduccio nach Calvairate, aus der Nähe eines illegalen in die eines legalen Schlachthofs, aber dass sie nun ja keine Zicken mehr machen, bitteschön, obschon sie am Arsch der Welt sind. Denn ein wenig Gestank werden sie schon abkriegen, etwas Hintergrundmusik, das Vieh, die Viehtransporter, die Gemüsetransporter, die Bahn oder die Busse des Depots. Das Fleisch müssen sie jetzt kaufen, und zwar fahren sie mit dem Auto zum einzigen Supermarkt weit und breit. Aber der Schlachthof gehört der Gemeinde, die Häuser auch, und alles hat seine Richtigkeit.

Und während ich sie schon sehe, die Frau, aus der es herausbricht, da wären wir doch besser zu Hause geblieben, bemerke ich, dass einiges gar nicht in meine Szenerie passt. Der Freund erzählte, dass ein Film im Schlachthof gedreht worden sei, eine spektakuläre italienische Produktion, denn schon damals nutzte man nur einen kleinen Teil dieses riesigen Geländes. Und seit der Rinderwahnkrise noch viel weniger, ist doch klar. Immer weniger, sodass er demnächst vielleicht geschlossen wird. Der Schlachthof von Mailand steht kurz davor, den Betrieb einzustellen. Konzerträume, Boutiquen, Lofts und Lokale werden in seinen Hallen entstehen, wie es auch in Rom der Fall war, und vielleicht geschieht es bald überall, in allen Städten, einer nach der anderen. Der Mailänder Schlachthof liegt im Sterben, aber nun weiß ich, dass er unmöglich so aussehen konnte wie in meiner Fantasie, nämlich ein überdimensionales Gefängnis aus Zement. Und wo ich ihn hingestellt habe, konnte er auch nicht stehen, zwischen Autobahnauffahrten und Lagerhallen, in einer Gegend, wo der Hund begraben liegt.

Der Schlachthof von Mailand liegt rechts von der Kreuzung, die ich seit nunmehr sechs oder sieben Jahren jede Woche überquere. Zehn Minuten mit dem Bus von San Babila, dann steige ich an der Ecke aus, wo mir jedes Geschäftsschild vertraut ist, manchmal sogar die Schaufensterausstattung. Zwei Minuten zu Fuß über eine Brücke, die fast niemand überquert. Dann fängt auf der einen Seite der Schlachthof an. Auf der anderen geht die Stadt weiter, Bars, Geschäfte, Busse, Häuser. Vom Schlachthof aus sehen sie niedrig und robust aus, die Sozialwohnungen, gar nicht so anders als die ein Stück weiter, wenn da nicht das Schild wäre »Via Calvairate«. Es ist also kein Dorf, vielleicht nicht einmal ein Viertel. Viertel oder nicht, es macht keinen heruntergekommenen Eindruck, gibt einem nicht dieses mulmige Gefühl, das einen manchmal überkommt, wenn man in fremde, möglicherweise gefährliche Gegenden eindringt. Es sieht nach gar nichts aus. Fast anonym, wenn auf der anderen Straßenseite nicht diese niedrigen Häuser in reinem Art déco ein so schönes Bild abgäben, mit den kleinen Keramikverzierungen, die vom kreisenden Verkehr der Durchgangsstraße ganz matt geworden sind. So sieht der Schlachthof aus. Menschen, die ihre Post aus Briefkästen holen, die man durch die Glastür am Eingang sehen kann, Menschen, die direkt davor wohnen und Geranientöpfe nach draußen gestellt haben. Deshalb ist der Schlachthof in seiner farblosen Gefälligkeit unsichtbar, deshalb muss man an seinen

Mauern entlanglaufen, um die Zeichen zu bemerken: das Schild der »Metzgerinnung«, der örtlichen veterinären Gesundheitsbehörde, die vielen leer stehenden Büros, die verlassenen Kühltransporter an der Seite, die grünen, geschlossenen Fensterläden. Der große Schriftzug auf einer Holztür am Seiteneingang, der einzigen in dem von einer Treppe erhöhten Mittelteil, die ein Stück weit offen steht: »Täschner-Eingang«. Als ob sie schon lange offen steht, vergessen, seitdem der letzte Täschner hier hinein- und wieder hinausging, in der Nachkriegszeit oder auch noch vor dem Krieg. Ich stelle mir vor, was sich hinter all diesen Türen verbarg, hier die Täschner, dort die Schuster, die Gerber, die zahlreichen Metzger, die Kaldaunenverkäufer, Veterinäre, Verseifer. Jetzt kommt hier kein Metzger vorbei, durch das offene Tor dringt kein Vieh. Es ist ein schöner Frühlingstag, die wenigen im Hof geparkten Autos neben den Linden sind fast alle bunt, wie es die meisten Kleinwagen sind, und geben dem Ganzen etwas Fröhliches: so viel Platz zum Parken und dann auch noch im Freien und geschützt. Ja, durch das offene Tor sieht man den großen Hangar für die Kühltransporter, die Struktur ist aus Zement, die Form aber wie ein steil abfallendes, geometrisches, riesiges Dach. Dahinter muss der richtige Schlachthof sein; als ich aber in die Via Cesare Lombroso einbiege, erstreckt sich das Gebäude noch weiter, hoch über seine weißen Mauern hinaus. Deshalb fange ich an, die Empfehlungen der gastronomischen Führer zu zählen, die an der geschlossenen Tür der Trattoria angebracht sind. Daraus schließe ich, dass vor einem halben Jahrhundert der Duce diese aufstrebende Blüte moderner hygienischer Schönheit einweihte und dass man heute in dieser Trattoria gut essen kann. Als ich aber in die Bar ein

Stückchen weiter hineinschaue, ist niemand zu sehen, nicht einmal der Wirt. Auf der anderen Seite am Ende der leeren Straße kommt an der Mauer des Schlachthofes ein Mann zum Vorschein. Gebückt unter der Last eines großen braunen Bündels auf der Schulter streift er an der Mauer des Schlachthofes entlang, klein und dunkel ist er, muss ein Pakistaner sein, ja, das muss er sein, denn er trägt einen Schenkel, einen Ochsenschenkel, den er seinen pakistanischen Freunden zubereiten wird. Als wir aber aneinander vorbeigehen, lugt aus dem Papier etwas ganz anderes hervor: Ich glaube Blumen, Rosen. Von weitem sehe ich noch andere kommen, alleine oder in Zweiergrüppchen, wie die Ameisen gehen sie alle hintereinander an der Mauer entlang. Inder, Singhalesen, Pakistaner, was weiß ich, alle gebeugt unter diesen riesigen Rosensträußen, deren Blumen sie dann einzeln in den Lokalen verkaufen. Keine Ahnung, wo es diese Sträuße auf dem Großmarkt gibt, aber von dort aus schleppen die Männer sie nun bis zur Bushaltestelle in der Via Molise, und deshalb nutzen sie den schattigen Schutz des Schlachthofes. Auf der Mauer sieht man nun eine braune Alpenkuh, riesig ist sie, während die Bäuerin neben ihr winzig und märchenhaft erscheint; auf der gleichen verblichenen Wiese, noch kleiner, die Erläuterung: »Hommage an Henri Rousseau«. Diese Reklame sehe ich zum ersten Mal, sie wirbt für »offene Ställe: ein transparentes Projekt«, wie ein Wahlplakat, das zu spät am falschesten Ort aufgehängt wurde. Diese Leute wissen nicht, wo ihre Plakate landen, oder es interessiert sie nicht. Oder aber sie wissen, dass in diesem Falle niemandem auffällt, wie ihr transparentes Projekt vor dem Schlachthof nur noch mehr für seine Unauffälligkeit sorgt. Es reicht also eine niedrige Mauer und ein altes Tor, und dieses Tor ist auch noch weit geöffnet, direkt gegenüber der Bushaltestelle, wo ich mit den Rosenverkäufern warte. Ich warte auf den Bus und auf ein Zeichen, einen Laut oder Geruch, der von jenseits der Straße herüberdringt. Ich könnte sie überqueren und hineingehen, einen Rundgang unter den Bäumen machen oder was weiß ich, da entdecke ich ein Schild mit der Aufschrift: »Der Zutritt ist Minderjährigen unter sechzehn Jahren und nicht autorisierten Personen untersagt«. Warum ausgerechnet sechzehn, weiß ich auch nicht. Wer legt fest, dass es ab dem Alter, in dem man Mofa, aber noch nicht Auto fahren darf, rechtens ist, einen Schlachthof zu betreten? Ich kann auch nicht hineingehen, obwohl mich nichts daran hindert, ich kann mir im Schlachthof nur eine Erlaubnis holen und mit dieser Erlaubnis ein anderes Mal wieder kommen. Also steige ich in den Bus und überlasse meinen Sitzplatz den Indern. Ich muss ohnehin an der nächsten Haltestelle aussteigen, so oder so werde ich mich nicht um die Erlaubnis bemühen, nein, ich schaue mir diesen Schlachthof nicht an, obwohl mein Freund es mir riet. Du hast ja Recht, aber ich will ihn nicht anschauen, hatte ich ihm gesagt, so wie ich es auch anderen gesagt hätte, ein Freund riet mir dazu, den Schlachthof zu besichtigen, es wäre sicher nützlich, aber ich will es nicht, nein, ich gehe da nicht hin, wiederholte ich immer wieder, bis ich mich selbst sagen hörte, ich, ich gehe nicht zum Schlachthof.

Feigling! Du willst nicht zum Schlachthof? Dann verdienst du die Kuh mit dem Slogan, den sie alten Wahlplakaten nachempfunden haben. Und wenn du an der Ampel auf den Bus wartest, verdienst du, dass sich der schöne Kleintransporter vor deine Nase setzt mit der Aufschrift »*Pet funeral*«, »Einäscherung und Beerdigung von Haustieren in der Stadt und im Umkreis«. Es geschieht dir Recht, vom Leben mit allen Schikanen verspottet zu werden, Fleischesserin, die du nur aus Feigheit darauf verzichtest, mit deiner geheuchelten Liebe zu Kühen und Kälbern. Und das schon immer, seitdem du in einem Tiroler Restaurant läuten hörtest, dass dein Lieblingsgericht, das Wiener Schnitzel, aus deinem Lieblingstier besteht. Wie oft kramte deine Mutter diese alte Geschichte hervor, wie oft erzählte sie, wie sich dein Gesicht auf einen Schlag verdunkelte und finster blieb, in düstere Gedanken versunken, bis du schließlich in Tränen ausbrachst. Ihr kleines Mädchen mit dem guten Appetit schluchzte, das Kälbchen, das Kälbchen, doch schließlich beruhigte es sich, schaute unzählige Male vom Teller auf, nahm dann doch das Besteck und aß das Kotelett auf. Die Mutter lachte, und du schämtest dich, du tust es noch immer, wenn sie es erzählt, und du fragst dich, wie alt du warst. Fragst dich, wie lange es dauerte, bis dein Schluchzen sich beruhigte und du wieder anfingst zu essen, wie lange du brauchtest, um zu begreifen, dass dieses Kalb tot war. Und ebenso tot bliebe. Wenn du es in Stücke geschnitten auf deinem Teller liegen gelassen hättest, dann wäre es nur in den Müll gewandert.

Ausgerechnet dort musste es geschehen, draußen Schnee, drinnen Hitze, Holz, rot-weiß karierte Tischdecken. Seit Jahren schon gingen wir in dieses Hotel, und wir sollten es noch weitere Jahre tun. Die junge Inhaberin nahm dort selbst die Bestellungen entgegen, ihr Haar war schwarz gefärbt, lang und dezent toupiert, denn das war auch in Tirol Mode, aber ich wusste es nicht und nannte sie Schneewittchen. Sie war es, die mir das Wiener Schnitzel mit Pommes frites brachte, mit der Zange, um die Zitrone darüber auszupressen, was ich nur aus Österreich kannte, und ich erwartete, es Jahr für Jahr wieder so vorzufinden, wie auch das Tiroler Schneewittchen mit den Schlaghosen. Meine Wangen hatten rot zu sein, mein Appetit der eines Kindes, das den ganzen Tag an der frischen Luft war. Ausgerechnet damals, ich weiß nicht, in welchem Jahr, aber an diesem Ort geschah es, in der Zeitspanne zwischen einem Bissen und dem nächsten. Es hätte auch ein Apfel sein können, vergiftet oder von einem verbotenen Baum, aber es war ein paniertes Kotelett, und während ich es hinunterschluckte, verlor ich meine Unschuld. Heute esse ich es zum letzten Mal, die Hälfte habe ich ohnehin schon gegessen, es ist sowieso schon tot, das Kalb ist tot, dann ist es doch besser in meinem Magen tot als im Müll, dachte ich, so wird wenigstens nichts verschwendet, in meinem Magen ist es doch schön warm und sicher, es ist ein Teil von mir, und ich bin doch so verrückt auf Koteletts und liebe Kälber so sehr.

So etwas hatte ich vorher nie gedacht. Erst fragte ich, ob ich ein Wiener Schnitzel bestellen dürfe, dann bestellte ich ein Wiener Schnitzel, aß selig mein Wiener Schnitzel, und wenn ich in Büchern, auf Wiesen, in den Ställen von Bayern oder Tirol ein Kalb sah, dann rief ich glücklich aus vollem Halse: ein Kälbchen, ein Kälbchen! Die reine Unschuld, nicht mehr und nicht weniger, die berühmte kindliche Unschuld, deren Existenz ich hiermit bestätige, denn ich verlor sie auf diese Art. Dann wurde ich zynisch, nein, das wollte, konnte ich mit etwa vier, fünf Jahren gar nicht sein. Deshalb versuchte ich krampfhaft, einen Grund zu finden, dachte mir Entschuldigungen, Ausreden, Vorwände und Ausflüchte aus, um mir totes Fleisch weiterhin schmecken zu lassen und lebende Tiere weiterhin lieben zu können.

Vegetarierin? War es nicht schon damals offensichtlich, dass eine wie ich das niemals hätte werden können? Ich mag Fleisch, weißes, rotes, gebratenes, abgenagtes, sogar rohes Fleisch, und bei den Vegetariern, bei gewissen Vegetariern, kommt mir die Galle hoch. Bei denen, die sich für bessere Menschen halten, die meinen, von allem rein gewaschen und die Güte in Person zu sein, weil sie sich weder Hände noch Mund, Magen oder Innereien und so weiter mit tierischem Blut beschmutzen, während alle anderen besudelte Mörder sind. Es ist so einfach, sie von ihrem Sockel zu stoßen, ihrer selbst ernannten Heiligkeit zu spotten; es gibt welche, die manchmal Fisch essen, und du fragst, warum sollte ein Fisch sterben und ein Rind nicht?, solche, die zugeben, dass ein Eigelb eigentlich schon ein Küken ist, und die Konsequentesten schließlich essen nur Gemüse und Milchprodukte. Allen kannst du glaubhafte Studien vorlegen, von »Natur« oder ähnlichen Quellen, die beweisen, dass auch Pflanzen leiden. Keiner von denen wird jemals den Mut aufbringen, dir ins Gesicht zu schreien, das ist mir doch scheißegal, soll der scheiß Salat doch leiden. Eben drum. Tatsächlich ist es etwas anderes, einen Salat zu töten, dann einen Tintenfisch, dann einen Fisch und dann ein Huhn und ein Rind. Das entbehrt zwar jeder Logik, aber so ist es trotzdem. Es braucht also nicht die alte Leier von mors tua vita mea, die sie auf eine handfeste, saubere Art gelöst zu haben meinen. Wir aber tun ganz unbeschwert, als mache uns das alles nichts aus. Oder wir versuchen dem Ganzen linkisch etwas Gutes abzugewinnen und erwidern, Fleisch ja, aber wenig, bewusst gegessen, mit dem Bewusstsein des Tieres, seines Opfers etc. blabla. Das in etwa erklärte ich, wenn ich über das abgepackte Fleisch im Supermarkt redete, denn zum Metzger zu gehen und diese süße Luft einzuatmen, zu sehen und zu hören, wie er die Stücke absägt, finde ich widerwärtig. Ich kaufte auch Rindfleisch im Supermarkt, aber nur von erwachsenen Rindern, jahrelang panierte ich Truthahnstücke, um meine geliebten Kälber zu verschonen, ich lebte tatsächlich in der Illusion, dass die Rinder wenigstens einige Jahre auf der Weide verbringen könnten, bevor sie in meiner Pfanne landeten.

Und deswegen glaube ich zu wissen, dass hinter unserem Entsetzen vor dem Rinderwahnsinn, ein Entsetzen, das vor Alltäglichkeit sein Grauen fast verloren hat, rein gar nichts steckt. Nichts und niemand, kein multinationaler Soja-Gen-Konzern, nicht die Lobby der Hühnchenzüchter, keine obskuren Machenschaften der Amerikaner, nichts und niemand außer uns selber, und ich glaube, dass wir das eigentlich wissen. Wir, die wir doch eigentlich wissen, dass Menschen verhungern, damit wir essen können, und dass auch wir sterben müssen, aber keinen Hungertod. Und eigentlich glauben wir, dass uns die Nahrung den Tod bringen wird. Es reichte, uns Blut sehen zu lassen. Nicht das Blut aus kriminellen Machenschaften oder fernem Gemetzel, sondern das unserer Steaks, unserer Viertelpfünder. Das der abgehangenen Tiere, der vollen Waggons, es reichten die Scheiterhaufen, die sezierten, weißen Gehirne. Dann brauchte es nur noch die Rinder, Rinder mit versagenden Beinen und verdrehten Augäpfeln. Und die anderen, die gesunden Rinder, die bei lebendigem Leibe in den Gattern der von Neonlicht beleuchteten Betriebe eingepfercht sind, und schließlich die Kühe auf Wiesen und Almen, die seelenruhig wiederkäuen. Sie kamen zu uns, bevölkerten unsere Bildschirme, weil wir nur darauf warteten, so wie man erwartet, schlecht zu träumen, wenn man sich zuvor voll gefressen hat. Und weil wir schon seit einiger Zeit damit rechneten, vom Essen krank zu werden, davon zu sterben, waren die Bilder und Nachrichten nichts anderes als ein Beweis.

Endlich bot sich die Gelegenheit, endlich war die Stunde der Angst gekommen. Der Angst vor dem Herannahen der großen Katastrophe oder der großen Strafe, weil wir Fleisch essen, zu viel essen oder schlicht und ergreifend überhaupt essen: Es gibt keine mediterrane Ernährung, keine Minestrone-Diät, keine makrobiotische Kost oder Ersatznahrungsmittel, die uns nichts anhaben können, wir essen weiter, um weiterzuleben. Also schwant uns, dass er dort drinnen lauert, unser Tod, in Wein voller Methanol, Hühnchenfleisch voller Dioxin, in den Coca-Cola-Flaschen, in den genetisch veränderten, geschmuggelten Bestandteilen der Kekse. Und natürlich in den kranken Rindern, nicht etwa im Verkehr, der verpesteten Luft, im passiven und aktiven Rauchen und vielleicht sogar in Drogen, in leichten, pillenförmigen Drogen, die aussehen wie Medizin.

Jetzt aber Schluss damit. Jetzt gibt es diese Viecher nicht mehr, vor denen wir so zitterten, die uns sogar manchmal zu Tränen rührten. Eine ältere Signora, sicher eine große Tierfreundin, trifft eines Tages mit ihrem Hund eine Freundin von mir, die ebenfalls mit ihrem Hund spazieren geht. Kaum fangen sie eine Unterhaltung an, fängt die an zu zittern und zu weinen, denn sie hatte am Abend zuvor im Fernsehen eine junge Arbeiterin mit roten Wangen gesehen, die mit weißem Hemd und weißer Bäckermütze reizend anzusehen war. Die tauchte ihre runden Händchen in eine weiche, gelbe Masse aus Küken, die auf einem Fließband vorwärtsgeleitet wurden. Einige warf sie in einen großen

Trichter aus blankem Stahl, und zwar die Männchen, die anscheinend an einem genetisch veränderten Flügel zu erkennen sind. Und dieses Mädchen fuhr fort, die Küken wegzuwerfen, ohne den Blick zu senken oder den Kopf zu bewegen. Man könnte sagen, dass sie das mit unverändert ernsthaftem Gesichtsausdruck tat und einer immer gleichen Geste. Das erzählte mir meine Freundin, als ich sie anrief. Am Telefon und in den Geschäften und auf den Plätzen hörte ich von einer Frau, die von Schweinen erzählte, denen man die Klauen und Hauer amputiert hatte, oder von Truthähnen, die ihr eigenes Gewicht nicht tragen konnten. Aber vor allem hatte auch ich die Arbeiterin mit den Küken gesehen, und ich hatte nicht geweint, weil ich aufgestanden war, weggeschaut hatte, um nicht sehen zu müssen, wie sie diese Masse ausmistete, die glücklicherweise nicht piepte. Wie sie im grellen Licht arbeitete, inmitten verspiegelter oder bunter Flächen, zwischen denen das Gelb hervorlugte. In dieser Fabrik, die das Gegenteil davon zu sein schien und die vielleicht anders heißen sollte, ich schätze, Hühnerzucht, die aber trotzdem eine Fabrik war, eine Todesfabrik, nein, eigentlich eine Fabrik des Todes und des Lebens.

Ich wünschte mir, sie nie gesehen zu haben, weder die Küken auf dem Fließband noch das brave Mädchen, das sie selektierte. Denn Selektion ist das richtige Wort, auch wenn es sich nur um Küken handelt, von denen die eine Hälfte als Hühner in den Legebatterien landet, die andere der weichste und sonnigste Haufen Toter wird, der jemals gesichtet wurde, deshalb reicht ein wahrscheinlich nicht einmal zwanzigjähriges Mädchen. Da braucht es weder SS-Totenköpfe noch die Rampe, den Doktor Mengele oder die Hilfskräfte aus der Ukraine, Arbeit macht frei, etc. etc.: Ich kann nichts dagegen tun, auf einige Reize reagiere ich aus reinem Reflex, fast wie der eines Huhns funktioniert mein Jüdin-die-ihre-Großeltern-in-Ausschwitz-verlor-Kopf. Wenn gesagt wird, dass wir genug genervt haben mit unserem Holocaust, dann stimmt das, langweilig sind wir, packen immer wieder dieselbe Leier aus, wie alte Tanten. Ich sprang doch sofort auf, als ich in einer deutschen Zeitung den Titel las »Holocaust der Rinder«: Was erlauben sich diese Arschlöcher eigentlich, dieses scheinheilige Volk, das Tiere verhätschelt und Asylanten und überhaupt Menschen anderer Hautfarbe zu ihren Landsleuten zurückschickt. Diese Kinder, Enkel und Urenkel eines bekanntlich vegetarischen Diktators, jetzt schreien sie Sodom und Gomorra, weil ihre Regierung beschließt, etwa eine halbe Millionen Rinder zu töten, jetzt schreien sie »Holocaust, Holocaust«. Denn man muss alle auf einen Schlag töten, und das ohne Gewinn, die Viecher, die mit der Zeit ohnehin als Steaks und Bratwürste das gleiche Ende genommen hätten!

Die Schlachtungen wurden von Metzgern erledigt, die während ihrer Überstunden in den Schlachthöfen und Verbrennungsöfen weinten. Männer, die schon ihr ganzes Leben lang diese Arbeit getan hatten. Auch in Großbritannien, wo man nicht viel protestierte, sah man grobschlächtige Männer mit geröteten Augen, vielleicht auch nur wegen des fettigen Qualms, der von den Scheiterhaufen in den offenen Himmel stieg. Von den Scheiterhaufen, auf denen der Überschuss einer Million, von eineinhalb oder zwei Millionen Rindern und Schafen brannte, die man zuerst wegen des Rinderwahns eliminiert hatte, dann wegen der Maul- und Klauenseuche. Männer, die sich erschöpft auf

Mistgabeln oder andere Geräte stützten und starr auf die lodernden Gerippe in den Feuern blickten, in deren Schein das winterliche Gras viel zu grün aussah, die aber den Himmel schwarz färbten, einen grauen, englischen Himmel voll drohender Wolken aus Schottland.

»Holocaust« bedeutet »Brandopfer«, im Unterschied zu dem Opfer, bei dem man von dem Opfertier etwas aß. Es war ein Opfer, das den toten Helden und den Göttern des Hades dargeboten wurde, ein Totalopfer, weil man nichts von dem anrühren durfte, was für die Unterwelt bestimmt war. Also haben die Küken nichts mit dem Holocaust zu tun, auch nicht die Juden, benutzt, fortgeschafft und vergast, zu Seife und Lampenschirmen verarbeitet. Auch nicht, dass die Idee der Konzentrationslager an dem Modell einer Fabrik geboren wurde und dass die Idee der modernen Fabrik bei einem Besuch Henry Fords in den berühmten Schlachthöfen in Chicago entstand. Dort hatte er zum ersten Mal die Nützlichkeit eines Fließbandes bewundern können, auf dem halbe Tiere dahinglitten, um zu einzelnen Stücken verarbeitet zu werden. Die kranken und gesunden Rinder aber, diese Rinder und Schafe, die wir den ganzen Winter über brennen sahen, die waren ein Brandopfer.

Ich glaube, wir haben diese Millionen von Tieren geopfert, keine Ahnung, welcher Gottheit oder welchen Toten. Also Schluss damit, jetzt können wir alles vergessen und weitermachen wie zuvor. Können weiterleben. Wir können wieder zum Supermarkt gehen und abgepacktes Fleisch kaufen oder es woanders kaufen, wo es besser und gesünder ist. Darauf kann man aber auch verzichten und Vegetarier werden, während die Küken weiter in den Trichter fallen, die Zahl der infizierten Rinder in Italien steigt, achtzehn, neunzehn, aber es sind immer alte Milchkühe, die in den Ställen Oberitaliens hinter Schloss und Riegel stehen, deshalb bemerkt niemand, wenn sie herdenweise verschwinden.

Als Jugendliche kannte ich den Direktor der Milchzentrale von Busto Arsizio. Dass es »Milch von der Zentrale in Busto Arsizio« gab, fand ich an sich schon seltsam genug. Weniger den Signore, der bei Freunden einen Kaffee trank und dem weder ein milchiger Duft anhaftete noch sonst irgendwelche Zeichen, die auf seinen Beruf hinwiesen. Er erklärte, wie wichtig der Import geworden sei, ganze Container kämen aus Jugoslawien, deren Inhalt der regionalen Produktion beigesetzt würde. Ich hörte so gleichgültig zu, wie es meine gute Kinderstube eben zuließ, und bekam am Rande mit, dass die Milch aus Busto Arsizio folglich ganz woanders herkam. Beeindruckt schloss ich daraus etwas sehr Verwirrendes: Wenn es in Busto Arsizio eine Milchzentrale gab, musste es dort auch Kühe geben. Ich erinnerte mich aber nicht, auch nur eine auf den wenigen unbestellten Wiesen der Kleinstadt gesehen zu haben, in der ich mich befand – eine Kleinstadt, die zur Gemeinde von Busto gehörte –, nicht in den von Einfamilienhäusern und Strickwarenfabriken gesäumten Straßen der umliegenden Dörfer und schon gar nicht im Zentrum. »Kühe in Busto Arsizio« war das Gleiche wie »Kühe auf dem Mars«. Die Kühe dagegen, an deren Milch ich gewöhnt war, die berühmte bayrische Milch, glaubte ich in- und auswendig zu kennen: Kuh auf grüner Wiese plus blauer Himmel mit weißen Wölkchen plus Häuschen mit Blumen am Balkon. So hatte ich die Kühe gemalt und noch eine fröhliche gelbe Sonne zugefügt, denn dieses Bild hatten sie bei jedem meiner Ausflüge in die Berge abgegeben. Ich habe diese Landschaft nie geliebt, vielleicht, weil sie für mich nicht anders war als meine kindlichen Krakeleien. Diese Landschaft, in der man fast damit rechnet, dass es von irgendwoher *Bayernlandlandland* tönt, das Echo aus einer alten Käsewerbung, oder eine Kuh »Milka« muht. Bauernhöfe, die so geleckt sind, dass die alten Madonnen auf den Mauern aussehen wie wertlose Zeichnungen eines Straßenmalers, Blasmusikklänge und Menschen in Dirndl und Lederhosen kommen dort heraus, Kühe, viele Kühe mit mit Edelweiß verzierten Glocken um den Hals, die das Postkartenbild perfekt abrunden. Wahrscheinlich hat man nach dem Krieg mit Baggern und Bulldozern alle Unebenheiten geglättet, nutzlose Bäume gefällt oder solche, die ungünstig standen. Man begradigte den Lauf von Bächen, und schließlich machten sie alles neu, die ganze Landschaft, eben wie sie die Städte auch wieder aufgebaut haben. Eine schönere Landschaft sollte es werden, ertragreicher und produktiver. Und als das neu gesäte, gedüngte Gras darüber wuchs, konnten auch die Kühe neu erschaffen werden, die mussten aber dem Zeitgeist entsprechen, mussten ebenfalls schöner, ertragreicher und produktiver sein. Ich glaube, das wurden sie schon, als ich noch klein war, denn meine gehörnten Monster waren schwarz-weiß und braun, und ich konnte nicht ahnen, dass diese wirre Zeichnung, dass diese Kuh, die wie eine Kuh aussah, im Norden beheimatet ist, auf flachen, von der Meeresluft salzigen Wiesen. Dass sie auf einem Landstrich beheimatet ist, der dem Rest Deutschlands die Protagonisten für die dümmsten Witze liefert, dass sie offiziell der »friesischen Rasse« angehört. Ausgerechnet in Bayern, wo jedes Dorf sein Bierfest hat, seine Blaskappelle und seine Prozession, wo man die blau-weißen Rauten auf jeder Papierserviette und an den Kircheneingängen sieht, wo jeder,

der in ein anderes Dorf zieht, lebenslang ein *Zugr'oasta*, ein Zugereister, bleibt, wo jeder als »Preuße« abgestempelt wird, der ein wenig oberhalb von Nürnberg lebt, egal, ob er dort bleibt oder fortzieht. Ausgerechnet in Bayern läuft also eine preußische, protestantische Kuh auf den folkloristisch anmutenden Wiesen umher, und inmitten der alpinen Rasse vermehrt sich die friesische ungestört.

Warum also sollten keine friesischen Kühe in dem ein oder anderen Stall zwischen den Textil-Industrien von Busto Arsizio versteckt sein, warum sollten sie sich nicht – auf Haut und Knochen abgemagert – durch den Verkehr von Kalkutta und Bombay schlängeln. Was spricht dagegen, dass sich ihre Rasse bis zu den Wüstenoasen hin ausbreitet, bis in die afrikanischen Hochebenen. Wenn es doch diese weltweite Leader-Model-Kuh gibt, warum sollten die berberischen Schäfer, die Massai, Watussi oder was weiß ich ihre Zelte und Hütten nicht gegen Tiroler Fertighäuschen eintauschen, ja, warum eigentlich nicht? Mittlerweile werden doch fast alle friesischen Kühe in Brescia und Umgebung von Sikh-Familien gemolken, und in den Alpen von Piemont und Val d'Aosta laufen die Senegalesen herum, warum sollten diese Leute nicht ein Stückchen Bayern mit nach Hause nehmen? Es ist ja nicht ihre Schuld, dass Fertighäuser nicht in maurischem Stil oder als Strohhäuser im Handel zu haben sind.

Einerlei, bevor ein Häuschen oder eine friesische Kuh dort ankommt, tut es die Krankheit. Ein koreanischer Präsident fragte den deutschen Kanzler, ob er von den vierhunderttausend Rindern, die geschlachtet werden sollten, Korea nicht das ein oder andere abtreten könne, anstatt sie alle zu verbrennen. Besser heute ein möglicherweise krankes Rind, aber immerhin ein ganzes und das auch noch gratis, als morgen ein zu Futter verarbeitetes, das wir auch noch bezahlen müssen, wird er sich gedacht haben. Der Kanzler verneinte mit vehementer Empörung. Eine indische Aktivistin wies auf die Zustände der Schlachthöfe hin, wo sich das Ochsen- und Schafsblut mit dem Dreck und den Exkrementen der Tiere vermische. Sie warnt Hindus und Buddhisten, also Vegetarier, vor Milch, Yoghurt und Ghee. Bittet sie, Beobachtungen anzustellen und taumelnde Tiere zu kennzeichnen, denn das könnte andere Ursachen haben als Hunger, Hitze oder Alter. Nun gut, sie selbst ist Hindu und Vegetarierin, aber die Dame übertreibt offensichtlich, Schlachthöfe sind auf der ganzen Welt ekelhaft, und unsere Wissenschaftler schließen aus, dass die Krankheit durch Milchprodukte übertragen wird. Wenn aber die heiligen Kühe dem Wahn verfielen, würde sich ein heiliges Entsetzen über den indischen Subkontinent und sofort im Anschluss eine Hungersnot verbreiten. Die Weltgesundheitsorganisation hingegen gibt eine Warnung heraus. Weltweit gibt es alle möglichen Gefahrenquellen: Vieh, Fleisch, Blut, Serum, Fette, tierisches Mehl, jeder erdenkliche, von uns produzierte Müll und Reste, illegal oder legal exportiert mit einem besonderen Rabatt. Da unten, also überall sonst, gibt es Grund zur Angst, nicht hier bei uns.

Hier ist wieder alles wie vorher, besser noch: Kein Tier wird geboren, weder aus künstlicher Befruchtung noch natürlich gezeugt, das nicht beantragt wurde, kein Rind wird ohne Test geschlachtet. Alles strikt nach Gesetz und unter Kontrolle: Womit wurde das Tier gefüttert, mit wie viel Nahrung erreichte es in welcher Zeit welches Gewicht. In Italien sind es achtzehn Monate für Rinder, sechs für

Kälber. Hätte ich das gewusst, hätte ich vielleicht absonderlich dunkles, abgemagertes Biofleisch gekauft, dessen Qualität eine Umweltschützerin im Fernsehen als Ergebnis eines besseren Lebens rühmte. Was redest du da, erboste sich ihre Gegnerin, eine Delegierte humanitärer Missionen, du glaubst, Mutter Natur macht es schon, du Fundamentalistin, du verachtest den Fortschritt und scherst dich einen Dreck um den Welthunger! Und die andere scherte sich tatsächlich einen Dreck und sagte immer wieder, dass eine gesunde, glückliche Kuh denjenigen gesünder und glücklicher mache, der sie verspeist.

Den Ausdruck »Kuh« benutzt man in einigen Sprachen, um einer Frau zu sagen, dass sie nicht unbedingt ein Spatzenhirn hat, aber doch ziemlich dämlich ist. Und als sich die Umweltschützerin und die Verfechterin der Menschenrechte gegenseitig ankeiften, fiel mir genau dieses Wort ein. Aber vielleicht bin ich es ja auch, *I am the bloody cow*, die dumme Kuh, und somit erkläre ich im Namen meiner Schwestern, die die so betitelte Fundamentalistin nicht so nennt, dass es mir lieber wäre, ein genetisch verändertes Futter in Freiheit zu verzehren, als von der Geburt bis zum Tode gegen die Gitterstäbe eines Stalles zu reiben und Heu und natürliches Getreide wiederzukäuen. Sicher, theoretisch ist das alles schön und gut, und ich habe ohnehin keine Ahnung. Ich weiß nicht einmal, wie viel eine schöne friesische Kuh wert ist, wenn der Preis für einen erwachsenen, afrikanischen Sklaven 100 Dollar beträgt, weniger als für eine zwei Meter lange Pythonschlange, viel weniger als für eine Augenhornhaut und noch weniger als für eine Niere, vielleicht so viel wie für ein oder zwei Säcke Futter. Ich weiß, dass es auf der Welt alles zu haben gibt, nicht nur lebende

Kühe und portionierte, vakuumverpackte und tiefgefrorene, Kühe in Dosen oder als Pulver. Und jede Sache hat ihren Preis, auch wenn es keine Sache ist, aber in der Praxis wusste ich nicht einmal, wo es das gute Fleisch der freien und glücklichen Rinder zu kaufen gab, das ich so gerne gebraten hätte. Schließlich machte es die Runde, dass auch biologische Rinder befallen sein können, eins hatte man schon gefunden. Als die genaue Herkunft verfolgt wurde, stellte sich heraus, dass es als Kalb mit künstlicher Milch ernährt worden war und dann mit Tiermehl. So wie es aussieht, werden unsere Rinder also alle unter den gleichen Voraussetzungen geboren. Also kaufte ich manchmal wieder Fleisch im Supermarkt, denn ein paniertes Kotelett schmeckt mir noch immer. Außerdem wurde mir garantiert, dass Kälber dank ihres jungen Alters völlig ungefährdet seien und keinerlei Risiko darstellten. Ich wusste, dass sie eingesperrt in völliger Dunkelheit gehalten werden und ausschließlich Milch bekommen, denn nur ein blutarmes Kalb gibt rosa Fleisch her, und ertappte mich schließlich bei dem Gedanken, sechs Monate wären besser als achtzehn, noch besser wäre es allerdings, wenn sie nie geboren würden.

Als ich noch zur Universität ging, machte ein Buch die Runde, das einen regelrechten Kult hervorrief, es hieß »Vom Nachteil, geboren zu sein«. Das eigentliche Übel, behauptete ein alter Weiser, schrieb der rumänische *maître à penser* im Pariser Exil, zitierten die Studenten mit künstlerischen und intellektuellen Ambitionen, besteht darin, geboren worden zu sein. Besser wäre es, niemals geboren worden zu sein. Das wiederholten sie alle mit leuchtenden Augen, als gäben sie flüsternd eine radikale Wahrheit preis. Ich stellte mir den ehrwürdigen Cioran in seinem Haus in Paris vor. Überfiel ihn das Genie, kritzelte er ein paar Aphorismen, von wegen »Phänomenologie des Geistes« oder »Kritik der reinen Vernunft«. Ansonsten spazierte er herum, aß, schlief, empfing Besuch und ließ sich loben, nahm an internationalen Symposien teil, alles gratis, alles auf Spesen des Nachteils, geboren worden zu sein. Wickelt sie doch selbst aus, dachte ich, eure Pessimisten-Bonbons, und war stolz zu widersprechen, würde mir doch einmal jemand den abstrusen Salto mortale demonstrieren, ohne geboren zu sein, stirbt man nicht, und wenn der Tod ein Übel ist, ist es auch Ursprung, also Leben, na klar, das ist doch logisch, wenn es aber tatsächlich so ist, warum bringt ihr euch nicht um? Und jetzt ertappte ich mich voller Entsetzen dabei, diesen grauenhaften Gedanken auf unsere Rinder zu beziehen, auf unsere kunstvoll gezeugten, gezüchteten und geschlachteten Rinder. Jetzt dachte ich an die, die versucht hatten, meinen tumben oder auch widerspenstigen Kopf von der exotischen Schönheit des Nirwanas zu überzeugen. Die ein Loblied auf die katharischen Albigenser gesungen hatten, die bei dem Kreuzzug der Christen massakriert worden waren. Auf die Ketzer, die an die Welt als Übel glaubten und sich deshalb hüteten, Kinder in die Welt zu setzen, Kriege zu führen und Tiere zu essen. Und dann wurde ich ganz verzweifelt, ich dachte, um ein guter Mensch zu sein, muss man glauben, absoluten Glauben in die Herrschaft des Bösen haben, denn wer das Leben liebt, hängt daran, also rechtfertigt und verteidigt er es, und dann hält er nicht durch. Aber dann dachte ich an die Jahre, in denen ich nur Fleisch von erwachsenen Rindern gekauft hatte, um mich nicht mit Kindesmord zu beschmutzen. Eigentlich nie viel, beruhigte ich mich, außer, als es im Supermarkt Rindfleisch aus Irland gab, was viel besser schmeckte als unseres.

In Irland starb eine Person, deren Name, Alter und Geschlecht nicht bekannt sind, unbestrittenes Opfer des Rinderwahns in seiner menschlichen Form, momentan das einzige. Drei Tote in Frankreich, einhundertsechs in Großbritannien: Das sind seit 1995 insgesamt einhundertzehn auf den Inseln und dem Festland. Verglichen mit jeder anderen natürlichen oder unnatürlichen Todesursache ist das ein Witz. Aber die meisten Opfer waren unter dreißig, bis heute starb das jüngste im Alter von zwölf Jahren. Den Grund dafür kennt man nicht. Scheinbar trifft die Krankheit eher junge Menschen, aber seitdem sie als Todesursache bei einem 74-jährigen Mann diagnostiziert wurde, ist das nicht mehr sicher, man weiß nicht, ob und wie vielen älteren Opfern man fälschlicherweise Alzheimer und Demenz zuschrieb. Man weiß nicht, ob sich die Krankheit in einem jungen Organismus schneller ausbreiten kann, so wie es bei Krebs der Fall ist, nicht, wie lange die Inkubationszeit beträgt. Man weiß nicht, ob und in welchem Maße die genetischen Voraussetzungen zählen, man kann keine sichere Diagnose darüber erstellen, es sei denn post mortem durch eine Autopsie. Weder Behandlung noch schmerzlindernde Medikamente sind bekannt: Man weiß nur, dass die neue Variante des Creutzfeld-Jakob-Syndroms von BSE ausgelöst wird, das heißt vom Konsum des Fleisches eines kranken Rinds, wie viel davon, ist ungewiss.

Clare Tomkins war weder eine katharische Albigenserin noch ein indischer Guru, sie hatte nur mit elf Jahren aufgehört, Fleisch zu essen. »Became a vegetarian aged 11«, »wurde mit elf Jahren Vegetarierin«, so ausgedrückt macht es ziemlichen Eindruck: Wer kann sich das schon vorstellen, ein Kind, das von einem auf den anderen Tag Mama und

Papa, also seiner ganzen Welt, verkündet, von heute an esse ich kein Fleisch mehr. Nein, bestimmt ist es anders gelaufen, wahrscheinlich war es die Idee von Mrs. Tomkins, der Mutter. Mütter, deren Kinder groß geworden sind, haben offensichtlich häufiger recht seltsame Ideen. Sie verfügen plötzlich über so viel freie Zeit, dass sie nicht wissen, was sie damit anfangen sollen, ob es nun die halben Tage einer Hausfrau oder die verbleibenden Stunden einer berufstätigen Frau sind. In dieser unausgefüllten Zeit sah Mrs. Tomkins wahrscheinlich eine Fernsehsendung, las ein Buch, sprach mit einer Freundin oder Kollegin, die ihr den Gedanken und die Vorteile einer vegetarischen Ernährung näher brachte. Daraufhin kaufte sie diverse Bücher, ließ sich weitere Empfehlungen geben und gelangte schließlich zu der Überzeugung, dass dies der richtige Weg sei, ihr Leben zu ändern und derart frisch motiviert neuen Schwung in die Familie zu bringen. Anstelle von Steaks und Braten kommen im Hause Tomkins nun Sojaburger, Tofu, Miso, Vollkorn-Gemüse-Pizzen, indisches Linsenmus, japanische Algensuppen und Salat, Salat und nochmals Salat auf den Tisch. Wer das ganze Zeug nicht mehr sehen kann, geht eben irgendwo einen Hotdog essen. Und Clare? Clare, das brave Kind, lässt sich ganz von der Mutter überzeugen, *darling*, du isst nicht mehr den Dreck, den es in der Schulmensa gibt, nicht wahr? Blödsinn, zu Hause wird sie wohl kaum auf vegetarisch gemacht haben, nur um sich dann klammheimlich mit Fastfood voll zu stopfen, so wie Jugendliche, die verstohlen auf der Straße rauchen. Sonst müsste wohl kaum betont werden »*became a vegetarian aged 11*«. Sicher war die Geschichte ganz anders, etwa die Geschichte eines Kindes, das sich schon immer vor jedem Bissen Fleisch ekelte. Schon lange war das so, jahrelang, ein tagtäglicher Kampf, Bissen um Bissen. Von Senf und Ketchup durchweichte Hamburger, eingequetscht zwischen Salat und einem süßen Brötchen, ein jahrelanger, fauler Handel – wenn du am Sonntag bei der Oma das Roastbeef isst, darfst du nachmittags mit deinen Freundinnen spielen, wenn du die *McNuggets* nimmst, kaufe ich dir Pommes dazu –, Jahre voller Lügen – nein, da ist kein Fleisch drin, ich schwöre –, vor allem aber Jahre, in denen das Kind die immer gleiche Leier zu hören bekam, iss, damit du groß und stark wirst, Fleisch ist gesund und wichtig für dein Wachstum, Fleisch tut dir gut. Das alles festigte wahrscheinlich ihre Haltung nur, verstärkte ihre tiefe Abneigung gegen Fleisch, und als sie endlich groß genug war, um eine eigene Meinung zu haben und diese kundzutun, sagte sie, nein, oder sagte, Schluss jetzt. Das Kind Clare Tomkins auf der Schwelle zur Jugendlichen sagte etwas in der Art und erklärte, dass da nichts zu machen sei, weder mit Drohungen noch Erpressungen oder faulem Handel, ab sofort würde sie kein Fleisch mehr essen.

Clare sitzt also mit ihren Eltern und vielleicht Geschwistern am Tisch, der reich mit Porridge, Toast, Marmelade, *Eggs and Bacon* gedeckt ist. Sie lässt sich Tee einschenken, die Milch reichen, Brot und Butter, füllt ihre Schale mit grauem Haferbrei, ist bemüht, ihr müdes Gesicht zu verbergen. Müder als sonst, denn der Gedanke, dass sie beim Frühstück ihre Weigerung kundtun wird, ließ sie die ganze Nacht kein Auge schließen. Doch bevor sie etwas sagt, noch bevor Eier und gebratener Speck auf ihrem Teller landen, löffelt sie ihren Porridge, der ihr noch nie so gut schmeckte. Sie schluckt, hebt den Kopf und schaut schließlich in die Runde, *thank you, mummy, I'll have an egg, but I won't have the bacon, I shall have no more bacon nevermore*, sagt sie. So hätte das Ganze anfangen können.

Unverständnis oder auch Gleichmut machen sich auf den Gesichtern breit, vielleicht stellen die Eltern klar, dass sie das nicht hinnehmen werden, oder Clare erntet nur eine lakonische, typisch englische Antwort, *well, Clare, if that's what you wish*, verständnisvoll oder ablehnend, das weiß man nicht. Vielleicht war es auch ganz anders, und dieses Kind gehörte nicht zu einer Familie, die sich zum gemeinsamen Frühstück am Tisch versammelte, weil in diesem Haus niemand Wert darauf legte. Möglicherweise hatte sie nur eine Mutter, und die arbeitete. Also wärmte oder taute sich jede auf, wann und wonach ihr gerade war, und an den Feiertagen griff man auf *call a Pizza* zurück, da konnte man den Schinken bei der Bestellung einfach weglassen oder ihn herunternehmen. Ich weiß so gut wie nichts über Clare Tomkins, nichts darüber, wie man als Vegetarierin in einem Dorf südlich von London leben kann, und das, seitdem man elf ist.

War Clare blass, noch blasser als es englische Kinder normalerweise sind, sommersprossig und neigte wegen Haferbrei und bis zur Unkenntlichkeit zerkochtem Gemüse ohne Salz zur Blutarmut? War sie blass und mager, weil sie eigentlich nichts von dem mochte, was sie aß? Oder war sie dick, aufgedunsen und hatte Pickel, weil sie sich nur von Süßigkeiten, *Chips and Crisps*, also Fritten und Chips, ernährte? War sie einsam, weil sie in der Mensa nichts anderes als Bohnen essen konnte, von denen sie furzte, wie die Schulkameraden behaupteten, und wer hat schon Lust, einen wandelnden Furz mit sich herumzuschleppen, der immer und überall nur Pommes frites isst? War sie glücklich mit ihrer Entscheidung, oder hielt sie nur verzweifelt daran fest, weil sie in kindlicher Dickköpfigkeit glaubte, nie wieder, für nichts auf der Welt, zurückzukönnen? Wie auch immer, dreizehn Jahre lang aß sie kein Fleisch. Der Name von Clare Tomkins ist in einem Verzeichnis vom Oktober 2000 zusammen mit den anderen dreiundfünfzig Opfern des neuen Creutzfeld-Jakob-Syndroms aufgelistet. Soviel ich weiß, ist dies das letzte und vollständigste Verzeichnis, das veröffentlicht wurde. Dort fand ich sie.

»Clare Tomkins, 24, from East Peckham, Kent, became a vegetarian aged 11 in 1985, died in 1998.«

Sie ist nicht die einzige Vegetarierin in dem Verzeichnis, auch nicht das jüngste Opfer unter den Vegetariern oder im Allgemeinen: Da sind Claire McVey, gestorben im Alter von fünfzehn Jahren, und Zoe Jeffries, die keine fünfzehn mehr wurde. Zoe war lange Zeit das jüngste, das berühmteste Opfer, denn die BBC hatte sie im Wohnzimmer eines typischen Arbeiterhaushalts in der Nähe von Manchester gefilmt. Mit einem Schlauch in der Nase lag sie bewegungslos im Bett, umgeben von Postern ihres Idols Leonardo Di Caprio. Ihre Mutter saß bei ihr und verkündete den Journalisten, dass sie niemals wieder auch nur ein Gramm Fleisch essen würde, und sie würde auch nicht zulassen, dass ihre drei noch gesunden Kinder es täten. Ihre Mutter Helen, die nun die abgepackten Wurst-Sonderangebote, die *meat-pies* und tiefgekühlten Hamburger verfluchte. Einige Tage nach diesen Aufnahmen erschien die Ambulanz, eskortiert von der Polizei, um die Tochter zu holen. Die Mutter öffnete die Tür, brach unvermittelt zusammen, und während sie sich die

Haare raufte, schrie sie, *you bastards, you've done this to her!* Sie schrie das in eine ganz alltägliche Stille hinein, eine Stille, in der nur der Atem von Zoe fehlte. Und man könnte fast meinen, es sei ein übler Scherz, dass der Name Zoe für alle Lebewesen steht.

Ein großer Teil von denen, die nachweislich dem Rinderwahn zum Opfer fielen, sind wie Zoe, bloß älter. Menschen aus dem depressiven Norden und dem ländlichen Schottland, Leute, die sich hastig und so billig wie möglich ernähren, meistens von Produkten aus Separatorenfleisch, Resten von den Gerippen, die mit Druckdüsen abgespült werden, wodurch das Fleisch mit Rückenmarkgewebe kontaminiert wird. Es sind Mütter und Väter von zwei oder mehr Kindern, Krankenschwestern, Angestellte, Verkäuferinnen, Förster, Küstenaufseher, Polizisten und Postboten, außerdem eine verdächtige Anzahl von Arbeitern aus den Fleischfabriken, Schlachtereien, Schlachthöfen und sogar Viehstallungen. Aber auch Ingenieure, Manager, Computerexperten, Studenten, Schüler jeden Alters und aller Schulformen. Letztere machen lediglich die Hälfte der wenigen gemeldeten Opfer aus, doch die Zahl steigt Jahr für Jahr, und scheinbar möchten immer weniger Engländer öffentlich bekennen, einen Krankheitsfall in der Familie zu haben. Entweder fürchten sie den Tratsch oder dass man sie als Auslöser von Tod und Ansteckung ächtet, denn in Großbritannien kann jeder befallenes Fleisch gegessen haben. Also ist man nur froh, wenn es, wenigstens im Moment, die anderen trifft. Ich weiß nicht, ob in England, und nur in England, der Rindfleischkonsum gleichzeitig mit den Todesfällen ansteigen konnte, weil dieser unlogische, aber menschliche Instinkt existiert, noch mal davongekommen zu sein, oder weil die Engländer glauben, dass mit den Millionen von zwangsgeschlachteten Rindern kein krankes Fleisch mehr im Umlauf ist.

Möglicherweise aber auch einfach, weil sie Engländer sind und ihre schlechte Küche den Ruf hat, über ausschließlich ein schmackhaftes Gericht zu verfügen, nämlich Roastbeef. Und die Wache Ihro Majestät trägt den Namen *Beefeater.*

Ein Freund erzählte mir, dass nach dem Krieg sein erstes Ziel im Ausland England gewesen sei, die Insel mit dem ehemaligen Namen »perfides Albion«. Von dort waren diejenigen gekommen, die er als seine Befreier ansah, aber das erwartete Glanz und das Gloria der Siegernation fand er nicht. Vor allem aber gab es kein Roastbeef. Sowohl in London als auch in den alten *inns* auf dem Land, wo er auch danach fragte, erhielt er dieselbe Antwort: *Sorry, sir, I'm afraid there is no roastbeef in England at the moment*, bis er einmal erwiderte, wie das, in Italien gibt es welches, *although Italy lost the war*, woraufhin der andere zugab, *well, yes, we do export our beef to the Continent*. In diesem Moment, behauptet er, habe er begriffen, was der »Untergang eines Weltreiches« bedeutet.

Aber er braucht Zeit, so ein Untergang, einige Jahrzehnte schreitet er unsichtbar voran, verschwiegen in den Liedern aus Liverpool. Liverpool aber bleibt, wo es war, und verfällt. Während sich die Lieder zu den Rhythmen und Tänzen des Swinging London gesellen, wachsen die Vororte niedrig, aber ausufernd an, dann wird ein Bergwerk nach dem anderen geschlossen und stillgelegt, die Stahlwerke für veraltet und unnütz befunden. Streiks, Arbeitslosigkeit, Kriege zwischen Punks und Skins, rassistische Ausschreitungen häufen sich. Aber vielleicht ist das alles noch gar nichts, es ist schlimm genug, könnte aber auch der ganz normale Lauf einer langfristig Gewinn bringenden und unumkehrbaren Entwicklung sein. Die wirkliche Bedrohung aber, das zehrende Übel, steht wiederkäuend in den Ställen oder lauert tot und erstarrt in diversen Kühltruhen. Und jetzt geht die Aufregung los, es wird nach Medikamenten geforscht, Wissenschaftler sitzen Tag und Nacht im Labor und sezieren durchlöcherte Gehirne von Schafen, Rindern und Menschen. Daneben sitzen Forscher reglos vor dem Rechner – wenn es letztes Jahr x waren und dieses Jahr zweimal x, wie viele Fälle können wir dann in Zukunft erwarten? 139.000, rechnen wir noch einmal, bis zu 250.000, *oh my God!* – und schicken die Kollegen der Feldforschung zu den Verwandten der im ganzen Land verteilten Opfer. Entschuldigen Sie, Mrs. Jones, aß Ihr Sohn Fleisch? Wie viel? Welches? Wo kauften Sie es? Kauften Sie immer ein? Erinnern Sie sich, wo Sie das Fleisch für Ihre Familie kauften, hauptsächlich in der Zeit zwischen Mitte der Siebziger und Mitte der Achtziger? Ich weiß, dass es schwierig ist, bitte, wenn Sie wünschen, machen wir eine Pause. Danke, eine Tasse Tee tut immer gut. Geht es jetzt besser? Ich versichere, dass Sie keinerlei Schuld trifft, weil Sie diese Sorte Fleisch gekauft haben, alle machen das, Schuldgefühle nützen jetzt niemandem, denken Sie daran, dass Sie uns damit helfen, danke, nochmals danke, Sie waren uns eine große Hilfe.

Am 10. März 1998, etwa einen Monat vor dem Tod seiner Tochter Clare, erscheint Roger Tomkins, Direktor einer Anlagenbaugesellschaft, als erster Zeuge des Tages vor der staatlichen Untersuchungskommission zu BSE und der menschlichen Form vCJD, geleitet von Lord Nicholas Phillips in London. Am Tag darauf erscheint in drei nationalen Zeitungen, »Times«, »Telegraph« und »Independent«, ein Bericht über seine Aussage, die er macht, wie die »Times« berichtet, ohne jemals seine Beherrschung, die *composure*, zu verlieren. Familienmitglieder anderer Opfer hingegen sah man offen in Tränen ausbrechen. Das Protokoll der Aussage von Roger Tomkins gehört zur abschließenden Dokumentation der BSE Inquiry der britischen Regierung, für jedermann im Netz zugänglich. Über Clare Tomkins, ihre Krankheit und ihren Tod kann man fast alles erfahren.

Im Oktober 1996 kommt sie aus einem einwöchigen Urlaub wieder, den sie mit ihrem Freund verbrachte, dem Mann, den sie heiraten wollte. Der Mutter fällt auf, dass ihre ohnehin schon schmale Tochter in dieser kurzen Zeit noch magerer geworden ist und gar nicht gut aussieht. Das hatte die Mutter nicht erwartet, vielleicht fragt sie nach, auf jeden Fall erzählt ihr Clare, dass es kein schöner Urlaub gewesen sei, sie habe fast jeden Tag geweint, warum, das wisse sie selbst nicht, und woher dieser ekelhafte Geschmack im Mund komme, auch nicht. Einige Wochen später setzt sie den Wagen aus der Garage, hält jedoch sofort wieder an, läuft in Tränen aufgelöst ins Haus zurück und sagt, es gehe nicht, sie schaffe es nicht, zur Arbeit zu fahren. Sie kehrte nie wieder zu ihrer Arbeit zurück.

Ihr behandelnder Arzt wird eingeschaltet und diagnostiziert eine Depression, gegen die er Medikamente verschreibt. Doch im Laufe der nächsten Wochen verschlimmern sich der Zustand von Clare und ihre starken Stimmungsschwankungen nur noch mehr. Sie will nicht mehr ausgehen, unterlässt die so geliebten Ausflüge mit dem Pferd, meidet den Kontakt mit anderen Menschen. Ihr

Freund schließlich glaubt, er oder vielmehr die gemeinsamen Hochzeitspläne seien der Ursprung des Übels und beendet die Beziehung. Ein schwerer Schock für Clare, bemerkt Tomkins vor der Untersuchungskommission. Weil sich ihr Zustand immer weiter zuspitzt, versucht Tomkins auf den Freund einzuwirken, und noch gegen Ende der gleichen Woche sind die beiden wieder zusammen. Von diesem Moment an wird der Freund seiner Tochter nicht mehr von der Seite weichen.

Im Dezember aber weint Clare täglich, bei Nacht und bei Tag. Sie sagt, sie habe Schuldgefühle, weil ihre tiefe Trauer so gar nicht in die Weihnachtszeit passe; im Januar ist sie tagsüber sehr aufgewühlt, sie sieht doppelt, hält sich nur mit Mühe auf den Beinen, klagt über Schmerzen in den Knien, gefühllose Lippen und Gedächtnisschwäche. Immer öfter ist ein merkwürdiger Ausdruck auf ihrem Gesicht zu beobachten.

Als der Arzt sie wieder untersucht, verschreibt er stärkere Antidepressiva und schickt sie zum öffentlichen psychiatrischen Dienst. Die diensthabende Krankenschwester empfiehlt, ein Tagebuch zu führen. Für die Patientin sei dies Halt und Übung, für den Arzt Kontrolle. Zwei Monate lang trägt Clare täglich ein, was sie macht und wie sie sich fühlt. Ihre großzügige, ausladende Schrift wird zusehends kleiner und flacher bis hin zu einer unleserlichen Krakelei. Um dem behandelnden Arzt genauere Informationen zu liefern, macht sich auch ihr Vater Notizen:

»Sie hat keinen Appetit, ihr Gewichtsverlust beträgt ein *stone* (ca. 6,35 kg). Momentanes Gewicht sechs stones (ca. 39 kg). Sie zeigt keinerlei Initiative, auch zu den kleinsten Tätigkeiten muss man sie überreden, wie die Erledigung kleinerer Hausarbeiten für ihre Mutter ... Sie ist sehr schwach, grazil, zerbrechlich. Manchmal reagiert sie fast wie ein Kind. Sie hat sich ein nervöses Lachen angewöhnt, wenn sie eine Frage beantwortet oder über etwas Bestimmtes spricht. Ständig wirkt sie ängstlich und besorgt, sie stößt ihren schweren Atem fast wie ein Seufzen aus, hält sich sehr unsicher auf den Beinen. Ist es die Schwäche? Oder sind es ihre Augen? Oder die Tabletten?«

Ende Januar 1997 gibt man schließlich zu, dass die angewandten Methoden zu keinem Ergebnis führen, und im Einverständnis mit dem Arzt wird beschlossen, dass Clare von nun an psychologisch betreut wird, doch die Wartezeit der nationalen Gesundheitsbehörde beträgt eineinhalb Monate. Deshalb bringt die Familie sie kurz entschlossen zu einem Spezialisten in einer psychiatrischen Privatklinik. In zwei Tests stellt dieser fest, dass die Patientin einem akuten Angstzustand unterliegt, ausgelöst von dem Konflikt zwischen dem Wunsch, mit ihrem Freund zusammenzuleben, und dem, in ihrem sicheren familiären Umfeld zu bleiben.

Doch wenn sie auf dem Sofa inmitten ihres familiären Umfelds sitzt, schlägt sie zuweilen mit geschlossen Augen den Kopf von einer Seite zur anderen und realisiert offensichtlich nicht, was oder wer sich um sie herum bewegt. Sie erkennt ihren Vater nicht, der ihr Valiumtropfen gibt, was sie etwa eine Stunde lang beruhigt.

Ende Februar ist die Krankenschwester des psychiatrischen Dienstes derart erschreckt von dem körperlichen und geistigen Zustand Clares – weiterer Gewichtverlust, komplette Willenlosigkeit –, dass sie den Eltern sagt, man müsse nun dringend etwas für Clare tun.

Trotz Einsamkeit und Überforderung, die – wie Tomkins vor der Kommission bekennt – zu diesem Zeitpunkt auf ihm und seiner Frau lasten, schreibt er als Zeichen seiner Liebe zwei Briefe an seine Tochter, *Deine Zukunft* und *Erinnere dich*, und kann sie überzeugen, sich einer anderen Behandlung zu unterziehen.

Am 28. Februar 1997 wird Clare in die psychiatrische Klinik eingewiesen, wo sie zuvor untersucht wurde. Um den Angstzuständen und dem mittlerweile ständigen Schlagen mit dem Kopf entgegenzuwirken, wird sie mit starken Medikamenten behandelt. Außerdem nimmt sie an einer Gruppentherapie teil, die sie jedoch nur noch unglücklicher macht, da sie die anderen Patienten »normal« findet.

Eines Tages sagt Clare ihrem Psychiater, auf ihrem Arm befinde sich ein Insekt, ein seltsames, astförmiges Insekt. Der Arzt weiß nicht, was er mit diesem völlig anormalen Symptom bei einem schweren Angstzustand anfangen soll, und konsultiert einen Neurologen. Nachdem der sie untersucht hat, bricht er jede Behandlung ab und verordnet eine Kernspintomographie.

Als Clare für das Osterfest kurz aus der Klinik entlassen wird, verweigert sie in den ersten zwei Tagen die Nahrungsaufnahme. Aus der Aussage von Roger Tomkins ist nicht zu schließen, ob der Besuch am 2. April 1997 unmittelbar darauf folgte. Als er an diesem Tag seine Tochter krampfhaft zitternd und nur mit Unterhose bekleidet auf dem von Urin durchnässten Bett vorfindet, entscheidet er kurz *enough is enough*, hilft seiner Tochter beim Ankleiden und bringt sie nach Hause. Über einen Monat lang ist dort im Wechsel immer jemand aus der Familie bei ihr, sodass sie nie alleine ist.

Die im King's College Hospital ausgeführte Kernspintomographie ergibt, dass das Gehirn von Clare Tomkins völlig gesund ist. Dieses Ergebnis bestärkt den Psychiater, denn die Geschichte mit dem Insekt hatte ihn doch verunsichert. Jetzt ist er überzeugt, die Krankheit von Clare sei psychiatrischer Natur, da ist er zu hundert Prozent sicher.

Doch außer dass sie ständig weint und, wie Tomkins es ausdrückt, wimmert wie ein verwundetes Tier, bekommt sie nun auch noch Halluzinationen. Vielleicht weil sie noch schlechter sieht, vielleicht weil ihre Augen ständig voller Tränen sind. Augen, in denen das blanke Entsetzen steht, wenn sie auf den Blick eines anderen treffen. Wenn ihre Mutter hereinkommt, versucht sie manchmal sogar zu flüchten oder wenigstens sich zu verstecken, denn laut Clare ist sie nicht ihre Mutter. Sie erkennt sie nur manchmal und lässt sie dann näher kommen. Was nicht bedeutet, dass ihr Freund oder ihr Vater besser dran wären, wie Roger Tomkins bemerkt. Am 27. April 1997 habe seine Tochter festgestellt »*dad was dead*«. Er erklärt der Kommission aber nicht, was für Wesen es waren, die Clare sah, angefangen bei dem kläglichen, astförmigen Insekt. Ob sie aussahen wie die »Gremlins«, die Zoe Jeffries ihrer Mutter beschrieb, oder was es sonst für verschieden geartete Monster waren: Vielleicht, um wenigstens einigen auszuweichen, die auf dem Boden herumkriechen und versuchen, an ihren Armen und Beinen hochzuklettern, drehen sich Hände und Füße von Clare Tomkins zu dieser Zeit nach innen, und zwar so, dass sie ohne Hilfe nicht mehr laufen kann.

Mehr oder weniger so muss es der Psychiater interpretiert haben. Derselbe beantwortet die Frage der Eltern, ob die Tochter nun verrückt würde, mit »*hysterical anxiety*«, eine

Diagnose, auf Grund derer man in Betracht zieht, sie ein weiteres Mal einzuweisen.

Am Tag vor ihrem vierundzwanzigsten Geburtstag kehrt Clare in die Privatklinik zurück, wo sie einer Therapie unterzogen wird, die sich in Fällen wie ihrem als erfolgreich erwiesen habe. Diese Therapie besteht aus einer Reihe einfacher Aufgaben wie Zähne putzen oder Socken anziehen, auf deren erfolgreiche Ausführung eine Belohnung folgt. Am 18. Mai 1997 bleiben die Eltern lange zu Besuch bei ihrer Tochter, denn wie ihnen mitgeteilt wurde, könnte sich ihre Anwesenheit in den folgenden zwei Wochen negativ auf die Anfangsphase der Therapie auswirken. Es ist das letzte Mal, dass Clare mit ihnen spricht.

In den kommenden neun Tagen wird den Eltern regelmäßig am Telefon gut zugeredet, dann teilt der Psychiater mit, er habe das therapeutische Programm abgebrochen, da der körperliche Zustand der Patientin sehr besorgniserregend sei. Bei Ankunft der Eltern ist Clare von Hautabschürfungen übersät, die bei Reibungen über den Teppich entstanden sind. Beine, Arme und Hände sind an einigen Stellen voller Blutergüsse, an den Ellebogen und Knien sind zahlreiche Schnitte zu sehen. Die Schnitte, erklärt das ärztliche Personal, sind bei ihren Versuchen entstanden, sich so schnell wie möglich unter dem Bett zu verkriechen, wobei sie sich am Lattenrost verletzte.

Zwischenzeitlich bewusstlos, wird Clare in die Notaufnahme des öffentlichen Krankenhauses gebracht. Vielleicht um die widerwillig getroffene Entscheidung der Einweisung wieder gutzumachen, besteht Roger Tomkins darauf, dass die Schnitte und anderen Verletzungen seiner Tochter in ihrem Krankenblatt vermerkt werden. Doch die Verletzungen heilen in wenigen Tagen, Clare aber kann mittlerweile nicht mehr aufstehen, auch wegen der Magensonde, über die ihr Medikamente und Nahrung zugeführt werden. Mit hilflosen Bewegungen versucht sie jeden zu treten, der in ihre Nähe kommt. Da die angewandten Therapien in diesem als schwere Depression bezeichneten Fall nicht angeschlagen haben, empfiehlt der Psychiater des Krankenhauses die Einweisung in die geschlossene Abteilung. Sollten auch die neuen Methoden nicht anschlagen, rät er, an der Patientin eine so genannte Elektroschocktherapie zu testen. Zuerst schlagen die intravenös verabreichten Antidepressiva nicht an, dann die neuartige gewisse *speech drug* nicht, und so greift man schließlich zur Elektroschocktherapie. Den entsetzten Eltern wird versichert, dass diese dank eines vorbeugenden Mittels zur Entspannung der Muskeln längst nicht mehr mit den Torturen früherer Zeiten vergleichbar sei. Clare scheint wenigstens die Depression überwunden zu haben, doch schon nach kurzer Zeit verfällt sie in den gleichen Zustand wie vorher, und die unkontrollierten Bewegungen nehmen zu, was dazu führt, von anderen Versuchen abzusehen.

Im Krankenhaus arbeiten die Spezialisten nun immer enger zusammen, um diesen verzweifelten Fall zu einem Ende zu bringen. Ein Neurologe beobachtet Clare einige Zeit und führt Tests an ihr durch, dann berichtet er den Eltern von einer organischen Krankheit, bekannt als CJD. Eine Vermutung, die es mittels einer neuen Kernspintomographie und eines Elektroenzephalogramms noch zu bestätigen oder auszuschließen gilt. Letzteres weist eine Anomalität auf. Daraufhin wird sie von der gesamten Familie und ihrem Freund in ein Londoner Krankenhaus gebracht, wo eine Mandelbiopsie vorgenommen werden soll und außerdem ein auf CJD spezialisiertes Team arbeitet.

Am 5. August 1997 bestätigt das Ergebnis der Biopsie die schon von den Ärzten aus London für hochwahrscheinlich gehaltene Diagnose. Obwohl die Eltern fast ein ganzes Jahr mit ansehen mussten, wie grausam sich die Krankheit auf Körper und Geist ihrer Tochter niederschlug, sind sie am Boden zerstört. Clare wird nun zu Hause gepflegt, entscheiden sie. Die Privatversicherung, bezeugt Tomkins, weigert sich, auch nur einen Teil der Kosten zu tragen, da keine Hoffnung auf Heilung besteht, deshalb fallen die Kosten auf die öffentliche Krankenkasse zurück.

Zum Zeitpunkt seiner Stellungnahme vor der BSE-Kommission wird Clare schon seit einem halben Jahr von einer Gruppe Krankenschwestern gepflegt. Dieser Dienst wird täglich 24 Stunden geleistet, seitdem die Mutter im Krankenhaus liegt, weil man einen Tumor an ihren Eierstöcken entdeckt hat. Und das, zwei Monate nachdem die Familie das endgültige Ergebnis von Clares Krankheit erfuhr. Roger Tomkins, der sich hier auf das Verb *to trigger*, den Abzug drücken, beruft, ist überzeugt, dass die Krankheit von Clare die Ursache für den Tumor seiner Frau ist. Ebenso weist er auf die anderen in Mitleidenschaft gezogenen Familienmitglieder hin, besonders die ältere Tochter, die während Clares Krankheitsausbruch ihren ersten Sohn gebar. Er selbst, schließt Tomkins ab, weine aus Machtlosigkeit und Verzweiflung, wenn er alleine sei. Trauernd versuche er Abstand zu gewinnen, sich ein Leben ohne Clare vorzustellen, doch jetzt, sagt er, könne er wenigstens noch in ihr Zimmer gehen und ihren Körper an sich drücken.

So ist Clare Tomkins gestorben, in den Armen ihres

Vaters, der bei einem Interview am selben Tag sagt, sie habe ein friedliches Ende gefunden.

Von den einhundertsechs britischen Opfern, die an CJD starben, war Clare das zweiundzwanzigste und eines der bekanntesten. Das ist eines der Dinge, die ich später herausfand. Wie nachher die Mutter von Zoe Jeffries, suchte auch Roger Tomkins den Kontakt zu den Medien, um an die Menschen zu gelangen, bei denen sich vielleicht ähnliche Symptome zeigen, und ihnen so zu ersparen, was seiner Tochter widerfahren ist. Ich persönlich bin bei meinen Recherchen über die CJD auf keine grausamere Geschichte gestoßen als die ihre. Noch nie fiel es mir so schwer zu schreiben, obwohl ich bei der Zusammenfassung des Protokolls von Clares Vater eigentlich nur versuchte zu übersetzen. Ich weiß nicht, was ich sonst hätte tun sollen.

Clares Ruhm gründet auch auf der Tatsache, dass sie dreizehn Jahre lang weder Fleisch noch irgendein damit in Zusammenhang stehendes Produkt gegessen hatte. Diese Tatsache weckte nicht nur das Interesse der Medien, sondern auch das der Forscher. Clare war ein Jahr, bevor in Großbritannien der erste Fall eines an BSE erkrankten Rindes auftrat, Vegetarierin geworden. Sie war der erste Beweis für die lange Inkubationszeit und dafür, dass die Krankheit bis zum Ausbruch unerkannt bleiben kann. Einige behaupteten auch, sie hätte sich erst später an ihrem Arbeitsplatz, einer Zoohandlung, infizieren können, und zwar durch den Staub des Futters, den sie täglich einatmete. Oral kann BSE tatsächlich auf fast alle Säugetiere übertragen werden, außer auf Hunde und Schweine. Eher unwahrscheinlich, aber nicht zu hundert Prozent auszuschließen ist hingegen eine Ansteckung durch das Trinken von Wasser oder das Einatmen von infizierter Luft. Wie auch immer, bis zu ihrem elften Lebensjahr hatte Clare Fleisch gegessen, jede Art Fleisch, und sie hatte es immer gerne gegessen, einschließlich, so Tomkins, Hamburger und Würste, denen man die größte Wahrscheinlichkeit einer Übertragung nachsagt. Im Jahr 2001, vier Jahre nach dem Tod von Clare Tomkins und der Einrichtung der staatlichen Untersuchungskommission, gesteht ein anonym bleibender Babynahrungshersteller, Separatorenfleisch vom Rind in der Nahrung verarbeitet zu haben. Die letzte Vermutung über den Ursprung des Rinderwahns in England erklärt alles mit der Tatsache, dass nur in Großbritannien zwei Wochen alte Kälber, die ausschließlich Milch hätten trinken dürfen, mit Tiermehl gefüttert wurden. Sollte sich das als richtig erweisen, wäre auch das Geheimnis gelüftet, warum unter den drei Geschwistern, die am gleichen Tisch saßen, nur das Jüngste erkrankte oder warum die Opfer der CJD generell so jung sind. Weil ihnen schlicht und ergreifend die gleiche Nahrung zukam, Kinder und neu geborene Kälber steckten sich an dem gleichen Fleisch an.

Clare Tomkins war ein sehr zierliches Mädchen, wie ihr Vater sagt, aber entschlossen. Es ist durchaus möglich, dass sie ihre Entscheidung eines Morgens beim Frühstück den Eltern und Geschwistern mitteilte, aber gezögert hätte sie nicht, und niemanden, der sie kannte, hätte das gewundert. Clare war aus Liebe zu Tieren Vegetarierin geworden.

Daran hatte ich nicht gedacht, als ich geschockt den kurzen Text in der Liste las, der kein schlimmeres, aber ein absurderes Ende verhieß. »Gesucht und gefunden«, das war es, was ich dachte. »Gesucht und gefunden« mit dem Instinkt eines Raubtieres, der scheinbar diejenigen führt, die den Spuren einer Geschichte nachgehen, auch wenn man es dann beim Schreiben bitter bezahlt. Was für eine furchtbare Geschichte, dachte ich wer weiß wie oft. Ich weiß nicht warum, ich weiß nicht, wie so etwas funktioniert, aber Clare Tomkins aus East Peckham, Kent, ein Ort, von dem ich noch immer nicht genau weiß, wo er liegt, habe ich gesucht und gefunden. Es hat nichts damit zu tun, dass sie mit vierundzwanzig gestorben ist, dem Alter, in dem ich heiratete. Auch nicht, dass ich am 5. August 1997, dem Tag, an dem ihre Erkrankung an CJD bestätigt wurde, meinen Geburtstag feierte. Das sind nur Parallelen, vielleicht sind sie makaber, aber doch nur zufällig, und sie fallen nur ins Gewicht, weil sie tot ist und ich lebe. *Mors tua vita mea.*

Was machst du damit, was kannst du tun, wenn du über Spuren eines Lebens stolperst, das nichts mit deinem zu tun hat? Ein Leben in einem Land, einer Umgebung, die du nicht kennst. In einer Familie und einem Haus, die nichts mit deiner Kindheit zu schaffen haben. Ein Leben, an das dich nur dieser eine Faden bindet, eine einzige Übereinstimmung, die Entscheidung, die ich am selben Scheideweg nicht traf, als ich nämlich in dem Tiroler Hotel mein Kotelett aß. Vielleicht habe ich deshalb Clare Tomkins gesucht, ich glaube, ihr etwas zu schulden. Als Erstes schulde ich ihr eine Korrektur, denn es ist natürlich nicht wahr, dass man an die Herrschaft des Bösen glauben muss, um ein guter Mensch zu sein. Man muss auch kein Heiliger sein, es reicht, ein Urvertrauen zu haben, ein normales Vertrauen, vielleicht auch ein bisschen weniger, ein »Middleclass«-Vertrauen eben, wie das von Clare Tomkins. Seitdem sie elf war, wusste sie bestimmt immer, was sie im Leben wollte, auch wenn das nur ein Haus und eine Familie war. Ein Haus mit Garten, Kindern, Hunden, Katzen und vielleicht mit noch mehr Tieren. Das reicht schon. Das reicht auch, um die Nachricht ihres Todes und wie sie gestorben ist noch unerträglicher zu machen.

Nachdem Roger Tomkins vor der staatlichen Untersuchungskommission kurz seine persönlichen Daten und die seiner Tochter angibt, beschreibt er Clare: Mit zweiundzwanzig war sie fröhlich, humorvoll, unabhängig, sportlich, führte eine glückliche Beziehung und liebte Tiere. Aber vorher noch sagt er, sie war blond, »strawberry blonde«, ein Ton, für den es im Italienischen kein Wort gibt, und dieser Frauenzeitschriften-Ausdruck steht im Protokoll. Auch diesmal sagt das alles. Dass Roger Tomkins, Direktor einer Anlagenbaugesellschaft, den Ausdruck »erdbeerblond« vor Lord Nichols und den anderen Mitgliedern der Kommission benutzt, zeigt offensichtlich, dass alles stimmt. Es stimmt, dass Clare fröhlich und glücklich inmitten ihrer Familie aufwuchs, denn dieses Wort drückt den Mut und den Wunsch des Vaters aus, sie vor sich zu sehen, sich vorzustellen, wie sie gewesen ist und was aus ihr wurde. Es drückt die einfache, klare Liebe aus, die Roger Tomkins für seine Tochter empfand, die gleiche, mit der Clare Tiere liebte.

Clare starb in den Armen ihres Vaters. Ich hoffe, dass Roger Tomkins nicht auch seine Frau zu Grabe hat tragen müssen. Aber ich glaube, dass dieser Mann um die fünfzig auch in diesem Fall heute weiter für seine Anlagenbaugesellschaft arbeiten, sich um seine Enkel und seine zwei verbliebenen Kinder kümmern würde. Er würde sein Leben weiter leben, das Leben eines gezeichneten Mannes, erschöpft, aber nicht zu Grunde gerichtet. Ich liebte meinen Vater und verlor ihn mit zwanzig. Und ich glaube, dass der Schmerz nicht zerstört, nicht zerfrisst, er zerstört nicht das Vertrauen, wenn die verlorene Person auf eine direkte, reine Art geliebt wurde, wenigstens so rein wie möglich. Doch das finden wir erst später heraus, und vielleicht ist es das Wichtigste, was man zurückbehält.

Genau deshalb, weil ich zu einem mir unbekannten Herrn irgendwo in England Vertrauen habe, möchte ich meinen Wunsch nach einer wieder gutmachenden Gerechtigkeit oder einer nackten, grausamen Vergeltung nicht nur dem Ende von Clare Tomkins überstülpen. Als ich die Stationen ihres Verderbens durchlief, weckte dieser Wunsch eine Rachefantasie in mir, und zwar das Märchen des grausamsten Mafioso, der, wie ich herausfand, nicht gestorben ist, nein, er steckt immer noch in irgendeinem Hochsicherheitstrakt, und dort isst er weiter seine blutigen Steaks. Vielleicht steht er eines Tages nicht mehr von seiner Liege auf, er weint, ja, er flennt, du liebe Güte, »das Tier« heult, wird immer dünner, kann seine Übungen nicht mehr machen, hält sich irgendwann nur noch mühsam auf den Beinen, und schließlich suchen ihn Visionen und Angst heim. Pasquale Barra hat Angst, Pasquale Barra behauptet, dass er in dieser Zelle nicht mehr schlafen kann, weil sie voll übler Gestalten steckt, die ihm nach dem Leben trachten, Monster, verhüllte, blutige, schwarze Gestalten. Und nun rufen die einen aufgeregt, er bereue endlich, und schicken ihm Magistrate und Pfarrer, die anderen spucken nur ungerührt aus, denn der ist verrückt geworden, Pasquale Barra hat Angst vor dem schwarzen Mann. Und genauso ist es, Pasquale Barra ist tatsächlich verrückt geworden, wie ein Rind, und im Rinderwahnsinn siecht er dem Tod entgegen: So ging mein Märchen, aber es war nur ein grausames Märchen und deshalb nicht einmal tröstlich, und Clare Tomkins oder ihr Vater hätten auch nichts davon gehabt.

Im Mittelmeer gibt es eine Insel, die für ihr klares Wasser berühmt ist und für ihre antiken Städte. Für die Flüsse mit ihren Bassins, in denen man über einem Grund aus bunten Kieselsteinen baden kann. Für türkisblaue Wasserbecken, in denen sich die Bäume vom Ufer spiegeln, denn keine Insel im mediterranen Meer ist so grün wie diese. Es ist die Insel der Wälder und Tannen, der Korkeichen und der Weinberge. Korsika hätte Clare Tomkins gefallen, denn sie hätte dort schöne Spaziergänge machen und mit dem Pferd ausreiten können und hätte frei herumlaufende Schweine und Kühe gesehen.

Ich erfuhr, dass die korsischen Kühe oftmals keinen bestimmten Nutzen haben, es sind weder Milch- noch Schlachtkühe, man kann sie nur gebrauchen, um ein Grundstück zu erwerben. Irgendjemand stellt ein paar Kühe in ein Waldstück, und schon gehört es ihm. Die Kühe fressen, was sie finden, und dann wandern sie weiter durch das Waldstück, das immer noch diesem einen gehört oder einem anderen oder auch niemandem, aber das ist auch egal, denn das Waldstück ist ohnehin zu nichts gut, außer als Kuhweide. Die korsischen Kühe sind schön, und weil sie wenig fressen, sind sie mager, aber nicht zu sehr, ich würde sagen, sie sind schlank. Sie haben ausladende Hörner und große, dunkle Augen, die aus dem cremefarbenen Fell hervorblitzen. Bei einigen geht das helle Fell ins Braune über, als wäre jemand mit einem Kohlestift darüber gegangen. Wo auch immer man ein Stück von den geraden und breiten Straßen abkommt, tauchen sie auf. Je kleiner und kurviger die Straßen werden, je weniger man erahnt, was sich hinter einer

Kurve oder im Dickicht am Straßenrand verbirgt, desto langsamer sollte man fahren. Sie kommen alleine oder in Grüppchen heran, aber immer gemächlich. Manchmal bleiben sie stehen und schauen einen an, bevor sie ihren Weg fortsetzen und auf der anderen Seite wieder verschwinden, und ab und zu muss man warten, bis die Kuh auf der Straße ihr Kalb fertig gesäugt hat.

Ich habe noch nie so viele Kühe aus der Nähe gesehen wie auf Korsika. Und ihren Geruch, der sich mit dem der Erdbeerbäume und Mastixsträucher vermischt, vergisst man nie. Kälber kommen dir muhend entgegen, du könntest, nein, willst sie streicheln, aber du traust dich nicht. Denn obwohl sie klein sind, jagen sie einem ein wenig Angst ein, und außerdem sind sie so schön, mit ihren großen, quadratischen Köpfen, den rosa Zungen und den Augen, die aussehen, als spiegelten sich die Sterne darin. Es sind die schönsten Tiere, die du jemals gesehen hast: Die korsischen Kühe und ihre Kinder sind das Schönste, was die Insel zu bieten hat. Aber ich weiß nicht, welches Bild ich Clare Tomkins und ihrem Vater mitgeben würde. Entweder das, was in meiner Vorstellung dem Paradies am nächsten kommt, und zwar die Aussicht vom Strand in Barcaggio am äußersten Punkt vom korsischen Kap. Dort lagen wenige Touristen in der Sonne, daneben standen die Kühe, so goldfarben wie der Sand, schauten zum Inselchen Giraglia hinüber und noch weiter in die Ferne, nach Ligurien. Oder das Bild, das plötzlich mit dem Müllabladeplatz von Bastia auftauchte. Kühe und Kälber spazierten zwischen Plastikmüll und Papierfetzen umher, umgeben von Krähen und Möwen, der Geruch war so stechend, dass man die Fenster hochkurbeln musste, und trotzdem hing er noch eine halbe Stunde in der

Luft. Die Kühe weideten, kauten und gaben den Kälbchen auf der Müllkippe Milch. Die gleichen goldenen Kühe mit dem gleichen Blick, die gleichen, freien korsischen Kühe, die nicht bemerkten, dass sie in der Hölle gelandet waren.

KiWi
Paperbacks bei Kiepenheuer & Witsch

Empar Moliner
Salon Feli
Roman

KiWi 752
Deutsche Erstausgabe

In Felis Kosmetikstudio treffen die komischsten Figuren aufeinander: so zum Beispiel die damenbärtige Sozialarbeiterin Tere, die endlich ihre Unschuld verlieren will, Felis Ex-Mann Fede, der an einem Theaterstück schreibt oder der einfältige Bodybuilder Onessifor, der gerade Buddha in einem Schinken entdeckt hat.
Ein erfreulich unverschämter Roman, der mit übermütigem Sprachwitz und einer hinreißenden Situationskomik den Leser in den Salon Feli zieht – wie ein Film von Pedro Almodóvar zwischen zwei Buchdeckeln.

KiWi
Paperbacks bei Kiepenheuer & Witsch

Edna Mazya
Schlamassel
Ein Liebesroman

KiWi 764

Wenn ein nicht mehr ganz frischer Ehemann seine blutjunge Ehefrau in den Armen eines blonden Liebhabers findet, seine kauzige Mutter ohne jeglichen Anstand die Regie übernimmt, wenn der Liebhaber dabei auf der Strecke bleibt und das den Ehemann dennoch nicht froh macht, dann zeigt sich der Schlamassel in all seinen funkelnden Details. Ein Roman, der wahr, witzig, selbstironisch ist und klug.

»Mazya schreibt todernst und saukomisch zugleich.«
Brigitte

Paperbacks bei Kiepenheuer & Witsch

KiWi

Antje Wagner
Mottenlicht
Erzählungen

KiWi 803
Originalausgabe

Antje Wagner erzählt von dem Gefühl, das sich einstellt, wenn man den Boden unter den Füßen verliert. Sie zieht den Leser hinein in das prekäre Leben ihrer Figuren, die ihm immer vertrauter werden und doch merkwürdig fremd bleiben. Elf faszinierende Erzählungen von großer Kraft und Farbigkeit, die für Beunruhigung sorgen.

www.kiwi-koeln.de